JN209684

無能扱いされていた
アラサー村人、実は
世界最強のヒーラーだった
成田ハーレム王
Narita HaremKing
illust:成瀬守
KiNG novels

聖剣を振るう勇者様
フジミネ・ケイカ
破格の回復魔法使い
シルヴィオ

自信家なお嬢様エルフ
ジェシカ
心優しい元聖女
エミリー

「ちょ、ちょっと！あたしを間に挟んで、
いつまでふたりっきりで楽しんでるのよ⁉」
「ええ、欲しいですっ！
……もう我慢できませんっ！」
「シルヴィオさん、次は私の中にいただけませんか？
もう擦られるだけでは、物足りないんです！」
その場でぐっと足を開き、僕に秘部を見せつけてきた。
ヒクヒクと物欲しそうに震える膣口からは、
確かに愛液が滾々と染み出している。
「こ、こんなに濡らして……そこまで僕のが欲しいんですか？」

無能扱いされていた
アラサー村人、
実は世界最強のヒーラーだった

成田ハーレム王
illust：成瀬守

KiNG novels

無能扱いされていたアラサー村人、実は世界最強のヒーラーだった

contents

プロローグ　いつかの日常

雲一つない、綺麗な星空の見える夜。

僕が宿の窓から夜空を見上げていると、背後から声をかけられる。

「シルヴィオお兄さん、さっきからずっと外を見てるね。何か面白いものでもあるの？」

振り返ると、そこにいたのは美しい少女だった。

彼女の名前はケイカ。魔界から侵略してきた魔王に領土の過半を奪われ、危機に陥ったルン王国が異世界から召喚した勇者様だ。

明るめな茶髪を短めに整え、悪戯っぽい笑みを浮かべているから、見る人によっては軽薄に写るかもしれない。けれど、良く話せば彼女が強い責任感と正義の心を持つ、まさに勇者に相応しい人柄なんだとすぐに分かるだろう。

元々この国には『大いなる災いが訪れたとき、異界の勇者が現れそれを退ける』というたぐいのおとぎ話がいくつかあった。

けど、まさかこの目でその勇者様を目にして、あまつさえ、僕が彼女のパーティーに加わるなんて夢にも思わなかったな。

何せ僕は故郷の村では役立たずと言われ、三十路になってもお嫁さんになってくれる人を見つけ

られなかったほどの、平凡以下な男なんだから。

「いや、なんでもないよケイカ。ちょっと考え事をしてただけだから」

「ふぅん……」

彼女はそのまま僕の隣に来ると、何か思いついたように問いかけてくる。

「もしかして、故郷でのことを思いだしてた？」

僕とケイカでは十歳近く歳が違うけれど、彼女は生来の明るさで誰とでも友達のような感覚で話し合えるので、これくらいの差は気にしないんだろう。

僕のほうは、勇者様な彼女と自然に話せるようになるまでに、しばらくかかったけど。

「……バレちゃったか。まぁね」

国を救う勇者パーティー。その一員だという輝かしい今の待遇からは考えられないほど、以前の僕は見すぼらしい暮らしをしていた。

魔王討伐の旅を続けているから、今だって暮らしは質素だけど、周りの人からの扱いは天と地ほども違って、無邪気に歓迎されると戸惑ってしまうこともある。

「確かにあの村では、お兄さんはひ弱で不器用な、何の取り柄もない男の人だったよね」

「おいおい、容赦ないなぁ……。気にしてるんだよ、それ」

「ふふ、ごめんね。でも、今はこのルン王国中にお兄さんの名は知れ渡ってるじゃない。勇者様一行の頼れるヒーラーだって」

クスッと笑った彼女は、そのまま僕の片腕を両手で抱え、ベッドのほうへ引っ張っていく。

僕はケイカにされるがまま、ベッドへ押し倒されてしまう。

そして、仰向けになった僕の体の上に彼女が乗ってきた。

「んしょっ。明日は休みだし、今夜はたっぷりセックスしようよお兄さん！」

腰の上に座り、前のめりになってベッドに手を突き、間近からボクの顔を見下ろしてくる。

その瞳には、いつの間にか期待と情欲が入り混じった光が宿っていた。彼女と肉体関係を持ってもう数ヶ月も経つけれど、やっぱりこうして見つめられるとドキドキしてしまう。

「そうだね、僕もケイカをガッカリさせないように頑張るよ」

セックスして快感を得ることが魔力を高めるのに有効だと知っていても、ケイカが能力を高めるという実務的な意味だけでなく僕への好意から誘ってくれていると分かっていても、やっぱりどうしても緊張してしまった。

そんな僕を見て、彼女は仕方なさそうに小さく笑みを浮かべる。

「まったく、いつまで経っても気が小さいのは変わらないね。怪我を治療するときは、あんなに頼りがいのある顔になるのに」

そう言いながら彼女は顔を近づけ、そのままキスを落とした。

緊張で乾いた唇に瑞々しい唇が触れ、潤いを分け与えられる。

「んっ、ちゅ、はむっ……くちゅ、れるっ」

そのまま何度もキスは続き、やがては舌を中に入れられる。

こっちも躊躇いがちにそれを迎え入れると、瞬く間にからめとられてしまった。

「はむぅっ……ねぇ、もっとお兄さんからもキスしてっ！　んくっ、ちゅむぅっ！」

「んぐ、わかった」

興奮してきたのか、火照った表情の彼女に言われ、僕も反射的にうなずく。

今まではやられっぱなしだったけれど、今度はこっちからも舌を出して愛撫し始めた。

するとケイカは満足そうな笑みを浮かべ、腕を折って体を僕に押しつけてくる。

上から押しつけられた体は見た目どおり軽く、この体のどこからモンスターを両断するパワーが出ているのか不思議なほどだ。

腰に手を回すと、引き締まりながらも、その上に薄く女性らしい柔らかさを感じられる。

「あぅ、んっ！　わたし、そろそろ我慢できなくなっちゃった」

キスだけでかなり興奮しているのか、すでに息が荒くなっていた。

ケイカは最後にもう一度キスすると、上体を起こして体から降り、ボクの腕を掴んで引き起こす。

「ねぇ、今日はお兄さんからしてほしいな。いいでしょう？」

無邪気な、しかし欲望の詰まった言葉に僕の心も揺り動かされる。

そして、自制が効かなくなって彼女の肩へ手が伸びたとき、誰かに肩を掴まれた。

「シルヴィオさん、ケイカさんとふたりきりで楽しもうとは、少し感心できませんね」

「なっ、エミリーさん!?」

慌てて振り返ると、不満そうな表情をした妙齢の女性が居た。

彼女はエミリーさん。同じケイカをサポートする仲間で、なんと以前は神殿で神に仕える聖女だったという。

聖女とは、魔法使いの育成を推進しているルン王国の中でも、一握りの才能の持ち主である少女しかなれない特別な存在。

今は引退しているが、その豊富な知識と魔力で多彩な魔法をあやつり、日常生活から戦闘までサポートするパーティーの参謀役で、みんなに頼りにされるお姉さんだった。

年齢は僕と同じくらいのようだけれど、詳しく聞いたら酷いことになりそうなので詳細は知らない。

誰だって、食事が毎食パンと薄いスープだけって事態は避けたいだろう。

「ど、どうしてここに……」

少なくとも部屋の扉が開いた気配はしなかった。

いくらケイカとのキスに夢中になっていたからと言って、ふつう誰かが入ってくれば気づくはずだ。

「少しだけ幻影の魔法を使わせていただきました。おふたりとも、相手に夢中になって、気づいていないでしょうが」

「そんなことに魔法を使わないでくださいよ……」

思わず呆れてしまったが、彼女は小さく笑うだけで反省した様子はない。

優し気でおっとりしているようにも見える彼女だが、意外と神経は図太いのだ。

「ふふ、ごめんなさい。でも、忍び込んだのは私だけではありませんよ？」

「えっ、そうなの!?　じゃあ……あっ、やっぱりジェシカもね！」

驚いた様子でケイカがあたりを見渡すと、ソファーのほうへ視線を向ける。

すると、その裏から人影が立ちあがった。

目の覚めるような輝きを持つ金髪をツインテールにまとめた少女、ジェシカだ。

彼女は普通の人間ではなく、悠久の時を生きるエルフだった。弓矢による狙撃とレンジャーとしての能力に優れ、今も音と気配を消して窓からでも忍び込んだんだろう。

「あ、あたしはケイカが部屋に戻ってこないから気になって調べに来ただけで……別にのぞき見が目的だったわけじゃないわよ!?」

エルフ族の中でも良いところのお嬢様だったらしい彼女は、男女の営みというものに関してほとんど無知だった。

今でこそ魔力強化を兼ねて週に何度も体を重ねているけれど、まだ初心(うぶ)さが抜けきっていない。

お嬢様として蝶よ花よと育てられ、すっかり自信家になってしまった性格も影響しているんだろう。

「様子を見に来たら、あんた達がイチャイチャし始めたから動くに動けなくなって……」

両手を組んで偉そうに立ちながらも、恥ずかしそうに頬を赤くしているジェシカ。

そんな彼女にエミリーさんが声をかける。

「では、どうせならジェシカさんも一緒にしませんか？　眺めているだけではつまらないでしょうし」

「えっ？　なっ、そんな……」

彼女の言葉にオドオドしているジェシカをよそに、僕はエミリーさんへ話しかける。

「ちょっと待ってください、エミリーさんも当たり前のように参加するつもりなんですか？」

「あら、いけませんか？　ここで自室へ帰っても、寂しくひとり自分を慰めることになってしまいます。お優しいシルヴィオさんとケイカさんなら、そんなことなさりませんよね？」

ケイカが首を横に振れないのを分かってそう言っているあたり、かなりの策士だった。

「もちろん、エミリーもジェシカも歓迎するよ！　でも、今度はふたりっきりの時間も、取ってほしいかな」

笑顔で答えながら、後半は僕にしか聞こえないような声で囁く。

その言葉に嬉しさを感じながら、後日時間を作ろうと決意する。

そして、リーダーの了承を得たエミリーさんは躊躇なく僕の体に横から抱きついてきた。

「うわっ」

「はぁ、やっぱり男の人の体は逞しいですね。こうして触れていると安心します。神殿に居たときは異性に触れる機会もなかったですから、こんな感覚も知りませんでした」

僕の腕を両手で抱きしめ、満足そうなため息をつくエミリーさん。

抱えられた腕が爆乳サイズの柔肉に当たり、急速に興奮が高められていく。

彼女は三人の中でも最も成熟した肉体をアピールするようにしながら、僕の頬にキスする。

「ん、ちゅっ……私は後から横入りした身ですので、まずはケイカさんとお楽しみください。その後、じっくりお相手させてもらいますので」

「じゃ、じゃあお言葉に甘えて。ケイカ」

声をかけると、彼女は一瞬迷いながらも頷く。

そして、その場で四つん這いになるとお尻をこっちに向けた。

「今日はわたし、後ろからしてほしいかなぁ」

「分かった。僕もケイカの綺麗なお尻は大好きだよ」

「うん、嬉しい。ねぇお兄さん、はやくちょうだい？　中断してる間も、うずうずしてたまらなかったの！」

ケイカは服を脱ぐと肩幅より広く足を広げ、さらに片手で自分のお尻を掴んで秘所を見せつけてきた。何度抱いても綺麗なままのそこは、ヒクヒクと動いて蜜を垂らしている。

彼女の誘惑に僕はゴクッと唾を飲み込み、ズボンを脱ぐと肉棒を露(あらわ)にした。

「まぁ、こちらも準備万端ですね」

すぐ近くでエミリーさんの嬉しそうな声が聞こえた。

確かに、一度ふたりの乱入によって素面に戻ってしまったものの、ケイカの誘惑で瞬く間に興奮が再燃した。僕がそのまま肉棒を秘所へ押し当てると、ケイカの体がビクッと震える。

「んはぁっ、熱いっ……お兄さんの、すごくおっきくなってるよぉ。ねぇ、早くっ、早く欲しいよっ！」

肉棒を迎えるように自ら秘所を押しつけてくるケイカ。

そのいやらし仕草を見下ろして、興奮に心臓がドキドキと高鳴る。

「もう濡れてるね。じゃあ、入れるよ！」

染み一つない綺麗なお尻を両手で掴むと、僕は腰をぐっと前に押し出す。

膣内は最初強い締めつけで抵抗したが、徐々に肉棒の圧力に屈して侵入を許していく。

「あっ、んんっ、ひぅっ！　お腹の中、広げられちゃうっ……んくっ！」

ぐぐっと腰を前に進めるたび、ケイカの悩ましい声が聞こえた。

彼女がエッチな嬌声を上げれば上げるほど僕も興奮し、その勢いのまま肉棒を最奥まで埋め込む。

「ひっ、あひぅっ！　はっ、はぁ、んぐぅ……全部入ったね？」

僕の肉棒を全て膣内に収めたケイカが振り返って微笑む。

いつもの優しい笑みの中に、確かに快楽の色が見えたのが嬉しかった。

「相変わらず締めつけが凄かったから苦労したけど、中に収まり切ったら一気に気持ち良くなったよ」

入れるときこそ抵抗していた膣内だけれど、最奥まで挿入すると降参したかのように肉棒へ奉仕を始めた。

それまで挿入を拒んでいた締めつけが甘美なマッサージになって、愛液の量も格段に増えて腰を動かしやすくなる。まるで、奥まで制覇しきったことで相手を屈服させたような気分になってしまう。

セックスするたびに男の征服欲を満たしてくれる、最高の体だった。

「まぁ、凄いです。シルヴィオさんのものを一息に飲み込んでしまうなんて！　ジェシカさんもこちらへ来て、見てみてはいかがですか？」

エミリーさんがそう言ってジェシカを誘うが、彼女はまだソファー裏で躊躇している。

「ジェシカ、僕もこっちに来てほしいな。遠くから見られてると余計に恥ずかしいし」

「えっ!?　うっ、あぅ……し、仕方ないわね。シルヴィオがそう言うなら。分かったわよ」

僕の言葉に視線をキョロキョロさせて迷っていたが、やがて決断したのか小さく頷いた。

そうして僕に貫かれているケイカを横目に、ベッドへ上がるとエミリーさんとは反対側から近づいてくる。

「ん、これでいいかしら？　うわ、凄い。ほんとに一気に入れちゃったのね……」

エミリーを見習い、同じく僕の腕を抱くようにしながら、ケイカと繋がっているところを見下ろして呆然と呟く。

「ちょっと、そんなにじっくり見ないでほし……ひゃうんっ！」

ジェシカに文句を言おうとしたケイカだけど、途中で僕が腰を動かしたからか最後まで言えずに悲鳴を上げた。

「ごめんケイカ。でも、もう我慢できない！」

ただでさえ敏感な肉棒が彼女に包まれ奉仕されているのに、左右から美女ふたりが抱きついてきている。豊満さではエミリーさんには一歩譲るけど、ジェシカもスポーティーでしなやかな手足と美巨乳という素晴らしいスタイルを持ってるんだ。

それが腕や腰、太ももに押しつけられているんだから、何もしなくても性感が高まってしまう。

「あっ、だめっ、急に動かしちゃっ、んひゃうっ、あひぃっ！」

「駄目って言われても、こんなの簡単に止められないよ。ケイカの中、凄く気持ちいいんだ！」

たっぷりの愛液で濡れた膣内は挿入したときとは別物と言ってよいほど動かしやすかった。

完全に彼女の体へ受け入れられているのが分かって嬉しい反面、動かす度に気持ち良くなって余裕が失われていく。

今も、パンパンと乾いた音が鳴るたびに脳内で限界までのカウントダウンが刻まれていた。

「中だけじゃない。お尻だってスベスベで、触ってるだけでどんどん興奮してくる」

両手を動かして張りのあるお尻を撫でると、それだけで彼女の腰全体がビクビクと震えた。

「いやっ、待って！　ああっ、ひううぅぅっ！　腰の動き、どんどん激しくなってるっ！」

「はぁ、はぁ、ぐぅっ……ケイカの中、このまま最後までっ！」

彼女を逃がさないように両手でしっかり捕まえ、容赦なく腰を振って責める。

限界まで硬くなった肉棒は膣内を蹂躙し、快感で震える淫肉へ追い打ちをかけるように刺激していった。

「ケイカの中、突きほぐす度にどんどん具合が良くなっていくよ」

「はぁはぁ……わたしも、お兄さんが中で暴れてるの感じるっ、あぐぅぅっ！」

最早、動けば動くだけ気持ち良くなっていくので、何も考えずに激しいピストンを続ける。

そんなとき、横からエミリーさんの甘い声が聞こえた。

「んっ、あはぁっ……シルヴィオさん、見ているだけでは満足できません！　お願いです、どうか私も慰めてくださいっ！」

気づけばいつの間にか服を脱ぎ去り、全裸になった彼女が片手で自分を慰めていた。

視線を下に向ければ、指から滴るほど愛液が零れているのが分かる。

「自分の指だけじゃ満足できないんですか？　清楚だと想われてる元聖女がこんなに淫乱だなんて、町の人が聞いたらどう思うでしょうね？」

「んはっ、ひぃっ……変態でごめんなさいっ、でも仕方ないのよ！　神殿では魔力を高めるためにいつも聖女同士でセックスしてたからっ……ひあああぁぁっ!!」

僕が彼女の手を退かして自分の指を膣内に挿入すると、エミリーさんの腰が面白いほどガクガク震える。

しがみ付く腕にも力が入って、いつも余裕のある表情を浮かべている顔が快感でドロドロに蕩けた。

「あひっ、ああっ、うぐうううっ！　指気持ちいいのっ、もっとかき回してぇっ！」

恥も外聞もなく求めてくる彼女を見てほくそ笑みながら、更に指を激しく動かす。

途端に布を裂いたような甲高い嬌声が響き、それがまた僕の興奮を掻き立てた。

そんななか、ふたりに比べて静かだったジェシカのほうから何かブツブツとつぶやき声が聞こえる。

「ううっ……ケイカもエミリーも、グチャグチャで気持ちよさそうな顔になってる。あたしも一緒に、でも……」

羨ましいけれど、少し怖い。

目の前のふたりの乱れっぷりを見て、二の足を踏んでいるようだ。

それでも、負けず嫌いな彼女はひとりだけ仲間外れな状況を、好ましいとは思っていないはず。

その背中を押すため、僕は話しかける。

「ジェシカは、いっしょに気持ち良くならなくていいのかい？」

「ひぇっ!?　あ、あたしは別に……」

「まあまあ、そう言わずに。指一本だけだから」

僕自身も快感でかなり危うい状況だけれど、このまま彼女を置いてけぼりにするのは悪いと思い、やや強引に迫る。

だって、ジェシカのことだから放っておいたら絶対に拗ねてしまう。それはマズい。

秘所を隠そうとしていた手を退かし、指先を無毛の秘裂の中へ押し込んでいく。

「あうっ、ひぅんっ！　やっ、だめっ、だめだって……あひぃぃぃんっ！」

「うおっ、凄い。ふたりに負けず劣らず濡れてるよ」

「あう、やだぁ……でも、あんっ！　シルヴィオの指、気持ちいいのぉ！」

イヤイヤと首を振っていたジェシカだが、いざ刺激を与えてみると、すぐそれを受け入れてしまった。

やっぱり心の中では、一緒に気持ち良くなりたいという思いがあったんだろう。

「ジェシカ、もっと感じてほしいな。僕に気持ち良くなってる顔を見せてほしい」

「んんっ、はぁはぁ……やぁ、だめ、それは恥ずかしいだめぇ……ひううううっ!!」

ぎゅっと僕の腕に抱きつき、首元に頭を埋めて顔を伏せてしまう。

「そんなに恥ずかしい？　仕方ないなぁ」

とはいえ、先にふたりの乱れっぷりを目にしていれば無理もないかもしれない。

「はぁはぁ、はひぅ！　あっ、きゃふぅぅっ！　指だめっ、中で曲げちゃっ……あぐううっ!!」

今も指を膣内でクイクイッと動かすと、ジェシカの肩がビクビク震えるのが分かる。

同時に熱い吐息と色の乗った声も漏れだしていて、それだけでも気持ち良くなってくれてるのが分かったので満足だった。

「さあ、このまま三人ともイかせてあげるよ！」

振り切れそうになる興奮をなんとか制御しながら、僕は三人の女性を同時に責めたてる。

腰を振り、指で膣内をかき回し、または指先でクリトリスを愛撫する。

十分興奮状態にある彼女たちは、どんな刺激でもすぐに快楽を感じて嬌声を漏らした。

「ひうっ、あううううっ！　お兄さんっ、わたしっ……あうっ、やっ、イっちゃうっ！」

「ぐっ、僕ももう限界だ！　出すよケイカ、全部中に！　精液注ぎ込むからっ！」

溢れそうな欲望をそのまま伝えると、膣内がギュッと引き締まる。

「出してっ！　わたしも欲しいからっ！　あうっ、イクッ、もうイクッ!!」

もう本当に限界なんだろう。彼女の腰が不規則に震えだす。

ほぼ同時に、エミリーさんとジェシカも限界を迎えた。

「ひうううっ！　もう無理、限界ですっ！　イクッ、イクイクイクッ……あああああ！」

「ううっ、シルヴィオ！　イクよ、あたしもイクッ！　ひぃっ、はひっ、うぐうぅううぅっ!!」

両手の指がこれまでにないほど締めつけられ、ふたりが絶頂したのが分かった。

そして、ケイカも……。

「あうっ、イック……！　お兄さんも一緒にイって！　中に出してぇッ!!」

「ああ、イクよっ！　一緒に！」

「嬉しいっ……あっ、あああっ！　イクッ、イクッ、イックウウウゥゥゥゥッ!!」

ケイカの全身がひときわ大きく震え、膣内が肉棒を引きちぎらんばかりに締めつけてくる。

その刺激に最後の堰を壊され、僕の欲望も決壊した。

「ぐぅぅぅっ！　ケイカッ、あぁぁっ!!」

唸り声をあげながら、思いっきり腰を押しつけて少女の奥の奥で射精する。

「あぐっ、ひゃわっ、あぁぁっ……いっぱい、いっぱい出てるよぉっ……嬉しいっ」

イキながら中出しされて、その快感に体を支えきれなくなったケイカが上半身をベッドへ突っ伏す。

けれど、腰はボクが抱えたまま、律動が終わるまで子種を流し込まれ続けた。

壊れてしまうほど激しく震えながら精液を吐き出す肉棒を、彼女の中は優しく抱きしめ続けてくれる。お陰で腰が抜けるほどの快感を覚えながら、最後の一滴まで絞り出すことが出来た。

ようやく興奮の波が退くと、僕は左右から寄りかかってくるエミリーさんとジェシカを支えながらベッドへ腰を下ろす。同時に、支えを失ったケイカの下半身も崩れ落ちた。

そのまま休むのかと思ったけど、ケイカはその場でぐるっと体を仰向けにしてこっちを向く。

「んっ、はうっ、はぁっ……こんなにいっぱい出してくれたんだ。えへへ、やっぱりたくさん中に貰うと嬉しいね」

常人なら気絶してもおかしくない快感の中でも、彼女の意識は失われていなかった。

やっぱり勇者として基礎体力が違うのか、これまで何度も激しく体を重ねたとき、最後まで意識を保っているのはケイカだった。男として少し悔しいと思ってしまう。

でも、僕はこうして事後に優しく笑いかけてくれる、この表情が大好きだった。

「……ありがとうケイカ、僕はいま幸せだよ」

あのとき、故郷の村で将来のない暮らしをしていた僕の才能を見つけ、引き上げてくれたのも彼女だ。

魔王を倒すという目的を前に怖気づいていた僕を勇気付けてくれたのも、今見ている笑顔だった。

「ふふ、なに？　急に改まってそんなこと言って」

「いや、何でもない。ちょっと前のことを思い出しただけだよ」

「それって、また村のこと？　悪い記憶なんて思いださなくていいのに」

こっちにやってきて、仰向けで横になったボクの上に覆いかぶさったケイカ。

不満そうな顔で見下ろしてくる彼女の髪を撫でながら、首を横に振る。

「違うよ、ケイカたちと出会ったときのことさ。あれも、今日みたいに雲一つない夜だったよね」

「あぁ、そう言えばそうだね。なんだ、それなら安心。またネガティブになったお兄さんを立ち直らせるのは大変だもんねぇ」

そう言って苦笑しながら、彼女は僕の胸に頭を置いて目を瞑った。

「本当に、あれが人生の分かれ目だったよ。何度感謝してもしきれない」

小さく呟き、優しく髪を梳きながら、僕はその夜のことを思い出すのだった。

第一章　無能な村人の逆転劇

その夜、僕は誰も来るはずのない店舗の中で閉店時間までレジに立ち続けていた。

僕の名前はシルヴィオ。

農家の三男として生まれ、何かと優秀な兄たちと比べられ冷遇されていた。

一番上の兄は体格がよく働き者で、今は綺麗な嫁さんを貰い子供も三人作って、実家の農地を耕すことに精を出している。二番目の兄は手先が器用で小さいころから町のガラス工場に弟子入りし、今では一流のガラス職人になっているらしい。

それに比べ僕は特に体が強いわけでもなく、はっきり言って不器用で、去年村唯一の商店の店員として雇われるまでは、あちこちで雑用をして何とか日銭を稼いでいた。

要するに一家の落ちこぼれだ。

もうすぐ三十の声を聞くというのに、嫁探しはおろか異性を意識する余裕すらない。

そして、今暮らしているここはルン王国の中西部に位置する村、エルメイ。

王国の北部から中部にかけては、数年前から行われている魔王の侵攻で人も街もボロボロになっている。

けれど、この村は南方以外を山で囲まれているためか、これまで一度もモンスターの被害にあったことがなかった。お陰で僕たち村人は外敵に怯えることなく、のどかに暮らしていた。

ただ、それでも魔王侵攻の余波からは逃れられない。

今年も前年より税金が上がって、少しずつ人々の蓄えに打撃を与えていた。

僕自身、ようやく商店の手伝いの仕事にも慣れてきたところなのに、税金が増えたからと給料を削られて財布の中が寂しい。

とはいえ、この安全な村を出て危険のある街へ行くという決断も出来なかった。

「でも、このまま居続けても良いことはないいんだよね」

人間は残酷なもので、苦しい状態のときには自分より下の者を見下したりいじめたりすることで自尊心を保とうとする。

この村社会の中で落ちこぼれの烙印を押された僕は、そういった鬱憤を押しつけるのにちょうどいいいらしかった。

さっき、店に誰も来るはずがないと言ったのも、それに関係している。

このエルメイ村の住人たちは今、ほとんどが村長の家で開かれている宴会に参加しているからだ。

なんでも、魔王討伐のために異世界から召喚された勇者様と、その一行が旅の途中でこの村に寄ったらしく、それを歓迎するらしい。大人から子供まではもちろん、腰が曲がって動けない老人までも家族に助けられ宴会に参加していた。

そんな中、店主に閉店時間までの店番を命じられたのは嫌がらせ以外のなにものでもない。

きっと、宴会の席では店主が僕のことを話題にして笑いを取ってるんだろう。

村八分とまではいかないけれど、時折こういった扱いを受けるのが僕の日常だった。

「……さて、そろそろ時間だし片付けようか」

壁にかけられていた時計で時間を確認した僕は、レジの計算と店舗の戸締りをして明かりを消す。

裏口の明かりだけつけてボロボロの借家へ帰ろうとしたそのとき、何人かが駆け寄ってくる足音がした。

何事かと身構えると、数人の子供たちが明かりの光の下に到着する。

それぞれ十歳前後の男の子が三人、女の子がふたり。

「お兄さん！　シルヴィオお兄さん助けて！　この子、怪我してるの！」

その内の長髪の女の子がひとり、そう言って傍らにいる短髪の女の子を指さす。

その女の子の腕の中には、小さなウサギが抱えられていた。

僕は彼女たちの前に屈むと、目線を合わせて問いかける。

「そのウサギが怪我しているのかい？」

「うん、モンスターにいじめられていたの。ジョンたちが助けてくれたんだけど怪我してて……」

モンスターを見たということは、こんな夜に森の近くまで行ったのか。

魔王の先兵と言われるモンスターたちの強さはピンキリで、軍隊を蹴散らすようなものから子供でも追い払えるほど弱いものまでいる。

今回、ウサギを襲っていたのはリトルゴブリンか何かだろう。

体長三十センチほどの小人のような姿をして、色々な悪さをする害獣だ。

人間を殺せるほどの力は持たないが、油断していると怪我を負わされないとも限らない。

本当なら叱ってやらないといけないけれど、まずは動物の治療が先だろう。

「分かった、ちょっと待ってて」

僕は立ち上がるともう一度店舗の中に入り、使っていない木箱とボロ布を持ってくる。

明かりの下に木箱を置くと、その上にボロ布をかぶせて簡易的な机にした。

「よし、その子をこっちに置いて。見てみるから」

女の子が頷き、慎重にウサギを机の上に寝かせる。

「ふむ、これは……」

ウサギはぐったりしていて暴れる様子もなく、僕が手を触れてもされるがままだ。

詳しく調べると、前足が一本折れて他にもいくつか裂傷があるのが分かった。

このまま放っておけば間違いなく死んでしまうだろう。

「ウサギさんは大丈夫？　お兄さんの魔法なら治るよね？」

心配そうにのぞき込んでくる彼女に対し、僕は頷いた。

「大丈夫、任せておいて。回復魔法は僕の唯一の特技だからね。まあ、普段は役に立たないけれど」

呟きながら、僕はウサギに両の掌を向け体内の魔力を練る。

魔法はこの世界においては一般的な技術だ。

戦闘に使うようなものから日常生活に役立つものまで様々な種類の魔法があり、僕の住むルン王国は特に魔法使いの育成に熱心で、魔法教本と教師を辺境の村々まで派遣している。

おかげで一家にひとりは魔法使いがいるような状態で、実は、うちの家族の中で魔法が使えるのは僕ひとりだ。

ただ、それでも僕が落ちこぼれと言われているのは、使える魔法が回復魔法だけということにある。

この世界にはポーションという魔法の治療薬があり、そっちのほうが誰でも手軽に使えて効果が高いんだ。オマケにルン王国では魔法使いがたくさんいてポーションの供給量が多く、値段も手ごろなので、ますます回復魔法の出番がない。

事実、僕も生まれてこの方、人間相手にまともに回復魔法を使ったことはなかった。

以前にも何度か子供たちが怪我をした動物を連れ来たことがあり、それを治療したことがあるだけだ。自分の体には使ったことがあるけど、それも軽い切り傷や擦り傷程度のことだし。

「……よし、『回復』！」

教本通り魔力を燃料にして、目の前のウサギを包み込むように魔法を発動させた。

直後、柔らかい光がぐったりしていたウサギの体を包み込むように発生し、瞬く間に、全身に負っていた傷を癒していく。

光が収まると、すぐにウサギは起き上がってあたりをキョロキョロと伺い始めた。

「わぁ、すごいっ！　さすがシルヴィオ兄ちゃんだ！　お医者さんみたい！」

「何でも治しちゃうんんだもん。やっぱり魔法って凄いなぁ、俺も習いたいよ！」

ウサギが元気になったことで子供たちも喜び、次々に賞賛の言葉を送ってくれる。

それをむず痒く思いつつも、僕はウサギをそのまま布で包んで持ち上げる。

「この子は僕が森に返しておくから、君たちは早く親御さんのところへ帰りなさい。いくら大人たちが宴会で騒いでるからって、もう夜中に森へなんか入っちゃだめだよ！」

「うっ、ごめんなさーい」

「行こう！　お兄さんの言うとおり、早くしないとお母さんたちに怒られちゃう！」

子供たちが連れ立って村長の邸宅へ向かうのを見送り、僕はウサギを抱えながら木箱に腰を下ろす。

「人間じゃなくて動物の医者か。家畜の病気を治す仕事って儲かるかなぁ……いや、いざとなればポーションを飲ませればいいだけだし、駄目か。はぁ……」

自嘲するようにそう言いながら、ため息を吐く。

結局のところ、回復魔法の仕事は全部ポーションに取られてしまう。

さっきのように、子供のお願いで怪我をした動物を治すのがせいぜい。

でも、そのくらいが落ちこぼれの自分にはちょうど良いんだろう。

そんなことを考えていたとき、再度僕のほうへ近寄ってくる複数の足音が聞こえた。

さっきの子供たちが戻ってきたのかと思い、顔を上げることもなく声をかける。

「どうしたんだい、何か忘れ物でもしたのか？」

「ううん、違うよ。わたしたちはお兄さんをスカウトしに来たの。さっきからちょっと覗かせてもらってたけど、お兄さんの回復魔法に興味があるんだよね」

「……えっ？」

聞き覚えのない声に慌てて顔を上げると、そこには見覚えのない女性が三人居た。

中央に立つ二十歳前くらいの少女。

明るめの茶色をした髪を短めに整え、ニコニコと笑みを浮かべている。

初対面の相手に遠慮なく声をかけて気安い雰囲気があるけれど、それを嫌と思わせない朗らかさがある。

次に右側に建つ二十代後半の、僕と同じくらいの歳の黒髪の女性。

落ち着いた雰囲気で、ローブと杖を持っているから魔法使いだろうか。

村に居るのはちょっとした魔法を一つか二つ使える人だけなので、本格的な魔法使いに会ったのは国が派遣してくれた教員以来だ。

最後に左に居る二十歳くらいの女性だが、彼女はなんとエルフだった。噂にしか聞いたことのない存在を前に呆然とするが、向こうは訝しげな表情でこっちを見下ろしている。

見た感じからしてかなり気が強そうで、僕としては少し苦手なタイプかもしれない。

三人ともこの村の人間じゃない。それに、揃ってとんでもなく綺麗だった。

「もしもーし、聞いてますか？」

「はっ!?　あ、うん。大丈夫、大丈夫だ」

しばらく呆然としてしまった僕は一度思考を落ち着かせようと頭を振り、なんとか頷く。

「それで、あなた達はいったい何者なんです？」

「おっと失礼、まだ名乗ってなかったね。わたしはケイカ。魔王を倒す旅をしている勇者だよ。こっちのふたりは仲間で、魔女のエミリーとレンジャーのジェシカ」

彼女が何でもないように言った言葉の一つに、僕の体が硬直した。

「……勇者？　勇者ってあの!?」

思わず箱から立ち上がると、腕の中のウサギが驚いて暴れる。

「うわっ！　お、落ち着けって！　急に動いて悪かったよ」

なんとか落ち着かせて抱え直すと、改めてケイカと名乗った少女のほうを見る。

少なくとも嘘を言っているようには見えないし、本当に彼女が魔王を倒すために呼ばれた勇者なんだろう。そう思うと、緊張で体が硬くなってくる。

「あの、勇者様。なぜこんなところに？　村長の家で歓迎を受けていたはずでは？」

そう、今回の宴の主賓である彼女たちがこんなところに居るのはおかしいんだ。

困惑する僕に対し、ケイカが話を続ける。

「確かに村長さんには良くしてもらったけど、色々話しかけられるから疲れちゃって……」

「まぁ、あんなふうに騒ぐのは年に一度の収穫祭くらいですからね。最近は税も厳しくなって、そのお祭りも控えめでしたし」

「へぇ、そうなんだ。やっぱり、モンスターに襲われていなくても大変なんだねぇ」

僕の言葉にケイカは難しい表情で頷くが、そんな彼女に傍らの魔女、エミリーという女性が声をかけた。

「ケイカさん、それよりも本題のほうを進めてはどうでしょうか？」

「あっ、そうだね！　さっきも言ったけど、実はお兄さん……シルヴィオさん、だっけ？」

「ええ、そうです」

「じゃあそう呼ぶね！　よければ畏まった喋り方も止めて、お兄さんもわたしのことケイカって呼んでほしいな。わたしたち、お兄さんの回復魔法に興味があるの。もしよければ、使ってるところを見せてくれないかな？」

そう言われ、僕は思わず眉をしかめた。前者はともかく、後者がよく分からない。

「僕の回復魔法を？　そんなに面白いものじゃないと思うけど」

「それでも見たいの！　お願いっ！」

難色を示すと、ケイカはなんと両手を合わせて頭を下げた。

そんなことをされると、今度はこっちが驚いてしまう。

「えっ、ちょっ……わ、分かったから頭を上げてくれ！　勇者様に頭を下げさせたなんて知れたら村長に何を言われるか……」

「あはは、心配させちゃってごめん。まぁ、バレてもわたしが何とかするからさ」

「……頼むよ、面倒ごとは御免なんだ。取りあえず、僕の家まで来てもらえるかな。誰も来ないだろうけど、ずっと裏口を占拠しているのはマズいし」

こうして、僕は予期せず三人のお客さんを家に向かえることになってしまうのだった。

十分ほど歩いて家に着いた僕は、彼女たちを中に招き入れる。

去年まで住む人が居なくて放置されていたボロ屋だけど、掃除はきちんとしているし広さはそれなりにある。彼女たちをリビングに通し、ウサギを適当な箱に入れて水を与えてやる。

「よければどうぞ。水しかないですけど」

来客など想定していないせいでバラバラのコップしかなくて申し訳ないけれど、彼女たちは気にしていないようで助かった。

唯一、エルフの女性、ジェシカだけは先ほどから仏頂面が崩れていないから心配だけれど。

「それで、僕の回復魔法が見たいって話だよね？」

さっきのことを確認すると、ケイカが真面目な顔になって頷く。

「分かった。じゃあ、手っ取り早く始めよう」

僕はポケットから小さなナイフを取り出すと、それでさっと指先を傷つける。

「あっ!?　何も、自分でやらなくても……」

止める間もない一瞬の動きにケイカが声を上げたが、もうやってしまったものは仕方ない。

回復魔法は基本的に傷や病気に対してしか発動しないので、様子を見るためにはどこかを傷つける必要がある。それに、村の客人である彼女たちに自分で傷をつけてもらうなんて、恐れ多くて出来ないし、他人の体に回復魔法をかけるのも怖い。

「これでいいんだ、自分の体には何度か魔法をかけてるし。じゃあ、始めるよ」

僕はジンジンと痛む指先に意識を向け、体内の魔力を練り始める。

さっきと同じように手順を踏んで、魔法を発動させた。

指先を淡い光が包み、温かい感覚とともに痛みが消えていく。

そして効果が終わったころには完全に傷口が塞がっていた。

「ふぅ……これでいいかい？」

僕が顔を上げると、ケイカはエミリーさんのほうを見ていた。

ふたりとも、先ほどまでの穏やかさが嘘のように真剣な顔つきになり、何やら小声で話している。

僕の魔法に、なにかおかしなところがあったんだろうか？

不安に思っている間にも話が終わったのか、ふたりがこっちを向く。

「お兄さん、単刀直入に言います」

「は、はい」

少し強めな口調で言う彼女に、思わず姿勢を正してしまう。

果たして何を言われるのかと心配している僕に、ケイカは決定的な一言を発した。

「シルヴィオさん、わたしたちの仲間になってくれませんか？　その回復魔法の腕で、魔王を倒す手助けをしてほしいんです」

「……えっ？　はあぁぁぁぁ!?」

思わずガタッと椅子から立ちあがって驚く僕に対し、ケイカは真剣な視線を向け続ける。

「ちょ、ちょっと待ってくれ。たかが回復魔法だろう？　そんなのポーションで代用すればいいじゃないか」

他の国はどうか知らないけれど、ルン王国のポーションは安い物でも品質が良い。

供給が多いだけでなく、王国が積極的に補助金を投入しているからだ。

お陰で値段の割に効果が高いものも多く、骨折すら数日で治すポーションが地方の農民でも買える。

村長の家には緊急時のため、内臓の損壊をも瞬時に治せる高級ポーションが数本保管されているという。勇者様ともなれば、そう言った高級ポーションを湯水のように使える支援があるはず。

今さら回復魔法一つなくても困らないはずだ。

「確かにポーションには困ってないよ。でも、それでも足りないくらい魔王軍との戦いは過酷なんだ。お兄さんの魔法は高級ポーションや、神殿の聖女の回復魔法より凄い力を秘めているの。お願い、力を貸して！」

「し、神殿の聖女様よりも……だって？」

聖女と言えば、回復魔法を扱う者なら誰もが知っている超一流のヒーラーだ。

王国全土から才能がある少女が集められ、神へ祈りを捧げ、その加護を得ることで常人では不可能なほど回復魔法の効果を高めているという。

二十歳になると加護が途切れて、その後一生回復魔法を使えなくなる代わりに、高級ポーションでも不可能はほどの治療を、やすやすと行うという。

その力は千切れた手足をも復活させ、心臓が止まり死の淵にあった患者すら蘇らせる。僅かながら若返りの効果まであり、権力者が多額の献金でその魔法を受けようとしているとかいう噂も聞く。

「あの聖女様より、僕の回復魔法のほうが上？　ははっ、いくらなんでもそんな馬鹿な。あんた達、僕をからかおうって言うんだろう？」

あまりに受け入れがたい話で、思わず空笑いしてヨロヨロと椅子に座り込む。

だが、そんな僕にエミリーさんが声をかけた。

「いいえ、シルヴィオさんの力は本物です。貴方には有史以来の回復魔法の才能があります。この私、元聖女のメアリーが補償いたします」

「……えっ、元聖女？　メアリーさんが？」

顔を上げると、そこには優し気な笑みを浮かべて頷く彼女の姿があった。

「本当に？　いや、でもそんな……僕にそんな力があるとは……」

次から次へと湧き出る情報に、頭の中がパンクしそうになる。

そしてオロオロする僕を見て我慢できなくなったのか、これまで仏頂面で黙り込んでいたジェシカが、パン！　と机を叩いた。

「いつまでも慌てっぱなしで、もうちょっと落ち着いたらどうなの!?　エミリーと歳も違わないのにえらく情けないわね！」

「す、すみません……」

彼女は長寿のエルフだから、見た目は年下でも中身はずっと年上なんだろう。

反射的に謝り、確かに良い大人がいつまでも慌てていたらイラつくかもしれないと反省する。

だが、幸運にも彼女の大きな声のお陰で少しだけ考える余裕が出来た。

「申し訳ないけど、少し考えさせてもらえないかな。自分の中で整理がつかなくて」

「そう、だよね。ごめんなさい、急に押しかけちゃって」

僕の言葉にケイカがハッとしたような表情になり、エミリーさんと一緒に頭を下げる。

「いや、いいんだよ。才能があるって言って貰えるのは嬉しいし。でも、一晩よく考えさせてほしい」

「うん、分かった。じゃあ今日のところは帰らせてもらうね。お水ありがとう」

最後にそう言うと、ケイカは仲間たちを連れて家から出て行く。

僕はそれを玄関まで出て見送ったけれど、そのとき一瞬エミリーさんに強い感情の籠った視線を向けられた。

「ッ!?　……なんなんだ？」

一瞬だったのですぐ目を反らされてしまったけれど、何か心の中にモヤモヤしたものを感じる。

その後、嫌な予感がした僕はしっかりと戸締りをし、寝室のベッドへ横になるのだった。


その日の夜、僕は扉がギシッと音を立てて開く音で目を覚ました。

(いったいなんだ、あのウサギが逃げ出したのか？　騒がしい奴だな……ん？)

内心で悪態をつきながら目を開けると、窓から差し込んだ月明かりで人影が浮かび上がっていた。

「あぁもう、ここまで慎重に来たのに台無しですね」

困ったような口調でそう言った人影が僕の寝ているベッドの近くまで来ると、窓が近いため明るさで姿がはっきり見えてくる。

「エミリー、さん？」

それは、あの勇者ケイカの仲間のひとり。魔法使いで、しかも自分を元聖女だという黒髪の美女だった。

体を起こした僕に対し、彼女は一度頭を下げてから口を開く。

「申し訳ありません、やはり起こしてしまいましたね」

「それはいいです。でも、どうしてこんな夜中に？」

「失礼は承知ですが、私の話を聞いてほしいんです。先ほどはゆっくり話す時間がありませんでしたので。本当はシルヴィオさんが起きるまで、待たせていただくつもりだったのですが……」

「それは、今話さなければならないことなんですか？」

「はい、どうしても明日決断する前に、聞いておいてほしいのです」

「……分かりました」

彼女の真剣な顔つきを見て、僕は頷いて了承する。

ベッドの縁に腰掛けると、彼女には寝室に唯一ある椅子を勧めた。

エミリーさんは椅子に腰かけると、ゆっくり話し始めた。

「まずは、私のことを信用してもらわなければなりませんね。これが、私が元聖女だった証拠です」

彼女はそう言うと、どこからか小さな白いプレートを取り出した。

そこには彼女の名前と、この持ち主が元聖女だったことを証明する内容が、神殿の神官長の署名付きで記されている。

「偽物……じゃないですよね。裏面には凄く複雑な刻印が掘ってありますし」

独特の紋章や動物の姿が描かれていて、人の手ではとてもこんな加工は出来来そうにない。きっと魔法を使ったんだろう。

そういえば二番目の兄から、装飾加工のための魔法を扱う専門職人がいるという話を聞いたことがある。そういった職人は貴重で、国や神殿の専属になることが多いとも。

「ええ、偽造防止用です。もう五年以上前ですが、確かに私は聖女でした」

「そうなんですね。凄いなぁ、まさか本物に出会えるなんて思いませんでしたよ！」

ようやく現実を認識し、年甲斐もなく興奮してしまう。

だって、回復魔法を使う者にとって聖女は特別な存在だ。

唯一ポーションを上回る回復魔法を操る、神から直接加護を受けた至高の癒やし手。

男の子がヒーローに憧れるように、回復魔法の使い手は聖女に憧れを抱くものだ。

聖女は、見向きもされず落ちぶれている回復魔法の使い手にとって、唯一の希望でもあった。

「そんなに喜んでもらえると少し恥ずかしいですね」

ちょっとだけ顔を赤くしてそう言った彼女は、一度咳払（せきばら）いすると真剣な顔つきになる。

「聞いてほしい話というのは、他でもありません。貴方の回復魔法についてです」

「ああ、何でも凄い才能があるとか……でも、イマイチ信じられなくて」

「ですが、本物です。元聖女として何年も強力な回復魔法を行使していた私が断言します」

「は、はい」

いつになく強い口調でそう言われ、思わずうなずいてしまう。

「先ほど指先の怪我を治す魔法と、ウサギの怪我を治す魔法を見せていただきました。回復魔法の基本に忠実で、新入りの聖女候補たちの手本にしても良いくらいです」

「そ、そうなんだ。ありがとうございます」

ちょっと嬉しくなってしまい頬が緩むが、彼女の話は続く。

「シルヴィオさんの回復魔法は基本に忠実で、魔力も平均的です。ですが、実際に魔法を発動させると癒しの力が可視化するほど輝いて瞬く間に傷を塞いでしまいました。貴方が魔法を使ったときに発生した光、あれは本来もっと弱いものなのですよ？」

「えっ、そうなんですか？　すみません、生憎他人が回復魔法を使ったところを見たことがなくて。村に指導に来てくれた魔法使いも、回復魔法は使えないみたいでしたし」

そう、昔魔法を教えてくれた指導員さんは、僕の魔法を見ても何とも言わなかった。

だから、大したことないんだろうと思っていたけれど……。

「では、その魔法使いは回復魔法に詳しくなかったのですね。無理もありません、魔法の中では完全に日陰分野で、研究している人も少ないですから」

「あはは……そうですね」

「ですが、間違いなくシルヴィオさんの回復魔法は特別です。私に少し指導させていただければ、たやすく聖女の力量を上回れると確信してします」

「そ、そんなにですか？」

ここまで言われると、さすがに否定してばかりもいられない。

もしかすると、本当に自分の魔法に特別な力が宿っているんじゃないかと思ってしまう。

僕の意識がようやく変わってきたのを把握したのか、エミリーさんも安心したように息を吐く。

「はい。と言っても、まずはシルヴィオさんのことについてよく知らなければなりません。そこで、一つ私としていただきたいことがあります」

「は、はい。なんでしょう？」

いったいどんなことなのか。もしかして凄く厳しい鍛錬とか？

そんなことを考えていると、エミリーさんの口から衝撃の一言が飛び出す。

「今から私とセックスしてもらいたいのです。驚くかもしれませんが、これが聖女流の鍛錬方法なんです」

「……あの、聞き間違えかな。元聖女様の口から出たとは思えない言葉が聞こえたんですが」

「いいえ、間違えではありません。実は、回復魔法に有効な魔力は性的快感を得ることで少しずつ量が増え、質も良くなっていくんです。神殿は神と聖女の権威を傷つけないために隠していますが、聖女となった女子たちは、ほぼ毎日仲間内で淫らな行為にふけっていますよ？　あぁ、この秘密を勝手に漏らすと暗殺者を送り込まれてしまいますので、ご内密にお願いします」

「……そんな、憧れの聖女が毎日セックス三昧で魔力を鍛えている？　ははっ、そんな……」

僕はエミリーさんの言葉が信じられず、しばらく呆然としてしまう。

けど、ここまでの話と合わせると嘘とも思えない。

僕を騙すつもりなら、もっと現実的な嘘をつくだろうから。

「ショックな話ですよね、ごめんなさい。でも、だから神殿もこのことを秘密にしているんです。分かってもらえるでしょうか？」

「ええ、なんとか理解はできました。ちょっと信じられないですけど……」

「良かったです。なら、あとは私とのセックスで実感してもらえばいいですね」

彼女はそう言うと椅子から立ち上がり、僕の近くにやって来て肩を掴み、そのままベッドへ押し倒した。

「うっ、いきなり……えっ、うわぁ！」

仰向けになった僕の視線の先で、エミリーさんが服をはだけ始める。

特にたっぷりとした爆乳サイズの乳房は目を引き、なかなか視線を外せない。服の上からでもスタイルがよいと思っていたけれど、こうして淫らな格好になると余計に意識してしまう。

「ふふ、もう釘付けですね。もしかして、あまり経験がないのですか？」

「いや、まぁ……」

ずっと足手まとい扱いされて生きてきたんだ。女性関係については言わずもがなだった。

そんな僕の様子を見て、エミリーさんは優しく微笑む。

「安心してください。神殿に居たころは後輩の聖女の面倒も見ていましたから、きちんとリードさせていただきます」

そう言って近くにやってくると、そのまま躊躇なくズボンに手をかける。

「い、いきなり!?」

「でも、シルヴィオさんのここ、先ほどから苦しそうにしていますよ？」

彼女に手際よく下着ごとズボンを脱がされると、どうしようもなく硬くなった肉棒が露になる。

僕としてはかなり恥ずかしいのだけど、エミリーさんは嬉しそうに笑みを浮かべた。

「私のような年増の元聖女でも、これだけ興奮していただけるなんて……これは、誠心誠意ご奉仕しなければなりませんね」

「そんな、年増だなんて！　僕からすれば、今までに見た中でも一二を争うくらい美人ですよ」

確かにこの村や周辺では十代後半までに結婚することが多いけれど、彼女には若い女の子にはない大人の女性の魅力がある。

逆にケイカのような若い子相手ではどうしても気後れしてしまうので、リラックスできていた。

「ふふ、ありがとうございます。では、始めさせていただきますね」

エミリーさんはそのまましゃがみ込むと、肉棒を手で握る。

柔らかくきめ細やかな女性の手に触れ、思わず肉棒がびくりと震えた。

「可愛い……優しくしてあげますから、たっぷり気持ち良くなってください。んっ、ちゅうっ！」

「エミリーさん!?　あっ、ぐぅ……！」

てっきりそのまま手でされると思っていたので、その行動に驚き、声を上げてしまった。

直後、肉棒が暖かくヌルッとした感覚に包まれ、物凄い快感が襲ってくる。

「だ、駄目だっ、そんなところ汚いですから……うぐっ！」

「はむ、じゅるっ……私は気にしていませんよ。シルヴィオさんが真面目に働いた証ですから、汚れも匂いも不快なものではありません」

彼女は優しく言いながら、さらに肉棒へ舌を絡ませる。

今まで経験したことのない快感に、思わず腰が浮いてしまいそうになった。

「ぐっ、凄い……こんなに上手いなんてっ！」

顔に似合わない極上のテクニックに、自然と息が荒くなっていく。

聖女がセックスで魔力を高めるっていうのは本当だったんだ。

でなければ、エミリーさんがここまでエロいテクニックを持っていることに説明が付かない。

「んじゅっ、じゅるるるっ！　はふっ、ちゅぷっ……シルヴィオさんのここ、どんどん硬くなってきていますね。私の奉仕がお気に召していただけたようで、嬉しいです」

柔らかい笑みを浮かべながら、なおもその口は僕の肉棒を貪る。

まるで本当に捕食されているようで、彼女の口の中で自分のものが蕩けてしまいそうだった。

容赦なく襲い掛かってくる快感が僕の興奮を高め、いつにない早さで絶頂への階段を駆け上がる。

「だ、駄目だっ、そのままじゃ……あぐっ！」

肉棒がはち切れそうになり、思わずエミリーさんの頭を押さえてしまう。

すると、それまで子種を絞り出す勢いで動いていた彼女の舌が止まった。

「このまま口でいただくのもよいですが、やはり最初は子宮にいただきましょう。お互いしっかり相手を意識したほうが、魔力も高まりますから」

そう言うと体を起こし、軽く僕の肩を押す。

それだけでベッドの上に倒れてしまい、エミリーさんはそんな僕の腰の上に跨った。

豊満な肉付きの美しい肢体が明かりに照らされ、僕の目線が釘付けになる。

「ふふ、そんなに見つめられると、さすがに少し恥ずかしいですね」

頬を少しだけ赤くしながら言うと、エミリーさんは勃起したままの肉棒を手に取り、そのまま自分の秘部へ先端を押し当てた。

「んっ！　シルヴィオさん、このまま入れてしまってもよろしいですね？」

「うん、僕もエミリーさんと繋がりたいから」

「私も光栄です。では、失礼します。んっ……あっ、はぅぅっ！」

彼女がぐっと腰を落とすと、そのまま肉棒が膣内へ飲み込まれていく。

フェラチオで興奮していたのか、エミリーさんの中は驚くほど濡れていた。

抵抗する様子もなく、僕のものは最奥まで到達してしまう。

「くっ、これがエミリーさんのっ！」

快感に歯を噛みしめる僕の上で、彼女は恍惚とした表情をしていた。

「あぁっ、凄いです！　久しぶりの感触……それに、こちらの中が焼けてしまいそうなほど熱い。まがい物でない、本物の男の人がこれほど素敵だなんて！」

興奮に頬を赤く染めながら、熱い息を吐く。

「あの、エミリーさん？　まがい物って……」

気になって問いかけると、彼女は一瞬だけ躊躇ったが結局口を開いた。

「神殿では聖女同士で魔力を高め合っていましたから、実際に男性を相手にするのはこれが初めてなんです」

「なるほど……まさか聖女のおわす神殿に男を入れる訳にもいかないですし」

よく考えてみればそうだなと納得すると同時に、嬉しい気持ちもこみ上げてくる。

男として初めての相手というのは、僕のあまり多くはない自尊心を刺激するには十分すぎた。

「どうしました？　ふふ、緊張していますね」

「あ、当たり前ですよ！　こんな、まさか元聖女の人に犯されてるなんて……あぐっ！」

僕がそう言うや否や、エミリーさんは腰を動かし始める。

「んっ、あんっ！　シルヴィオさんは心配せず楽しんでください。純粋に快楽を楽しむのが魔力を高めるコツですよ。元聖女からのアドバイスです♪」

彼女は僕の顔を覗き込むようにしてそう言うと、前のめりだった体を反らす。

そして右手を僕のお腹のあたりについて体を安定させながら、左手は頭の後ろに回してセクシーなポーズを取った。

「うっ……それっ、すごくエッチですっ……あぁっ！」

たまらずそう言うと、彼女も気持ちよさそうな笑みを浮かべながら激しく腰を動かす。

「はぁ、あっ、んんっ！　シルヴィオさんの、神殿で使っていた道具より大きいっ……ああっ！」

彼女がグッと腰を沈めると、それに合わせて嬌声が上がった。

同時に、膣内がビクビクッと震えながらぎゅっと肉棒を締めつける。

「はぁ、ふぅ……エミリーさんの中、どんどん気持ち良くなっていきます！　うっ、あうぅぅっ！」

相変わらずたっぷり愛液の詰まった膣内で、僕の肉棒はこれでもかとしごき抜かれていた。

肉厚のヒダが絡みつき、敏感な裏筋を刺激する。

「特に奥のほう、急にキツくなってるから先っぽだけ凄い刺激されてるっ、ぐぁっ！」

「道具じゃ届かなかったところまで、シルヴィオさんのものがきてるんですっ！　あうっ、そこぉっ！

私の奥まで、シルヴィオさんに犯されてるぅぅっ!!」

肉棒が膣奥へ突き進むたび、さっきまでとは百八十度違う、淫乱なメスの顔が見えた。

その姿が、「これが彼女の本性だ。色狂いの元聖女なんだ」と実感させ、どす黒い欲望が湧き出てくる。

「はぁ、はぁっ！　このっ、エロ聖女め！　聖女様は貞淑だと思ってたのに、こんなに淫乱だった
とは思わなかったですよ！」

現実を見せつけられ、さっきのショックがぶり返してくる。

それでも興奮が収まらなくて、暴力にも訴えられない僕はセックスでやり返すしかなかった。

僕は両手でエミリーさんの腰を掴むと、力を振り絞って腰を突き上げる。

「あぎゅっ!?　はっ、ひふっ！　待って、だめっ、一番奥突き上げたらっ……あひぃぃぃっ!!」

その一突きで、エミリーさんの余裕が吹き飛んだ。

「だめっ、だめなんですっ！　そこだけは本当にっ……あっ、やぁっ、ひあああぁぁっ!!」

二度三度と腰を突き上げる度、エミリーさんの膣内がグズグズに崩れていく。

カクン、と腰から力が抜けて、僕に突き上げられるままになってしまった。

「ひふっ、あぁっ！　だめっ、こんなの、私が指導するはずなのに……あうっ！」

「もう指導なんかいいです、一緒に気持ち良くなりましょう！　僕、頑張りますから！」

ん♥
プルン
ずぽ♥
ずぽっずぽっ
ずぽっ♥ず♥
はぁ♥ はぁ♥
あ♥

「そんなっ……ひぃっ！　やっ、また奥、突き上げられるっ!?　ひぐっ、うぁっ……!!」

もう快感を抑えることが出来ないようで、エミリーさんは乱れに乱れていた。

それを見上げながら、僕は精一杯彼女を責める。

腰を動かせばそれだけ快感が生み出され、ふたり揃って気持ち良くなる。

それだけが重要だとばかりに、テクニックもへったくれもないピストンを彼女へお見舞いする。

「すごっ、凄いですぅ！　こんな、激しいセックス初めてっ！　こんなの、女の子同士のエッチじゃ絶対味わえないですっ！　あっ、ひゃわあぁぁっ!!」

ゴツッと最奥に肉棒がめり込むと、一際大きな嬌声が響く。

この家が村の外れにあって良かったと思った。

そうでなければ、絶対に隣まで聞こえてしまうほど大きな声だったから。

でも、その声を楽しめるのもあとわずかだった。

「ふぐっ、はぁはぁ……エミリーさん、僕もうっ！」

フェラチオから本番へ至る流れでたっぷり興奮を掻き立てられた僕の肉棒は、もう完全に限界だった。あと一分も持たずに暴発してしまう。

それを告げると、エミリーさんも激しい興奮の波の中、はっきり視線をこっちへ向けてくる。

「んっ、最後くらいわたしも頑張らないといけませんねっ！　もちろん、最後はそのままシルヴィオさんの子種を中にください。そのほうが魔力が高まりますから。ふぅぅ……んっ、ふううぅっ！」

彼女は息を整えると、再び腰を動かし始めた。

僕の突き上げに合わせて動かし、より刺激を強めようとしてくる。

「ううっ、こんなに激しいと壊れてしまいますっ！　はふっ、んんっ、シルヴィオさんっ！」

「はい、僕もイキますよ！　エミリーさんも一緒に……」

そう言うと、僕は残った力で彼女の一番奥へ肉棒を突き込む。

「あっ、あああっ!!　イクッ、イキますっ！　イッ、ひゃっ、あううぅぅぅぅぅっ!!」

「く……ッ!!」

密着し合った体が同時に震え、絶頂する。激しく収縮する膣肉に絞り出された精液が、エミリーさんの膣内はおろか、子宮の中まで犯していった。

「はひっ、あぁっ……中出し、凄いですっ♪　これが男の人とのセックスなのですね。女の子同士では絶対に味わえない快感……」

時折肩をビクビクッと震わせながら、エミリーさんは満足そうに笑った。

僕のほうも、これまで生きてきた人生の中で一番の興奮と満足感に浸り、指一本動かせない。

数分して、ようやく興奮の治まってきた僕たちは体を離した。

そして、寝ていた僕が体を起こすと同時に、エミリーさんがベタッと女の子座りで腰を下ろす。

さっき吐き出した精液が膣内から漏れだしてシーツを汚すけれど、彼女にはまだそれを気にする余裕はないようだ。

それより、もっと大事なことがあるとばかりに話しかけてくる。

「ふぅ……シルヴィオさん、申し訳ありませんが回復魔法を使ってみていただけませんか？」

「え？　あぁ、そうだね。分かったよ」

僕は試しに自分の指に強く噛みつき、僅かだが傷をつけた。

そして、そこへ目がけて回復魔法を発動させる。

すると、驚いたことにいつもより体感する魔力の強さが上がっていた。

「うわっ、本当に魔力が強くなってる!?」

「ええ、シルヴィオさんにも実感していただけたようで良かったです。本当はたった一回のセックスでは実感できるほどの成長はないはずなのですが、元々シルヴィオさんの魔力量が多かったことと、セックスの質が良かったからかもしれませんね」

驚く僕をよそに、エミリーさんは魔力増強の効果を冷静に分析していた。

まだ事後の乱れも直していないのに、本当にセックスに慣れているんだなぁ、と改めて思った。

「でも、これでエミリーさんの話について全面的に理解しました。僕に回復魔法の才能があるということも、本当だと思います。それでも、どうして僕が勇者パーティーに必要なのかっていう理由までは分からないんです」

単に傷を治すならポーションがあれば十分だし、もうひとり人数を増やすならちゃんと戦える人間を増やしたほうがいいんじゃないか？

そんなふうに考えてしまい、その疑問をエミリーさんにぶつける。

すると、彼女は苦笑しつつも僕を説得し始める。

「確かにそう思われるのも無理はないかもしれません。でも、わたしもケイカさんもあなたのことが必要だと思っています。勇者であるケイカさんは異世界人しか持てない聖剣スルードを操り、神の祝福を受けていることで凄まじい力を誇ります。ほとんどの魔物など比べものにならず、家ほどもあるトロールとの力比べにも勝ってしまうほど。でも、そんなケイカさんにも一つ弱点があります。その防御力です」

「防御力？　あぁ、確かに……」

僕は、昼間見たケイカの服装を思い出す。

彼女の衣装は、多少は金属の装甲で覆われていたが、大部分はただの布で、肌が露出している部分も少なくなかった。全身鎧はおろか、村長の家に保管してある皮鎧より脆(もろ)そうだ。

「常軌を逸した力を得る代わりに、肉体の強度は並の人間と変わりないのです。剣で斬られれば血が出るのはもちろん、転ぶだけで膝を擦りむきます。けれど、彼女は機動力を重視して重い鎧を身につけようとはしません。結果、どうなるかお分かりでしょうか？」

「……戦う度に、毎回ボロボロになる？」

僕の言葉に、エミリーさんは悲しそうに頷いた。

「わたしも、もうひとりの仲間であるジェシカもそれなりの手練れだと自負していますが、両方とも後衛です。いざ戦いとなると圧倒的な強さを持つ彼女に負担が集中してしまいます。彼女に並び立てる前衛をもうひとり確保するのは不可能に近いですね。もちろんポーションでの回復も行っていますが、戦闘中となるとなかなか難しいものがあります。そんなとき、一瞬で大きな傷も癒してくれるヒーラーがいればどれだけ心強いか……神殿の聖女レベルならなんとかこなせるかもしれませんが、外の世界を知らない彼女たちは総じてひ弱です。長旅についてこられるとは思えません。その点シルヴィオさんは男性ですし、回復魔法の能力も聖女より数段上。私たちにとって、またとない絶好の人材なのです」

「なるほど……」

エミリーさんに褒められるのは嬉しいけれど、あまり喜んでばかりもいられない話の内容だった。

ケイカの敗北は、即パーティーの崩壊に繋がる。

人類の希望とも言われている彼女たちパーティーが壊滅するなんて、ゾッとしない。

それで、彼女がここまで真剣になっている理由を肌で実感した。

「エミリーさんが聖女の秘密を話してでも、僕を率いれたい理由はよく分かりました」

「ありがとうございます。ただ、それでも私は無理やり貴方を誘うことはできません。ケイカさんがそれを望まないでしょう。それでも、私は貴方に希望を託したいのです。明日はせめて、直接シルヴィオさんの口から、考えをケイカさんに伝えてあげてください。よろしくお願いいたします」

念を押すように言った彼女の言葉に、僕はただ頷くことしか出来なかった。

翌日、僕は村の近くにある森に足を踏み入れていた。

ケイカと少し話をするだけだったはずが、どうしてこんなところに居るのか。

それは、つい十分ほど前まで時間をさかのぼる。

予定通り再度家へ訪れたケイカに対し、すぐに明確な答えを出せないでいた。

僕に特別な回復魔法の力があるという話はとても嬉しかったけれど、それが本当に戦闘で役に立つか自信がなかったからだ。たとえ力を持っていても、こんな辺鄙な農村で暮らしていた僕が勇者パーティーの旅について行けるのか、それも甚だ不安だった。

それを打ち明けると、ケイカは「なら試しにモンスター退治に出かけてみない？」と提案してきたのだ。どうやら、村長から付近の畑を荒すモンスター退治の依頼を受けたらしい。

「畑を荒らしているモンスターは恐らくアサルトボアの群れだと思われます。すでに痕跡は調べましたから、後はジェシカさんにお任せしてよいですね？」

僕の前を歩くエミリーさんが、隣にいるエルフのジェシカに声をかける。

「派手に足跡を残しているから追跡は簡単よ。他にも折れた枝や葉っぱに、泥……。これだけ痕跡があれば、レンジャーにとっては朝飯前だわ」

彼女は何でもないように言うけれど、僕にはモンスターがどこへ逃げていったのかなんて見当もつかない。けれど、ジェシカは明確な目標があるようで、迷いなく道なき道を進んでいく。

足を引っかけないよう慎重に進んでいると、隣のケイカが声をかけてきた。

「緊張してる？　大丈夫、このあたりに出てくるモンスター相手なら、絶対にお兄さんを守れるから安心してて！」

「ありがとう。森を歩くなんて子供のとき以来だから、ちょっと緊張しちゃって……うん、もう慣れてきたから大丈夫だよ」

心配してくれた彼女にそう言って、置いて行かれないように足の動きを速める。

そのまましばらく進むと、ジェシカが唐突に足を止めた。

「見つけた。前方百メートル、数は八、呑気に地面を漁ってるし、こっちが風下だから気づかれる心配もないわ」

目つきを鋭くした彼女が指差した先には、確かに何かが蠢く姿が見えた。

でも、うっそうとした森の中で、あんなに遠い場所に居る生き物の種類と数まで言い当てるなんて……やっぱりエルフは人間とは違う特別な種族なんだと実感する。

「ケイカ、どうするの？　あたしならここから全部狙撃できるけど」

僕に向けるときとは違う、比較的穏やかな口調で彼女が問いかけた。

どうやら、ジェシカはエミリーさんと違って、あまり僕を歓迎するつもりはないらしい。

「そうだね……でも今日はお兄さんに実戦を見てもらうのが目的だから、それは止めとこうか。ジェシカはそのままここで援護をお願い。エミリー、援護して。お兄さんはエミリーの後ろにぴったりくっついて」

ケイカは手早く指示を飛ばすと、今度は先頭に立って進み始めた。

口調こそいつものように明るいけれど、剣を手にした彼女は一転して鋭い雰囲気を放っていた。

ケイカの後ろにエミリーさんが、その後ろに僕が続く。

数十歩も進むと、僕にもモンスターの姿がはっきり見えてきた。

「あれがモンスターなのか？　確かに、普通の動物とは明らかに違う」

姿形こそ猪に似ているけれど、牙が異様に大きく、体毛に不気味な文様が浮かび上がっていた。

小さな瞳が爛々と輝き、その身に悪魔を宿していると言われても不思議ではない。

思わず身を硬くしていると、僕の様子に気が付いたケイカとエミリーさんが振り返った。

「大丈夫ですよ、ケイカさんの強さは昨日話したとおり隔絶しています。あのくらい、ものの数ではありません」

「そうそう。わたし達が頼れるってところ、しっかりお兄さんに見せてあげる。いくよっ！」

ケイカの合図とともに戦闘が開始された。

前衛のケイカが飛び出すのと同時にエミリーさんも身を晒し、魔法を発動させる。

「まずは先制させてもらいます。『石杭』！」

彼女が右手を前に出すと魔力によって石材の杭が生み出され、次の瞬間撃ち出される。

矢のような速度で飛翔した石杭はモンスターの一体に直撃し、転倒させた。

「ありがとエミリーさん！　よっし、やったるぞ！」

突然の襲撃に狼狽えたモンスターの群れに対し、剣を抜いたケイカが切り込む。

彼女に気づいた何体かのモンスターが突進を仕掛けたが、ケイカは余裕をもって回避しながら剣で斬りつける。すると、エミリーさんの石杭でも貫通しなかったモンスターの体が易々（やすやす）と切断され、死体が地面に転がる。

「うっ……」

僕は何度か動物の解体を手伝った経験もある。しかし、目の前で生き物を殺す様子を見るのは初めてだ。気分が悪くなって思わずその場にしゃがんでしまったけれど、結果から言えばそれが悪かった。

突如、近くの茂みがガサつき、何かが僕に襲い掛かってきた。

「うっ、うわぁっ!!」

僕を襲ったのは、全身濃い緑色の皮膚をした小鬼……ゴブリンだ。

しゃがんでいたことで身動きが取れなかった僕は、そのままそいつに押し倒され、今にも手にした棍棒で殴り殺されそうだった。

「お兄さん!? くっ、このっ、邪魔だよ!」

そのとき、ケイカが目の前のアサルトボアを切り捨てて僕へ駆け寄ってくる。そして今まさに振り下ろされた棍棒を右腕で受け止めると、聖剣スルードでゴブリンの首をはね飛ばす。

瞬きする間もない一瞬の内に、僕は彼女に命を救われたんだ。

その後、呆然とする僕の前で生き残りのモンスターが全て片付けられる。

ゴブリンの乱入という不測の事態がなければ、この程度のモンスターはものの数ではないというのは確かなようだった。

やがて付近一帯の安全が確保されると、全員が僕の近くに集まる。

「……ごめんなさい、あたしがゴブリンを見逃したせいで危険な目に遭わせてしまったわ。ゴブリンのやつ、泥を纏って匂いを消していたみたい。一匹だからたぶん群れからはぐれた奴ね……油断したわ」

始めに声をかけてきたのは、意外にもジェシカだった。

苦虫をかみつぶしたような表情で、僕に向かって頭を下げる。

索敵を担当しているレンジャーとして、見落としの責任を感じているらしい。

「大丈夫ですよ、ケイカのおかげで傷一つないですし。そうだ、ケイカは!?」

僕をゴブリンから庇って怪我をしたはず。

彼女を見ると、ゴブリンの棍棒を受け止めた右腕の一部がどす黒く変色し歪んでいた。

打撲なんて甘いもんじゃなく、完全に骨折している。

かなり傷むのか、ケイカは額に脂汗を浮かべていた。

「あはは、ゴブリン相手に下手打っちゃったなぁ……いたたた」

「痛いですむレベルじゃないよ！　い、今すぐポーションで治療しないと！」

傷ついた彼女を前に、罪悪感と焦燥感で混乱してしまう。

そんな僕の肩に、エミリーさんが優しく手を置いた。

「落ち着いてくださいシルヴィオさん、このくらいの怪我なら命に別状はありません。でも、わざわざポーションに頼らなくとも、貴方にはケイカさんを癒せる力があります。どうかその回復魔法でケイカさんの傷を治してください」

「ちょ、ちょっとエミリー!?　お兄さんに無理やりやってもらわなくても、ポーションがあるからさ！」

ケイカはそう言うけれど、僕は首を横に振った。

「いや、僕が足を引っ張たんだ。僕が治してみせます」

「お兄さん……」

他人に回復魔法を施すのは初めてだ。けど、不思議と緊張はしなかった。

なんとしてでも彼女の腕を治さないとという使命感が、僕の体を動かす。

「ケイカ、腕を出して。すぐ治すから、絶対助ける……いくよ、『回復』!!」

患部に両手をかざし、後先考えず全力で魔法を発動させた。

すると、いつもの数倍強い光がケイカの腕を包み込む。

「くっ、まぶしい!?　これほどの光、私も見たことがありません!」

「な、なんなのよこの魔力!　人間がこれだけ強い魔法を使えるなんて!」

エミリーさんとジェシカが驚いているけれど、僕はそっちに意識を向ける余裕もなかった。

「うわ、凄い、痛みがどんどん引いていくよ……それに温かくて、気持ちいい」

目の前のケイカも、自分の体に起こっていることに驚いたように目を丸くしていた。

やがて僕の息切れと共に光が収まる。

「ふはっ!　はっ、ふぅ、はぁ……ど、どうだ?」

恐る恐る手を退けてみると、そこには傷一つないケイカの腕があった。

治療に成功したことを確信し、僕の全身から力が抜けてしまう。

「ははっ、やった!　良かった、本当に……」

「うわ、全然痛くない。完全に治ってる!　凄い、凄いよお兄さん!　やっぱりエミリーの言う通り回復魔法の天才だったんだ!」

一方のケイカは、先ほどまで腕が折れていたとは思えないほどの元気さで、治ったばかりの右手

を使い、僕の肩を叩く。

「やったねお兄さん、最高級のポーションでも、こうはいかないよ！」

「お、おいっ!?　怪我してた腕なのに！」

「ふふ、心配ないいって。全然痛くないいんだもん。ねぇエミリー？」

問いかけられたエミリーさんは、ケイカの腕を手に取ると頷く。

「はい、もう元の状態に戻っています。一瞬で傷を完全に再生させてしまうなんて、やはりシルヴィオさんの回復魔法は常識外の効果ですね」

彼女がそう言って微笑むと、ジェシカも興味深そうに腕を覗き込む。

「本当だわ、傷一つない。シルヴィオ、あんた思ったよりずっと凄いわ。うちのパーティーに入りなさい！」

これまで僕の勧誘に懐疑的だったジェシカも、手のひらを返したような態度になる。

それほど、今見せた回復魔法が衝撃的だったのだと分かる。

改めて自分の力を再確認した僕は、呆然と治療を行った両手を見下ろす。

さんざん役立たずと言われていた僕の力が人を癒し、求められていることに感動を覚えた。

「お兄さん、やっぱりやればできるじゃん。これで仲間になる件、少しは検討に値するんじゃないかな？」

「ああ、そうだね。僕が必要だと言って貰えるのは凄く嬉しい。でも……」

そのとき、脳裏にゴブリンが僕へ棍棒を叩きつけようとしている光景が浮かび上がった。

「モンスターが怖い？　戦場に出るのが怖い？」

正直にうなずくと、彼女は苦笑した。

「うん、無理もないよね。でも、今夜もう一度だけわたしにお話しさせて。それでも気が変わらなかったら、わたしたちも諦めるから」

「……分かった」

震えそうになった両手を握りしめ、僕は頷いた。


すっかり日が沈んで夜になると、僕は寝室でケイカとふたりきりになった。

エミリーさんとジェシカは他の部屋で休んでいる。

この家は元々、家族単位で住んでいたものなので寝室もいくつかあり、使っていなかった部屋を利用してもらうことになった。

「ごめんね、急にお兄さんの家に泊まるなんて言って」

ベッドの縁に腰かけている彼女がそう言うと、その正面の椅子に座っている僕は首を横に振った。

「いや、たいした準備じゃないから気にしなくていいよ。それより、村長に恨まれなければよいけど」

昨日は三人とも村長の家に招待され、なかなかの歓迎を受けたらしい。

村長としては勇者一行を歓待するなんて、とても名誉なことなんだろう。

なのに、彼女たちが村でも役立たずと言われる僕の家に泊まったりしたら、プライドが傷つけられて面倒なことにならないだろうか。

今までいろいろなことがあったから、つい悲観的に考えてしまう。

「それについては大丈夫だよ。村長には森の様子を見るために野営するって言ってあるから」

「そ、そっか……」

その言葉に安心して息を吐き、同時にちょっと情けないいなと自嘲した。

こんなことにビクビクする男が、魔王討伐の旅についていけるのか？　正直、出来る気がしない。

「？　どうしたの、そんな沈んだ表情して。もしかして、まだ昼間のことが……」

「それもある。ここで了承しても、本当に僕がケイカたちの旅で足手まといにならないのかなって」

言い終わると急に恥ずかしくなってしまい、彼女から目線を反らした。

すると、ケイカがベッドから起き上がって僕に近寄ってくる。

「お兄さん、わたしとエッチしよう？」

「……はっ？　えっ、今なんて」

一瞬、彼女の口から出た言葉が認識できず、聞き返す。

「むぅ、ちょっと恥ずかしいから今度はちゃんと聞いてね。これから、わたしとエッチしよう」

今度こそしっかり理解したが、脳内は相変わらず混乱したままだった。

そんな僕に、ケイカがゆっくり話しはじめる。

「お兄さん、昨日夜這いしたエミリーとエッチしたでしょ？」

「何で知ってるんだ!?」

「ふふっ、分かりやすいね。本人から聞いたんだよ」

彼女は僕の反応を見て面白そうに笑うと続ける。

「わたし、エミリーから元聖女だったこととか、聖女たちが魔力を高めるためにエッチしてることとか、色々聞いてるんだ。エミリーってば、本当は話をするだけのはずだったのに、お兄さんと一緒にいて我慢できずに襲い掛かっちゃったみたい。さすがにしょっちゅうエッチしてただけあって、元聖女の性欲って凄いね？　神殿を出てから欲求不満気味だったみたいだから」

「そ、そうなんだ。へぇ……」

まさかケイカのほうからこういう話題を振られるとは思わずに、驚きつつも聞き返す。

「ケイカは何でそんなことを？　言っちゃやなんだけど、エミリーさんみたいに性欲を持て余しているようには見えないけど」

「まぁ、一つはお詫びかな。昼間森に連れ出して、怖い思いをさせたお詫び。ジェシカは自分の警戒が足りなかったって悔やんでたけど、チームの失敗はリーダーであるわたしの責任でもあるし」

その言葉に、この子は本当に責任感が強い子なんだなと思った。

「わたし、処女だけど知識はそこそこあるんだ。エミリーさんからそういうこと聞いたし。魔王ってすっごく強いから、いつかは魔力を強化するためにエッチなことをする必要もあるかもしれない。でも、誰彼構わずエッチなことできるほど経験もないの」

「……でも、その相手が僕でいいのかい？」

「ふふ、お兄さんだからいいんだよ。あんなに必死になってわたしの怪我を治してくれた人、他にはいないよ？　あぁ、お兄さんが、わたしを好みじゃないっていうなら仕方ないけど……」

そう言われて、僕は改めてケイカの顔を見つめると、その美しさを再確認する。

この国ではなかなか見られない異国風の顔立ちに、茶髪を短めに整えた明るい印象の髪型。

顔立ちは少し幼く見えるけれど、十分に女性を意識させる美しさを備えている。

「そ、そんなことないよ。ケイカは凄く綺麗だ」

「本当？　嬉しいな。わたしエミリーさんみたく色気はないし、ちょっと心配だったんだぁ」

安心したようにため息を吐き、苦笑いするケイカ。

確かに包容力のあるエミリーとは違うタイプだけれど、十分すぎるほどの美人だと思う。

「じゃあ、そろそろ始めようか。わたし、こう見えて意外と慎重なんだけど、いつまでもノロノロしてるのが好きって訳でもないんだ」

彼女は僕の腕を掴むと、そのままベッドへ引き寄せた。

その思ったよりも強い力にされるがままになり、ふたりしてシーツの上に座り込む。

昨日エミリーさんとのことがあってから新しいものに取り換えたから、清潔でサラサラだ。

「ん……じゃあ、こっち向いて」

「あ、ああ……んむっ!?」

有無を言わせぬ素早さでケイカの顔が迫り、そのままキスされてしまった。

薄いけれどしっかり潤いのある唇が触れ、間近に赤くなった彼女の顔が見える。

十秒ほどそのままキスを続けると、向こうはパッと顔を離して苦笑いした。

「えへへ……上手くできたかな？」

「文句なしの最高だよ」

「ははっ♪　嬉しいよ、ありがとうお兄さん。やっぱり、初めてエッチする前にはファーストキスくらいすませておかないとね」

　僕の感想を聞いた彼女は、満足そうに笑みを浮かべた。

「処女だけでなくファーストキスまで貰ってしまったのか……恐縮するよ。精一杯頑張らないとね」

「何言ってるの？　怖がったまま女の子の相手が出来るわけないじゃん。いいから、最初はわたしに任せて！」

　まだ昼間のことが頭に残っていると指摘され、その通りの僕は反論も出来ない。

「お兄さんには仲間になってほしいけど、それとこれとは別だよ。まぁ、わたしも初めてだから、失敗しちゃっても許してね？」

　可愛らしく言いながら、彼女は僕のズボンに手をかけた。

　そのままズリ下ろすと、早くも存在感を主張し始めている肉棒が露になった。

「わっ、結構大きい……元からこんなサイズなの？」

　彼女は男の体に興味津々なようで、楽しそうに聞いてきた。

「それは……ケイカがさっきから、ほとんどくっつくみたいに近くに居るからだよ。君みたいな美少女に侍られて興奮しない男なんていないない」

　少し恥ずかしかったが正直に言うと、彼女も顔を赤くしていた。

「ま、真正面からそんなこと言われると、さすがにちょっと恥ずかしいね。でも、ありがとう。お兄さん結構勇気あるじゃん。ヘタレなんかじゃないよ」

ケイカはそう言うともう一度キスして、片手を肉棒に伸ばして愛撫し始めた。

「くっ！」

「痛くはないよね？　エミリーに教えられたとおりやってるんだけど……」

「いや、凄く気持ちいいよ！」

「本当？　やった♪　じゃあ、お兄さんもわたしのこと触って？」

言われるがまま、僕は服越しに彼女の胸や腰、太ももを撫でるように触り始める。

手のひらから柔らかくも張りのある感触が伝わってきて、それだけで気持ち良くなってしまう。

ケイカみたいな可愛らしい女の子の体を好き勝手に触っているということに、密かに優越感も抱いてしまった。

「凄い……肌がスベスベだし、ちょっと力を入れると柔らかいし、最高だ」

「うん、お兄さんのココは逆にどんどん硬くなってくね」

互いに愛撫しあっている内に、僕の肉棒は限界まで張り詰めていた。

「ねぇ、恥ずかしいこと聞いてくれる？　わたしも興奮して濡れてきちゃった……」

そう言うと、彼女は腰を浮かせてスカートの中からショーツを引き抜く。

見れば、ちょうど秘部に当たる部分が大きく染みになっていた。

改めてケイカの顔を見ると、さっきより赤くなっているのが分かる。

「変なの……エッチするの初めてなのに、どんどん体が気持ち良くなっちゃう。まるで、気持ち良くセックスしろって誰かに言われてるみたいにっ」

息を荒げながら、熱っぽい視線で見つめられる。

彼女へ加護を与えた神が、より強い力を求めさせようとしているのだろうか？

何にせよ、今この場に僕たちふたり以外の意思が介入するのは許せなかった。

僕はそんな彼女の肩を両手で掴み、ベッドへ押し倒した。

「きゃうっ！　うぅ、お兄さん？」

「そんなもの、関係なくなるくらいに僕が気持ち良くしてやる！」

初心者が何を言ってるんだと、いつものように心の中で自嘲する声が聞こえる。

けれど、それを消しとばすくらいに、ケイカが愛らしい笑みを浮かべた。

「うん、いいよ。きて。お兄さんのこと全部受け止めるから、わたしのこと気持ち良くしてっ！　いっしょにエッチに夢中になって、嫌なこと全部忘れよう？」

彼女は興奮した表情で、片手で自分の秘部を見せつけるように開いてアピールしてくる。

「あぁ……ケイカッ!!」

両足を掴んでぐいっと広げると、露になったアソコへ肉棒を押し当てる。

そして、躊躇することなく腰を前に押し出した。

「うっ、ぐっ……あぁぁっ！　なか、入ってきてるっ！　ひうっ！　お兄さんのが、全部わたしの中にぃっ!!」

「あ、うぅっ！　凄い、溶けるっ……奥に入れるまでに全部溶けちゃいそうだっ！」

ケイカが呻くような声を吐き出す上で、僕はケイカの中の具合のよさに脳みそが蕩けそうなほどの快楽を感じていた。体を一センチ前に進めるだけで腰が砕けそうな刺激が流れ込んでくる。ぴったり腰を押しつけるまでには、数分も時間をかけてしまった。

「あふっ、はぁ、はぁっ……お兄さんの、奥まで届いてる？」

「ああ、全部入ってるよ。動くと今にも暴発しちゃいそうだけど」

体の相性がよいのか、強い快感を覚えたのはケイカも同じらしい。

彼女の肌は全身に渡って桜色に染まり、はだけた服から覗いている乳首も硬くなっていた。

「ん、もう……どこ見てるの？」

「ケイカのおっぱいだよ。ちょっと腰は動かせそうにないから、こっちで気持ち良くしてあげたいな」

僕は両手を彼女の胸元に伸ばし、発育のよい乳房を揉む。

彼女の胸はエミリーさんほど暴力的な質量はないけれど、そのぶん全体的に張りがあって綺麗な形をしていた。

両手で脇のほうから体の中心へ集めるように胸を揉むと、見事な谷間が形成される。

「くうっ……ちょっと失敗だったかな？　ますます興奮して我慢できなくなりそうだ」

「あう、やっ……わたしのおっぱい、お兄さんに滅茶苦茶にされてるっ!?　んっ、でも、不思議とそれが気持ちいい……あぁんっ！」

僕が遠慮なしにぎゅっと乳房を掴んでも、ケイカは痛がることなくむしろ気持ちよさそうな嬌声を上げた。

「ケイカ、そんなに僕の手が気持ちいいのか？」

「うんっ！　いいの、凄くいいっ！　ねぇ、もっと動かして？　いっしょに腰も動かして、もっとセックスしてっ！」

完全に興奮した様子の彼女にそう言われ、僕も覚悟を決める。

「分かった。でも、一度動き出したら最後まで止まれないからね！」

そう言いながら、片手で彼女の腰を支えると動き始めた。

「あぐっ⁉　ひぁっ、あぁんっ！　動いてる、お兄さんがわたしの中で……んぐっ、気持ちいいよ！」

遠慮なく腰を動かす僕の下で、ケイカが気持ちよさそうに笑みを浮かべた。

年下の女の子に「気持ちいい」と言ってもらえて、これまでにないほど胸が高鳴る。

自分の拙(つたな)いテクニックで目の前の女の子を満足させられていることに、強い満足感を覚えた。

「はっ、ぐっ……まだまだ、もっと気持ち良くしてあげるよ！」

幸い、昨日のエミリーさんとの経験があったからか、何とか持ちこたえられている。

僕が限界を迎えるまでに、より多くの快感をケイカにも味わってもらいたい。

その一心で激しく腰を振り、ケイカの膣内をかき乱していく。

「いひゅっ、あぐぅぅっ！　激しいよっ！　わたしの中、ぐちゃぐちゃになっちゃうっ！」

ズンズンと僕に突き上げられる度、ケイカの体が揺れる。

明るい茶色の髪がシーツの上に散らばり、乳首を硬くさせた胸も弾むように動いた。

「はぁ、ふっ……ケイカ、すっごく感じてるね。そんなに気持ちいい？」

僕自身も強い興奮を抑えながら、彼女へ問いかける。

「いいよ、凄く気持ちいいの！　あんっ、はひゅんっ！　お兄さんとのエッチ、気持ち良すぎてもうイっちゃいそうだよぉ！」

すでに羞恥心は完全に吹き飛んだようで、流れこんでくる快感を受け止めるのに精いっぱいな様子だ。それを見てますます興奮した僕は、両手で腰を掴むといっそう動きを激しくする。

「最高の乱れ具合だよケイカ！　表情も、体の反応も、全部エロすぎるっ！」

「あぐっ、また激しくっ……だめっ、もう本当に無理なのっ！　イクッ、イっちゃうからぁ！」

両手でぎゅっとシーツを握りしめ、迫りくる絶頂に備えようとしている。

昼間見た鬼神のような強さを披露したときとは違う、年相応の少女然とした姿。

そのギャップに改めて心を刺激され、欲望と同時に愛おしさも湧き上がる。

それと同時に、なんとか押さえ込んでいた欲望がはち切れそうになった。

「ケイカ、僕ももう限界だ！」

「んっ、はうっ……お兄さんも限界？　いいよ、このまま一緒に気持ち良くなろう？　最後の最後に離れたら駄目だからねっ！」

「で、でも……」

一瞬理性が戻って躊躇する僕に、彼女は優しく微笑（ほほえ）みかけた。

「今日は大丈夫な日だから。遠慮しないで、全部出してっ！　わたしの奥、お兄さんでいっぱいに……あぁっ、ひううううっ!!」

言葉の途中で我慢できなくなった僕は、体ごとぶつかるような勢いで腰を動かした。

「ケイカ！　出すぞ、もうすぐっ！」

「きてっ、きてっ！　ひうっ、イクッ、ううぅっ！」

そして最後に肉棒を膣奥へ押し込んだ瞬間、彼女の全身が強張った。

「イッ、あああぁっ！　イクッ、イクッ、イックウウウゥウゥウウウゥウゥッ!!」

千切れるほどの強さでシーツを握り、背筋を反らしながら絶頂するケイカ。

同時に細い足を腰に巻きつけられ、僕も限界まで溜めたものを吐き出す。

「ぐっ、ううっ……！」

「あぅっ!?　ひゃ、はうっ……凄いよ、お兄さんの精液が入ってくるの分かっちゃう……お腹の奥、ぽかぽかあったかいよぉっ♪」

僕の射精を文字どおり体を張って受け止めてくれたケイカは、絶頂の余韻にビクビクと小さく体を震わせていた。膣内も同様に収縮して、最後まで肉棒から精液を絞り出す。

「イクッ、中出しされてまたっ……ひうっ！」

イキまくってトロトロになったケイカの顔は、見ているだけでまたイカされそうになってしまう。

湧き上がりそうになる衝動を抑えつつ律動が治まるのを待つと、僕はようやく彼女の体から離れた。

「はぁ、はぁ、ふぅぅ……凄かったよぉ。エミリーに話は聞いてたけど、こんなになっちゃうなんて……」

ケイカはベッドの上で仰向けのまま、全身の力を抜いてそうつぶやく。

「うん、本当にすごかった」

僕も同意しつつ、彼女の艶姿から目を反らす。

「……お兄さん、何でそっち向いてるの？」

「いや、だって……」

今のケイカの姿は、セックスしている最中と同じかそれ以上にエロい。

処女喪失したことで一皮むけたのか、独特の色気のようなものまで感じてしまう。

無防備に直視すると、今度は完全に理性をなくして獣のように盛ってしまいそうだ。

この状態をなんと説明したものかと思っていると、そのとき寝室の扉がガタッと音を立てて開いた。

「なっ、誰……って、エミリー!?」

先んじて反応したケイカの言葉どおり、振り返るとそこにはエミリーさんが居た。

しかも、何やら畑が豊作だったときの農家みたいに、ホクホクとした表情をしている。

「うふふ、どうやら初めてのセックスは上手くいったようですねケイカさん。最後ははしたなく、足まで絡めちゃって」

まるで見ていたような口ぶりでケイカへ話しかけるエミリーさん。いや、実際に覗き見ていたのかもしれない。魔法使いの彼女なら、気配を消す魔法とかも使えるだろうし。

「エ、エミリー！　絶対覗いてたでしょ！　もうっ、なんでそんなことするのよ！」

これにケイカは素早く反応し、枕を抱えて体を隠すと仲間を責める。

本気で恥ずかしいらしく、さっきまで快楽でトロトロだった顔を羞恥心で赤くしていた。

「ごめんなさいね。でも、万が一のことがあったらいけないですから。ケイカさんは同性の私から見ても魅力的なんですから、その魅力にやられたシルヴィオさんに滅茶苦茶にされちゃうかもしれないですし」

「ははは、確かに……」

実際、事後の彼女の魅力にやられる寸前だった僕は苦笑いする。

あそこで欲望を抑えられず襲い掛かったら、エミリーさんに捕縛されていたと思うとぞっとしない。

せっかく信頼関係を結べたと思っていた彼女たちとの仲が悪くなることほど、今の僕が恐れることはなかった。

「もう、せっかく緊張が解けたと思ったのに、またお兄さんが怖がったらどうするつもり？」

たぶんケイカと僕の考えてることは違うだろうけれど、気遣ってくれるのは素直に嬉しかった。

「あら、そうですね……申し訳ないことをしました」

一方のエミリーさんは、そう言ってすまなそうな表情をしたけれど、すぐいつもの穏やかな表情に戻る。

「では、お詫びにご奉仕させてくださいませ」

「えっ？　な、なんでそんなことに……うわっ！」

僕が驚いている間にもエミリーさんは服を脱ぎ、ベッドの上に上がってくる。

「おふたりのセックスを見ていたら、高まった自分の体を抑えられなくなってしまったんです」

「うっ……す、すごい」

改めて間近で見ると、エミリーさんのスタイルに度肝を抜かれる。

子供の頭ほどもある大きな乳房に、同じようにセクシーに張り出したお尻。

腰回りの他にも魅力的なお肉がついているのに、ちゃんとくびれが出来ていて美しく見える。

ケイカのときとは違いそれをモロに直視してしまい、一度満足したはずの肉棒がまた勃起した。

「あっ、もう硬くして……お兄さん、結構節操がないんだね」

「ご、ごめん！」

横にいたケイカにジトッとした目つきで睨まれ、思わず謝ってしまう。

そんな僕たちを見てエミリーさんが苦笑する。

「もう、自分で言っておきながら……ケイカさんも気を付けてくださいね。シルヴィオさん、ただでさえそう言うことに敏感そうですし」

「あっ……うん、そうだね。ごめん」

ハッとしたような表情の彼女を見て、今度はこっちが申し訳なくなってしまう。

「いや、あまり気を遣ってもらうのも悪いよ。これから一緒に過ごすことになるんだし」

「そ、そうかな……って、え？　もしかしてお兄さん、一緒に来てくれるの!?」

途中で僕の言葉の意味を理解したのか、ケイカが詰め寄ってくる。

「ああ、ここまでしてもらって行けませんじゃ申し訳ないし、何より僕のことを役に立つと言ってくれたケイカたちに協力したいんだ」

三十年近くこの村で暮らしてきたけれど、ここにいて将来幸せになれるとはとても思えない。

なら、例え危険があっても、自分のことを評価してくれた彼女たちについて行くほうが百倍良いと思った。先ほど僕に抱かれながら可愛らしい笑みを浮かべたケイカを見て、決意を固めた訳だ。

「それは私にとっても良い報告です！　やはりシルヴィオさんの才能は、野に埋もれさせておくには惜しすぎますから」

「そっかぁ、決めてくれたんだ。じゃあ、わたしたちも後悔させないよう頑張らないとね！」

「ええ。取り急ぎはまず、このベッドの上で私たちのパーティーに入った役得を味わっていただきましょう？」

「エミリーって顔に似合わずエッチだよね……でも、わたしもハマっちゃうかも。ふふっ♪」

ふたりは顔を合わせて笑みを浮かべると、僕の体を左右から挟み込む。

右にケイカ、左にエミリーだ。

それぞれぎゅっと体を押しつけられ、片手を背に回しながらもう片手を肉棒に伸ばしてくる。

「わっ、もうこんなに！　さっきわたしの中にあんなに出したばっかりなのに」

こんなときでも好奇心旺盛さを発揮したケイカは、試すように肉棒全体を撫でまわす。

「うん、改めて見てもすごいなぁ。こんなのとエッチしてたんだ」

「ケイカさん、私の指に絡ませるようにしてもらえませんか？　一緒にシルヴィオさんのものを握るんです」

「わ、分かったよ。ん、こうかな？」

肉棒を挟み込むようにふたりの手が組み合わさり、そのまま手のひらの間に挟まれしごかれる。

「うぁっ、ふたりの手が一緒に……自分でするよりずっと柔らかくて気持ちいいよ」

これも普段の回復ポーションの効果なのか、彼女たちの肌はどこもしっとりしていて瑞々しい。

手のひらも同じで、しっかり柔らかく、肉棒を包み込んでくれる。

「あぁ、どんどん先っぽから透明な汁が……」

「シルヴィオさんが気持ち良くなっている証拠ですね」

「ほんとに？　わたしの手で気持ち良くなってくれてるの？」

少し不安げなケイカに向かって頷くと、その顔がすぐ嬉しそうな笑みになった。

「あはっ、嬉しい！　ねぇエミリー、わたし早くこれが欲しくなっちゃった」

「さっき処女喪失したばかりなのに、大丈夫ですか？」

「うん……。ねぇ、お兄さん？」

視線を向けられた僕は、無言で彼女の下腹に手をかざすと魔法を発動させる。

「『回復』」

手のひらに控えめな光が灯り、すぐに彼女の内側を修復していく。

一瞬後には、完璧に治療が終わっていた。

「相変わらずすごいね。ちょっとヒリヒリしてたのが完全に治っちゃったよ！」

「ええ、小さい傷にも完璧に対応して……今のはやりすぎると膜まで元に戻りかねませんでしたし」

感心したように言うふたりに、僕は若干気恥ずかしく思いながらも答える。

「いや、せっかくケイカが僕を受け入れてくれた印を消したくはなかったし、思ったよりも結構、一生懸命だったよ」

もし全部まとめて治してしまったら、またケイカに痛い思いをさせてしまうんだから、ちょっと本気で緊張していたがそれは内緒だ。

「ケイカさん、大切に思われていますね。ちょっとうらやましいです」

「も、もう！　冷やかさないでよ」

彼女は少しだけ頬を膨らませて抗議しつつも、僕のほうへ視線を向けてくる。

「お兄さん、もう準備万端だから……して？」

「じゃあ、今度は四つん這いになってくれるかな。後ろからしてみたいんだ」

「うんっ！」

彼女は明るく頷くと、エミリーさんと同じように一糸纏わぬ姿で四つん這いになった。

「うわ、凄い……お尻が丸見えだ」

先ほどの正常位では見えなかった部分が、これでもかと晒されている。

うなじも、背中も、お尻も、太ももだって全部だ。

「シルヴィオさん、私のことも忘れないでください。仲間外れは嫌ですよ？」

ケイカのお尻に視線を奪われている間に、気づけばエミリーさんまでが、こっちにお尻を向けて四つん這いになっていた。

こっちもまた大迫力のお尻で、見ているだけで興奮が煽られる。

「ま、まさかふたり一緒にだなんて……」

少し前までは女っ気が欠片もなかった僕が、今やふたりの美女と3Pすることになるとは、まったく思いもよらなかった。

「でも、期待にはしっかり応えないとね」

僕はまず両手でそれぞれのお尻を撫でると、そのまま尻の谷間に沿って秘部まで動かす。

「んっ！　お兄さんの指がきたぁ！」

「優しい手つきですね。こんなに丁寧にされたら、私もすぐ濡らしてしまいます……あんっ！」

ケイカは先ほどの行為の熱が冷めず、エミリーさんものぞきで興奮していたからか、すぐに秘部の外まで愛液が漏れだすほどになった。

さらに弄っていると、ケイカの中から白いものが溢れてくる。

「あうっ、やだ、さっき出してもらったのが漏れちゃうよぉっ！　だめっ、お兄さん早く入れてっ！」

喪失感に身を震わせ、こっちにお尻を押しつけて挿入をねだってくるケイカ。

僕にとってはずっとただの排泄物だったそれが、ようやく女性の中に、本来の役割を持ったものとして受け止められている。

そのことに内心歓喜を抱きつつ、彼女の望みどおり肉棒を挿入していく。

「ひゃうぅぅっ！　い、一気に奥まできたぁ！」

「くっ、さっきより気持ち良くなってる!?」

肉棒の感触に慣れたからか、ケイカの膣内は積極的に動いて絡みついてきた。

「やばっ……これは、マズいよ！」

さっきと気持ち良さが段違いだった。

少し腰を動かすだけでクチュクチュと卑猥な水音が鳴るほど濡れているし、そのお陰でスムーズに動けてしまう。

このままじゃ本当に数分持たないかも……と思ったとき、エミリーさんの視線を感じた。

「キツキツなケイカさんの中にやられてしまいそうなら、私の中で一休みしませんか？　先ほどまで生娘だった娘の中みたいに、がっついたりはしませんから」

「ちょっとエミリー、何言って……んあぁっ!?」

「ごめんケイカ、このままじゃ本当に限界だから……くっ！」

僕は彼女の中から肉棒を引き抜くと、それをエミリーさんに挿入する。

３Ｐセックスで、他の女性の膣で休憩するなんて選択があるとは思いつかなかった。

「あんっ、きましたっ♪　ケイカさんの処女を奪って、一回り逞しくなりましたね」

「はっ、ううっ！　エミリーさん、こっちもかなり気持ちいいんですけど！」

確かにケイカほど締めつけは強くないけれど、代わりにふわとろの感触にどこまでも溺れていってしまいそうになる。

油断すれば射精してしまいそうなのは、こっちも同じだった。

「ほら、遠慮せず動いて下さい？」

僕の苦悩を知ってか知らずか……いや、完全に見抜いているだろう。

エミリーさんは余裕をもった笑みを浮かべ、促してくる。

「くそっ……絶対見返してやるっ！」

ここまでされたら、さすがの僕でもやり返したいという気持ちが湧いた。

両手でがっしりと丸いお尻を掴み、全力で腰を動かし始める。

「あひぅっ!?　あうっ、凄いっ……あんっ、んくぅ！」

パンパンと部屋の中に乾いた音が響き、同時にエミリーさんの嬌声も上がる。

「はぁ、ふぅっ……エミリーさん、すごくエッチですよ！」

「嬉しい、そう言って貰えるのは本当に嬉しいわ！」

そのまま全力で腰を動かしながら、密かに感じやすい部分を捜し出す。

「はぁ、はふぅ、んっ……あっ、んくぅっ！」

「ここか？　ここがいいんですね!?」

「えっ、そんな……あぐっ、ひぅぅんっ！」

ちょうど入り口と奥の中間地点のお腹側、そこを擦られると気持ちいいらしい。

無論、一切の容赦なく、そこを責めたてる。

「あっ、ああああっ!?　だめっ、そこは駄目なのぉ！」

「駄目じゃない、こんなに感じてるじゃないですか！」

息を荒くしながら、いつ暴発してしまうかも分からない興奮を抱えて腰を振る。

「はぁ、ふっ……エミリーさんも一緒にイかせてあげますから、逃げないでくださいよ！」

そう言うと、一度彼女の腰を解放して、再度ケイカの中に戻る。

「あっ、ひゃうっ、んんっ！　お兄さんの、また大きくなってる……エミリーの中、そんなに気持ち良かったの？」

ようやく帰ってきた僕に対して、ケイカが嫉妬心を宿らせた表情で見つめてくる。

「うん、気持ち良かったよ。でも、ケイカだって負けてないから」

「本当？　なら言葉だけじゃなくて、行動で示してっ！」

「ああ、遠慮せずいくから！」

僕はエミリーさん同様に手加減抜きでケイカを犯す。

ピストンごとに下のベッドが揺れ、ギシギシと嫌な音を立てる。

もしかしたら壊れてしまうかと思ったけれど、もう腰は止められなかった。

「くっ、また締まるっ……ほら、エミリーさんも一緒に！」

「あんっ、シルヴィオさんの指がっ……んっ！　あっ、きゅうっ！」

初々しい美少女の膣内をペニスで犯しながら、豊満美女の秘裂を指で犯す。

信じられないほど贅沢な興奮を堪能してしまい、僕も限界が近づいてきた。

「こ、今度はふたりの中に出すよ！」

「んくっ、いいよっ、また出してっ！」

「はうっ、はひぃ……私も欲しいです。どうか中でっ！」

ふたりが揃って求めてきたので、僕は遠慮せず彼女たちの中に精を吐き出した。

「イクよっ！　はっ、ぐぅぅっ!!」

二回戦目とは思えないほど大量の精液が噴き出て、ケイカとエミリーさんの中を満たしていく。

「あぁっ、あうぅぅっ！　出てるっ、またいっぱい……ひぃっ、イクッ、イっちゃうっ、あひぃいいいぃいぃっ!!」

「熱っ、ひっ、流れ込んでくるっ!?　うそっ、前のより凄いですっ！　ああ駄目っ、私もっ、うぐううううぅぅうぅぅっ!!」

僕の射精をうけ、それぞれ腰を震わせて絶頂するふたり。

それを見て安心した僕の体からは糸が切れたように力が抜け、彼女たちの間に崩れ落ちてしまう。

「くっ……」

「はぁはぁ、んっ……お兄さん、大丈夫？」

そんな僕に、絶頂の余韻の中でもなんとか身を寄せてきたケイカが訊いてくる。

「ああ、なんとか……それより」

疲労で今すぐにも意識が消えてしまいそうな眠気を感じながら、なんとか言葉を絞り出す。

「僕は、僕の力を必要としてくれたケイカたちを全力で助ける。だから、最後まで僕のことを傍に置いてくれるかい？」

最後の最後に弱音を吐いてしまった僕に対し、ケイカは優しく笑いかけた。

「パーティーのメンバーはわたしが守るから。お兄さんは安心してわたしの背中を見ててほしいな」

その言葉に深い安心感を得た僕は、疲れに身を任せて瞼（まぶた）を閉じるのだった。

第二章　ヒーラーの役目を果たすために

僕が勇者ケイカ率いるパーティーの一員となってから、半月ほどの時間が経った。

今は故郷の村から西に向かって旅を続けている。

なんでも、この先の町で魔王の配下である悪魔の目撃情報があったらしい。

ケイカたちの標的である魔王は、魔王軍の支配領域である王国北部の奥地に居を構えているらしい。

しかし、まだ正確な位置が掴めていないため、あちこちで配下の悪魔を捕らえ、情報を引き出している最中なのだという。

とはいえ悪魔もピンキリで、魔王の側近と言える者から、傭兵のように魔界から召喚されている者までいる。今回、町で目撃された悪魔はかなり魔王に近い立場のようで、捕らえれば有力な情報が得られるだろうとケイカも期待していた。

「そろそろ、目撃情報のあったエランの町に着くよ。みんな、準備はいい？」

先頭を歩いていたケイカが、振り返って訪ねる。

「私は準備万端です。万が一に備えて、いつでも魔法を放てるようにしておきますね」

エミリーさんは落ち着いた様子で言うと、静かに魔力を練り上げる。

彼女の魔法の威力は、この半月の間にいやというほど見せつけられた。

最も簡単な攻撃魔法である『魔法の矢』でも、一撃で中級モンスターでもを行動不能にするほどだ。聖女時代に鍛えた魔力による攻撃力は、この王国の魔法使いでも十指に入るという。

優しい顔に似合わず、強大な力を持つ魔女だと実感させられた。

彼女には道中で、回復魔法に関するアドバイスを何度もしてもらい、ケイカと同じぐらい親しくなっていると思う。

「こっちも大丈夫よ。今度は前みたいにヘマしないわ」

続いて僕の斜め前を進んでいるジェシカが、強い口調でそう言った。

どうやら彼女は、僕が森でゴブリンに襲われたときのことを、まだ悔やんでいるらしい。

ケイカに聞いたんだけれど、ジェシカはエルフの中でもかなりの名家出身のお嬢様で、結構プライドが高いようだ。本来はお姫様のように扱われる身分なんだけれど、自分の力を試したくて旅に出て、その中でケイカと出会い仲間になったとか。

レンジャーとしての能力には絶対の自信を持っていたのに、最下級モンスターであるゴブリンに出し抜かれたのは、相当プライドに傷をつけられたようだ。

顔には出さないけれど、僕に対して引け目を感じているのか、ここまでの旅の中でもあまり会話はしなかった。

とはいえ、最初のように僕の力を疑っているということはなく、その点は安心している。

「よし、じゃあお兄さんは、いつもどおり私の背中から出ないでね」

「分かってるよ。ヒーラーがしゃしゃり出て怪我したら、元も子もないからね」

「そういうこと。よし、行くよ！」

ジェシカを先頭に警戒しながら町へ入る。

だがその直後、彼女が足を止めた。

「ジェシカ、どうしたの？」

不審に思ったケイカが話しかけると、ジェシカが赤い顔をして振り返った。

「こ、この町。ちょっとおかしいわよ！　こんなのっ、普通じゃない！」

「えっ、どういうこと？　ジェシカ、説明してくれるかな？」

問いかけるケイカに対し、ジェシカはますます顔を赤くしながらもなんとか続ける。

「声と匂いがするの。男と女が絡み合ってる声が……。それも一ヶ所じゃない、町全体から！　この町の住人みんな、あちこちでセックスしてるのよ!!」

「なっ……そんなまさか！」

彼女の言葉に驚きの声を上げるケイカ。僕とエミリーさんも、思わず顔を見合わせた。

「信じられない……けど、間違いないわね。エルフの五感は敏感で、一度狙われた獲物は絶対逃げられないと言われるほどよ。ジェシカはそんなエルフの中でもさらに優秀だから、彼女がそう言うなら……」

「実際に、この町の中で大乱交が行われてるってことですか」

僕がそう言うと、エミリーさんも困惑しつつ頷く。

「と、とにかくこんな中を進むのは無理よ！　頭がぼうっとして駄目になっちゃいそう……特に、

強い淫気に当てられて頭がクラクラしたのか、ジェシカが近くの壁に寄りかかってしまう。

「これは連れていけないね……エミリー、ジェシカを連れて先に宿へ行ってくれる？　わたしはお兄さんと広場の様子を見てくるから」

「分かったわ、気を付けて」

僕たちはエミリーさんたちを見送ると、ふたりで町の中心にある広場へ向かったのだが……。

「うわっ、本当に広場で大勢の人がエッチしてる……ジェシカの言うとおりだったね」

コソコソと物陰から様子を伺っている僕たちの視線の先では、この町の住人たちが堂々と青姦にいそしんでいた。ここまで来るともう、僕たちでも合唱のような嬌声と濃密な性臭を感じられる。

公共の場であることを気にする様子はまったくなく、見える範囲だけでも三十組近い男女がセックスしていた。

時折相手を変えているところを見ると、カップルの集団という訳ではなく本当に大乱交らしい。

「これは明らかに異様だね。こんな、大乱交する風習があると聞いたこともないし」

「うん、わたしもそう思う。この町で目撃されたっていう悪魔が関係しているに違いないよ」

となれば、この行為は悪魔にとって何らかの利になっているはず。止めなければならない。

そう考えているとき、背後から僕たちに向けて声がかけられた。

「おや、見ない顔ですな。もしや旅人の方ですか？」

慌てて振り返ると、そこには若い女性を侍(はべ)らせている中年男性がいた。

「はい、そうなんですよ。賑やかなのでちょっと覗いてみたんですけど、皆さん随分と盛り上がってるみたいですねぇ、あはは」

ケイカが咄嗟にそう切り返すと、男性は嬉しそうにうなずく。

「ええ、ええ、セックスは人間を幸せにしてくれますから。お二方も参加しにきたのでしょう？さあ、こんなところにおらず広場のほうへどうぞ！」

当たり前のようにそう言われ、ケイカと顔を見合わせてしまう。

「ケイカ、どうしようか？」

「うーん、断って騒ぎになると悪魔に見つかっちゃうかもしれないね。お兄さん、協力してくれる？」

「ああ、僕にできることなら何でもするよ」

さあさあ、と男性が勧めてくるので僕たちふたりは広場に入っていくことに。

「うわっ、改めて近くで見ると凄いねぇ」

一歩広場に入ると、周りが全部セックスしている人々で埋め尽くされている。

気づけばもう、僕たちに話しかけてきた男も女性を地面に押し倒して覆いかぶさっていた。

あまりに異様な光景に囲まれて、頭がクラクラしてくる。

「お兄さん、ここで突っ立ってたら目立っちゃうよ」

「分かった、あっちに行こう」

僕は比較的人の少ない方向へケイカを誘導し、街路樹の陰になる場所を確保する。

「ここなら、少しはマシじゃないかな」

「うん、そうだね。ありがとうお兄さん、さすがに広場のど真ん中でエッチするのは恥ずかしいし」

ケイカは突然そう言うと、目の前の木に手を突いて僕へお尻を向けてきた。

この場の雰囲気に当てられたのか、その顔は赤くなり始めている。何かがおかしいけれど……。

「お兄さん、抱いてもらえるかな？　えへへ……わたし、なんだか急にエッチしたくなってきちゃった」

「……うん、実は僕もさっきから興奮しっぱなしなんだ」

僕もどうしても堪えられず、ケイカのお尻に手を置くと、両手でスカートをめくり上げる。

真っ白なショーツを脱がせると、その奥の秘裂からは、わずかに蜜が漏れ始めていた。

「はうっ……やっぱり変だよ、ここにいるとどんどんエッチな気持ちになる！　絶対おかしい、でも我慢できないっ！」

「はぁはぁ、くっ！　もう我慢できない。ケイカ、入れるよ！」

さっきまで正気だったのに、この異常な興奮の盛り上がりはなんだ？

疑問に思ったのもつかの間、猛烈な情欲がそれを塗りつぶして本能を優先させる。

「あうっ、お兄さんのがっ……ああっ！　きたっ、中に入ってくるよぉっ！」

形のいいお尻をガッシリ両手で掴み、勢いよく肉棒を挿入する。

「ぐぁっ！　ケイカの中、触れてもいないのにドロドロで気持ちいいっ……このまま動くからね！」

「うんっ、きてっ！　わたしも今は激しいエッチしたいの！　あひっ、いひゅぅぅっ!!」

僕は蕩けきった膣内をかき回すように肉棒を動かし、ケイカを責める。

ピストンの度に肉ヒダが絡みついてきて、気を抜けばすぐにでも射精してしまいそうだった。

「はぁっ、くぅっ！　まだ入れたばっかりなのに、こんなっ……気持ち良すぎるっ！」

「ひぐっ、あひぃんっ！　わたしもっ、すごい気持ちいいよぉ！　パンパンってされるたび、頭の中がグチャグチャになっちゃうのっ！　あひっ、あおぅっ、ふぎゅうううぅぅっ!!」

ケイカが大きな嬌声を上げるとともに膣内を激しく締めつけて、思わず腰の動きが止まってしまう。

でも次の瞬間には、締めつけたままの膣内をこじ開けるように腰を前に進める。

まるで自分が、セックスする以外に考えられない猛獣になったみたいだ。

「ケイカッ、ケイカッ！　くそっ、ごめんな、周りに人もいるのに全然静かにできない！」

腰が尻を打つ音も、彼女の名を呼ぶ声も、まったく抑えられなかった。

恥ずかしい思いをさせていると分かっていても、止まれない。

「んぐっ、いいよ気にしないで。こんな中じゃ、ちょっとくらいうるさくしたって気にされないから。それより、もっと強く抱いて！　わたし、お兄さんにしか満足させてもらえないんだよ？」

僕の言葉に反応して振り返ったケイカは、そう言うと自らお尻を押しつけてきた。

その可愛らしくも娼婦のように淫らな仕草に、僕の理性の糸が切れる。

「ッ！　なら思いどおりにしてあげる。でも、後で文句は聞かないぞ！」

ケイカから求められると嬉しくなって、自重しようという気持ちも薄れていく。

僕は腰を打ちつけながら手を前に伸ばして、ピストンの衝撃で揺れる美巨乳を下からすくい上げるように揉む。

「んぁっ、おっぱいまでっ……ほんとに遠慮ないね。でも、それが嬉しいっ……あひゅぅ！　ひうっ、あぁぁっ！」

「ケイカの胸、先っぽが興奮で硬くなってるよ。ここ、弄られると気持ちいいよね？」

「ひぐぅっ!?　そこっ、だめだよぉっ！　エッチしてるだけで気持ちいいのに、乳首まで刺激されたらっ……」

片手で腰を押さえてピストンを続けながら、もう片手で胸元を弄る。

指先で乳首をつまむように刺激すると、ケイカの腰がビクッと大きく震えた。

「やっ、らめっ……いっひいいいいぃぃぃっ!!　イクッ、イってるぅぅ!!」

「ぐぅっ!?　急に締めつけがっ！　ほんとにイってるんだね。可愛いよケイカ、もっと滅茶苦茶にしてやる！」

一方的に相手をイかせる征服感に浸りながら、僕はなおも腰を動かす。

「あひっ！　あうっ、イクッ！　も、もうずっとイってるの！　お兄さんも一緒にイってぇ！　でないと、ほんとにおかしくなっちゃうよぉ!!」

木の皮に爪を食い込ませながら、切なそうにケイカが喘ぐ。

もう彼女にも周りを気にする余裕はないようで、あたりに響くほどの声を上げていた。

「ああ、イクよ！　最後に思いっきり中出ししてあげるから、全部受け止めてくれ！」

「うんっ、受け止める。お兄さんの精子、全部わたしの中に出していいからっ！　きてっ、きてっ、きてええええっ！」

は♡
あっ♡
く～～ん…
ぞく♡
ぞく♡

その求めと同時にグイグイと押しつけられたお尻に、思いっきり腰を打ちつけ射精した。

「ぐぅっ!! くっ、全部搾り取られるっ！」

「あひっ、ひゃうっ！　イクッ、中出しされてまたイクのぉっ！　ひぁっ、あぐっ、イックウウウウゥゥゥウウゥウゥッ!!」

ドプドプと信じられないほど大量の精液が吐き出され、ケイカの中を白濁で満たしていく。

膣内に留まらず子宮の中までを、十秒足らずで子種汁が犯し尽くしてしまった。

あまりの精液の多さに、一部が結合部から溢れて垂れてしまうほどだ。

「はぁ、はぁ、ふぅぅっ……ケイカ、大丈夫かい？」

「だ、大丈夫だよ。んっ、はふぅ、はぁ……んんっ！」

僕が腰を引いて肉棒を抜くと、栓を失った膣内からゴポリと精液が漏れてくる。

それは真っ白な太ももを伝って下まで垂れてしまい、まるで凌辱された後のようだ。

自分がしたこととはいえ、あまりの惨状に飽きれてしまう。

「んっ、はぁっ……凄いね、こんなに出されたの初めてだよ。わたしもいつもより興奮しちゃったし、これにも悪魔が関係してるのかな？」

盛大にイって満足したのか、ケイカにも理性が戻ってきているようだった。

ただ、その代償として足腰が震えてしまっている。

「分からない。でも、折角冷静に戻れたんだから、ここを離れよう。長居したら良くない気がする」

「うん、そうだね。でも、その前に回復をかけてもらえる？　ちょっと足が動かなくて……」

苦笑いするケイカの足腰を回復魔法で元に戻すと、僕たちはいまだに大乱交を続けている住民たちを横目に町の中へ消えるのだった。


大乱交が行われていた広場から脱出した僕たちは、エミリーさんが確保した宿屋で合流した。

そして、さっそくこの異常事態の原因を推測し始める。

「エミリー、魔法使いの視点から見て今回のことをどう思う？」

宿屋の一室に集まった僕たちは、机を囲んで話し合っていた。

ちなみに、ジェシカは具合が悪いらしく隣室で寝ているので、ここにいるのは三人だけだ。

「おふたりが広場へ情報収集へ行っている間、私も魔法を使ってこの町について少し調べてみました。すると、この町全体に広大な魔力網が敷かれていることが分かりました」

「魔力網？　つまり、間違いなく何者かがこの町に影響を及ぼしているってことなの？」

「はい、まず間違いなく悪魔が関わっていますね。人間の魔法使いが悪さをするなら、こんなに分かりやすく大胆な方法はとりませんから」

ケイカの問いに、エミリーさんはそう断言した。

「悪魔は何らかの目的を持ってこの町に訪れ、魔法の力で人々を強制的に性交させていると思われます。ケイカさんから聞いた話では、広場に入ると急に性欲が強くなるそうなので、そこが魔力網の基点なのかもしれません」

エミリーさんの説明を受け、僕は腕を組み考え込む。

「それにしても、町全体を覆う魔法なんて……相手はとんでもなく強力な悪魔ってことじゃないですか？」

「ええ、私たちがこれまで出会った悪魔とは一味違いますね。ですが、それだけに高い階級でしょうから、魔王の居場所へつながる情報が期待できます」

「そうだよ、ここで悪魔を捕らえられれば一気に事態が好転するかもしれない」

どうやらケイカとエミリーは、かなりやる気のようだった。

ならば、彼女たちをサポートする自分が怖気づいている暇はない。

背一杯、パーティーを支えなければと自分で自分に喝を入れた。

「エミリーさん、その肝心の悪魔は何処に居るんでしょう？　広場には影も形もありませんでしたけど……」

「そうですね、それは明日私がケイカさんと街に出て調べます。これだけ派手に魔法を使っているのですから、コソコソと隠れているとも思えませんし、すぐ見つかるはずです。外に出るときは私が対策の抵抗魔法を施しますので、もう皆さんが欲求に囚われることはないと思います」

「そうですか、良かった。じゃあ、こちらのことがバレた可能性は？」

「今のところそう言った気配はありません。推測ですが、町に出入りする人間までは監視していないようですし、この宿に居るぶんには安全でしょう」

どうも、悪魔の計画はだいぶ大雑把なようだ。バレること自体は、問題ではないのだろうか。

当面の安全は確保されているということに安心したが、同時に疑問が浮かび上がる。

「じゃあ、明日の僕はどうすれば？　町中がこんな状態じゃ、ひとりで出歩く訳にもいきませんし」

問いかけると、エミリーさんはケイカと一度顔を見合わせ、再び僕へ視線を向ける。

「実は、シルヴィオさんにはジェシカの傍についていてほしいのです」

「……僕がジェシカと？　それじゃあ、彼女は余計に落ち着かないんじゃ」

ジェシカが僕に引け目を感じ、避けているのはふたりも知っているはず。

「ですが、今だからこそふたりで話し合って、お互いに信頼できるようになってほしいのです」

「今回の悪魔は強敵だから、後顧の憂いはないほうが良いしね」

エミリーさんの意見にケイカも賛同する。

「それに、ジェシカさんは今、町の淫らな現状を見てショックを受けています。彼女は私と違って性的なことに免疫がないようですから……シルヴィオさんには、その辺りのカウンセリングもお願いしたいんです」

エミリーさんは至極真面目な表情で言うけれど、僕はむしろ混乱してしまった。

「カ、カウンセリングって……そんな高度なこと、僕にはできませんよ！」

精神的な治療は普通のヒーラーでは出来ず、専門の医者がいると聞いたことがある。

「心配しないで。お兄さんに優しく寄り添ってもらえば、ジェシカもきっと心を開くと思うからさ！」

「まったく、軽く言ってくれるなぁ……」

思わず頭を抱えたくなってしまうが、ケイカたちにここまで期待されては全力を尽くす他ない。

それに、他人から頼られるのは今までの人生であまりなかったことで、僕の自尊心を刺激した。

「分かった、なんとかやってみるよ」

こうして、僕たちはそれぞれの役割を決めると自室に戻って準備を進めるのだった。


その日の夜、僕は一度様子を見てみようとジェシカの部屋を訪れることに。

扉をノックして名前を告げると、少しして返答があり入室を許可された。

宿とはいえ女の子の部屋に入るなんて初めてなので、緊張しつつも扉を開けて足を踏み入れる。

「お、お邪魔します」

「……シルヴィオ、もうすっかり日も暮れてるんだけど？」

ジェシカは部屋の奥にあるベッドの上に、毛布にくるまって座っていた。

一見すると、ミノムシみたいで可愛らしい。けれど、その目はジトッとしてこちらを見ている。

「夜更けに女性の部屋へ訪ねてくるなんて、いったいどういうつもりなの？　ここがエルフの森だったら一発で追い出されてるわよ」

「はは、そりゃ怖いな……でも、招き入れてくれたってことは、ジェシカのほうも僕と話をしたいと思ってたんじゃないかな？」

「ッ!?　あ、あたしは別に……」

彼女は反射的に反論しようとしたものの、少し考えるともう一度口を開く。

「そうね、森での一件からあたしはシルヴィオに引け目を感じてたわ。どうにかしなきゃいけないってことも」

目線を反らしながらも、落ち着いた口調で言うジェシカ。

僕はそんな彼女を刺激しないようゆっくり近づき、隣へ腰掛ける。

すると、それを見た彼女が苦笑した。

「あたし、これでも結構な名家の令嬢なのよ？　お父様が今の状況を見たら発狂するわね。『未婚の身で男を自分の寝床に上げるとは何事だ！』って」

「……それが嫌で森を出てきたのかい？」

問いかけると、彼女は視線を正面へ向けて頷く。

「そう、森での暮らしが息苦しくなっちゃって。幸いあたしはエルフの中でも特に五感や身体能力に優れてたし、弓の腕だってピカイチだったわ。だから、外に出たってひとりでやっていけると思って……でも、それは甘かったと認めざるを得ないわね。森を出てから一ヶ月もしない内に町で言葉巧みに騙され、誘拐されそうになったんだもの。あのときケイカたちが助けてくれなきゃ、今頃は奴隷になってたわ」

「なっ、誘拐だって⁉　そんなことがあったのか……」

思わぬ話に驚くと、ようやく視線をこっちに向けた彼女が僕の顔を見て笑う。

「こんなこと外の世界じゃ日常茶飯事よ。そう言う意味では、あんたはあたしと似てるかもね。ちなみに、エミリーもある町で魔法屋を営んでいたところをケイカに助けられて旅に同行するようになったんですって。そう考えると、あたし達全員、彼女に救われてるわね」

面白そうに話すのを見て、一見すると近寄りがたい彼女も話せば意外と親しみやすいかもしれないと感じた。

「ああ、そうだね。ケイカには感謝してもしきれないよ」

「だから、これ以上迷惑をかけたくはないのに……」

気づけば、ジェシカはギリッと歯を噛みしめて悔しそうな表情になっていた。

「それなのに、この町の惨状を見てどうしても気分が悪くなってしまったと」

「だ、だってあんなのおかしいでしょう⁉　街のあちこちで恥ずかしげもなくひたすら肉欲にふけって！　セックスっていうのは子作りのためのもので……いや、人間の聖女たちは回復魔法の力を高めるのに必要だからしているって聞いたけど。ううっ、何にせよあんなの、見てるだけでもこっちが恥ずかしくなっちゃうわ！」

顔を赤くしながらそう言って、毛布に顔を埋めるジェシカ。

どうやら彼女にとって、この町の状況は刺激的過ぎたらしい。

何とかしたいという気持ちはあっても、自力ではどうしようもないようだ。

「ジェシカ、多分明日になればケイカたちが悪魔の居場所を突き止める。そのあとは、敵に逃げられない内に襲撃することになるから、今日か明日の内には、その気持ちを克服するしかないよ」

「分かってるわよ。でも、そんなに急になんて……」

「確かに難しいのは分かる。下手をすればトラウマになって二度と治らないかもしれないからね、分かるよ」

「……ほんとに？　あんた、男なのにあたしの気持ちが分かるって言うの？」

毛布から顔を上げ、若干赤くなった目で僕を睨んでくる。

「確かに女の子のことは分からないけれど、苦手を克服するときに必要な覚悟は分かる。僕だって三十年近く役立たずだって言われて、ケイカたちについてくるには相当な覚悟が必要だったんだ。もしケイカにも使えないって言われてしまったら、もう本当にそこでお終いだからね」

「そんなっ！　ケイカがそんなこと言う訳……」

「ああ、今なら分かる。でも、最初に出会ったときは内心疑ってたよ。今のジェシカも同じじゃないかい？」

「……そうね。そのとおりだわ」

どうやら彼女は、僕の言い分を少しは認めてくれたようだ。

安心して一息ついたのもつかの間、今度は彼女のほうから話しかけてくる。

「それで、あたしの苦手を克服するのにどうしようって言うの？　短期間で克服させるっていうんだから、どうせ荒治療なんでしょうけど」

試すような視線を向けてくる彼女に、僕はとっておきの爆弾をぶつけることにした。

「まぁね。そこで、ジェシカ……。今夜、僕に抱かれてほしい。羞恥心を克服するには、実際に自分がセックスを体験してみることが一番だ」

「ッ!?　……それ、本気で言ってる？」

僕の言葉を聞いたジェシカは一瞬言葉を失い、続けて控えめに確認してきた。

「ああ、そうだよ。正直、この提案をしてすぐに、ジェシカにぶん殴られなかっただけでも上出来だと思う。はははっ、自分でも馬鹿げたことを言ってるのは分かってるんだけどね」

さっきの話を聞いた限り、エルフは相当強固な貞操概念を持っていると思う。

そんな種族の、しかも名家のお嬢様にこんなことを言った時点で、何をされてもおかしくないだろう。

ただ、僕にはこれしか即効性のある方法が思いつかなかったし、ジェシカ相手の場合は利点もある。

「もしかしたら、ジェシカももう気づいているかもしれないけど、僕はすでにケイカとエミリーさんのふたりと、肉体関係を持ってる」

「……うん、それはなんとなく匂いで分かってたわ。でもまぁ、あのふたりがシルヴィオに無理やり犯される訳がないし、合意の上なら良いかと思ってたの」

「そうか、ありがとう。それはつまり、ジェシカ自身も合意の上ならセックスしても良いって思ってるってことじゃないかな？」

「むっ……そう、かも？　よく分からないわ」

問いかけに少し考え込んでいる様子のジェシカ。

本来ならゆっくり考えさせてあげたいんだけど、今は急を要する。

少しだけ強引に行かせてもらおう。僕はケイカやエミリーさんの期待に応えたいし、ジェシカの問題も解決してあげたいんだ。

自分が前より欲張りになっていることを自覚しながら、彼女が包まっている毛布に手をかける。

「えっ……きゃっ!?　な、なにするのよシルヴィオ!!」

不意打ちで毛布をはぎ取られた彼女は、勢いよくベッドに転がった。

そして、僕はそんな彼女の上に覆いかぶさる。

「あうっ！　ち、近い……待って、こんなに近くで見つめるなんて！　やっ、止めないさいよぉ！」

すぐ体を起こそうとしたジェシカだが、十センチも離れない場所に僕の顔があるのを見て動きを止める。さらに間近で見つめると、羞恥心で急速に顔を赤くしていった。

「いいや、止めない。顔が近づいたくらいで恥ずかしがってちゃ、大乱交状態の広場には近づけないよ？　まさか、目も耳も鼻も塞いで、悪魔狩りが出来るわけじゃないだろう」

「そうだけどぉ……」

身体能力の差は圧倒的なのに、ジェシカは僕を突き飛ばすこともせずにオロオロしてしまっている。

「大丈夫、安心して僕に任せてほしい」

自分を焚きつける意味でもそう言うと、僕はジェシカの服に手を伸ばした。

彼女は反射的に手を動かそうとしたが、一瞬迷った仕草のあとでそれを引っ込める。

「信用していいわよね？　エ、エルフの純潔なんだから、丁寧に奪いなさいよ」

まだ不安はあるだろうけれど、彼女は僕を、男としても信用してくれたみたいだ。

「ありがとうジェシカ。きっと後悔はさせない」

感謝してそう言うと、ゆっくりキスを落として服の中に手を潜り込ませる。

まずはジェシカの反応を確かめるため、腕や脇腹など性感帯から離れた場所から撫でまわした。

「んっ……故郷にいたときは着替えも風呂も侍女の付き添いだったから、体を触られるのは慣れてるけど、男に肌を触れられたのは初めてだわ」

「そうなんだ。じゃあ、もっと丁寧にしないといけないかな？」

「あたしはお姫様じゃないんだから、遠慮しないでいいわよ。でも、大切には扱ってね」

もちろんだと頷き、今度は手を胸元に向ける。

服をはだけさせると、形のいい大振りな乳房を手で覆って優しく揉んで刺激した。

「あっ、そこはっ……」

「瑞々しくて張りもある、素晴らしい触り心地だよ」

エミリーさんほどの大きさはないけれど平均よりは十分に上で、その上真っ白な肌とピンク色の乳首が芸術品のように美しい。

触り心地も最高となれば、自然と愛撫にも夢中になってしまう。

「やっ、あんっ！　そんなに胸ばっかり、いやらしい手つきで触らないで……んんっ！　なんだか……不思議と声がでちゃうのっ」

僕の指が乳房の上を這うたび、ジェシカの口から悩ましい声が上がる。

「いいじゃないか、これからもっとすごいことをするんだから。これくらいで恥ずかしがってたら駄目だよ」

そう言いつつも、僕は彼女が興奮し始めているところを見て安堵した。

実は今夜ジェシカの部屋へ来るにあたって、経験豊富なエミリーさんにアドバイスを求めたんだ。

彼女は仲間のためならと、快く初心者でも使いやすいテクニックや、処女を愛撫するときの注意点を教えてくれた。お陰で、まだ経験が少ないジェシカを感じさせることが出来ている。

「な、なんでっ？　初めてなのに、なんでこんなに気持ち良くなってるのっ！」

ジェシカは、自分の体がどんどん熱くなっていくことに困惑しているようだった。

「人間は、一度快感を覚えるとなかなか止められないんだって。そこらへんはエルフも同じみたいだ」

「あうっ、はぁはぁっ……それ、エミリーの受け売り？」

「おや、よく分かったね」

「だってこの手のことは彼女がいちばん詳しいから……あうっ!?」

彼女の体がだんだん熱くなってきたのを感じ、いよいよ本丸へ手を伸ばした。

スカートを持ち上げるとショーツには染みが出来ていて、愛液が外まで漏れだしているのが分かる。

僕のそんな視線を悟ったジェシカは、目を見開いて首を横に振った。

「やぁっ、だめぇっ！　は、恥ずかしいから見ないでっ！」

顔を赤くして制止しようとするジェシカだけれど、生憎ともう僕は止まれない。

「悪いけどそれは無理だ。だって、こんなにも可愛らしいんだから……。ほら、ここも切なそうにヒクヒク動いているよ」

ショーツをズリ下げて秘部を露(あらわ)にすると、ピンク色の秘肉が物欲しそうにヒクついていた。

僕に恥ずかしい場所を見られ、あまつさえその様子を口にされ、ジェシカの顔は茹ったようになっている。

「うう……も、もういいでしょう！　これ以上あたしを辱めるなら許さないからっ！」

キッと睨みつけてくる彼女に、僕もさすがに焦る。

「ごめん！　あんまり綺麗だったから、つい夢中になっちゃって……」

どうやらやり過ぎてしまったらしい。女心を完璧に推し量るのは、僕にはまだ難しいな。

彼女の言葉どおり観察を止めて、次の手順に移る。

「じゃあ、今度は指を入れるよ。膜は傷つけないように気を付けるから」

そう言いつつ、人差し指を膣内へ挿入していく。

「あうっ、中にっ、あぁぁっ……中に入ってきてるっ……」

たっぷりと愛撫をしたので膣内はよく濡れており、指の挿入を拒まなかった。しかし処女らしくキツい締めつけで、この小さな穴に僕の肉棒が入るのだろうかと、少し不安になってしまう。

「これ、体の中に他人のものが入ってるって、変な感じ。でも、んんっ……これも気持ちいいわ。シルヴィオがちゃんと準備してくれたからかしら？」

「そうか、よかった。中の具合も大丈夫そうだね」

僕は一度息を吐いて安心したものの、すぐに気を取り直す。

そして、ズボンを脱ぐと肉棒を取り出して彼女の目の前へ晒した。

「ひゃうっ!?　そ、それが……」

案の定ジェシカは驚き、反射的に股を閉じてしまう。

「うん、そうだよ。怖いなら後ろからにするかい？」

「そうさせてもらうわ。途中で戸惑ってしまったら恥ずかしいし」

そう言うと、彼女はくるっと反転して四つん這いになる。

顔が見えなくなったのは残念だけれど、代わりに形のいいお尻が目の前に来て、これはこれで興奮するな。僕もそれに合わせて膝立ちになると、肉棒を濡れぼそった秘部へ押し当てた。

「あぅっ、アレが当たってる！　あたし、ホントに犯されちゃうのね……」

彼女の体に力が入り、緊張しているのが分かる。

「ジェシカ、大丈夫かい？　今日はこのくらいにして、一度休んでもいいと思うけど」

「ううん、いいの。お気遣いありがとう。でも、ケイカたちの足手まといにはなりたくないから……それにあたし、シルヴィオにならば初めてをあげてもいいかなって、ほんとに思ってるから」

こちらへ振り返り、ぎこちなくも笑みを浮かべる彼女を見て僕も覚悟を決めた。

「よし、行くよジェシカ。君の純潔、僕が貰うから……んっ！」

最後にそう伝えて腰を前に動かし、彼女の処女穴へ挿入していく。

事前に慣らしたとはいえ、エルフの秘穴はこれまででも一番キツく、一時中断がやはり頭に浮かんだほどだ。

しかし、ジェシカは僕の考えを察したように言葉をかけてきた。

「あうっ、ぐっ、んんっ……だいじょうぶ……だから、そのまま最後まで入れてっ！　シルヴィオを受け入れられなかったなんて……余計に嫌だから！」

「分かったよジェシカ、ぜんぶ……入れるよ！」

直後、腰を前に進めと同時に何かを突き破る感覚がして、そのまま膣奥まで一息で制圧した。

「んぐっ！　はっ、あぐっ、あぁぁぁ！　痛っ、いったいぃ！　あぐっ、あああああっ!!」

部屋の中にジェシカの悲鳴が響いても、僕は腰を止めずに狭い膣穴の中を最後まで押し入っていく。

数秒後、肉棒が根元まで膣内へ収まったところで、ようやく一息つく。

「はっ、はうっ、んぐぅっ……や、やっと入ったの？」

息を荒げながらジェシカが問いかけてきたので頷く。

「ああ、全部入ったよ。ジェシカの中、すごくキツかったから苦労したけど……ごめんね、痛い思いさせちゃって。すぐ治療するから！」

僕は彼女の腰を支えながら、自由なもう片方の手をお尻に当てて回復魔法を使う。

「んっ、はわぁ……これがシルヴィオの回復魔法？　すごいわ、温かくて気持ち良くて、痛いのがぜんぶ消えてくのが分かるの！」

「あはは、お褒めに与り光栄だよ」

破瓜の回復も二回目ともなると、処女膜を再生しないようにしながら傷だけを治すのにも慣れてきた。でも、こんな場所ばかり治療する技術を高めていく自分自身に呆れてもいるが。

「ふぅう、もう大丈夫。痛みはなくなったわ。代わりに、気持ち良かったのも少し落ち着いちゃったけど……それは、これから挽回してくれるわよね？」

彼女の挑戦的な視線を受け、自尊心を刺激された僕は頷く。

「ああ、ちゃんとジェシカに、セックスは気持ちいいものだって教えてやるさ！」

愛撫で分泌されていた愛液はまだまだ残っているので、腰を動かすのに支障はない。

両手で肉付きの良いお尻を鷲掴みにすると、さっそくピストンを始めた。

「あうっ、んんんんっ！　シルヴィオのがっ、あたしの中で思いっきり動いてるっ！　さっきまであたし処女だったのに、こんなにおっきいのに奥までっ……んぐぅっ！　ひっ、きゃうん！」

遠慮は無用といった彼女の言葉に甘えて、僕は膣内を滅茶苦茶にかき乱していった。

これまで経験したことを総動員しながら、ジェシカの性感帯を刺激していく。

すると、次第に彼女の声音に変化が現れるのが分かった。

「はひっ、んんっ、くううぅ！　そこっ、そこ気持ちいいっ！　もっと……ひぅうううっ‼」

「くっ、中もまた締まってるっ！　ジェシカも気持ち良くなってくれてるんだ？」

問いかけると、誰が見ても分かるようにしっかり頷いた。

「うんっ、これ気持ちいい！　セックス気持ちいいよぉっ！　こんな感覚、いままで知らなかった……あぁぁっ！」

処女の告白に感動して、思わず腰を突き出してしまう。

肉棒が最奥をぐっと突きほぐすと、ジェシカの口から再び嬌声が上がった。

「また、奥にっ！　そこ、突かれるたびにだんだんよくなってくの。お腹の奥に熱いのが溜まってって、そこを突かれると全身に広がる感じで……んんっ、はふぅっ！　はぁはぁ……だから、ねぇ、もっとしてほしいな。いいでしょう？」

「ああっ、もちろん！　ちゃんとジェシカの期待に応えて見せるよ！」

彼女から求められたことが嬉しくて、僕はこれまで以上に張り切ってしまう。

尻たぶを掴んだ両手でぐいっと谷間を開き、ピンクの秘部を露にしてそこへ腰を何度もぶつけた。

「はひっ！　あうっ、あああぁっ！　気持ちいいっ、気持ちいいのぉ！　セックス、こんなに凄いのねっ、あぁっ、ひぅううううっ!!」

「そうだよ、だから怖いものじゃないんだ！　確かに淫らな行為だけど、今この町に限っては全然恥ずかしくないいんだよ」

「あ、あたしっ、今なら街中でエッチしちゃってる人たちの気持ちも分かるかも……あうっ!?　ひぁっ、きゃううううぅぅんっ！」

「うぐっ!?　ああくそっ、また中が蠢いて……ジェシカの体、すごく具合がよくなってきてる！」

興奮に合わせて、ジェシカの体が肉棒に素直に反応し始めたようだった。

今までは僕にされるがまま、反射的に締めつけたりするだけだった。

でも今は全身が快感に震えていて、意図的に肉棒を締めつけ、射精を促すように刺激してくる。

ただでさえ名器なエルフの蜜壺が目覚め、搾精器官として成長していくのを実感できた。

「はぁっ、はぁっ、んぐっ！　あたしもっ、シルヴィオのが中でビクビクって動いてるのわかるよ。あたしで……こんなに気持ち良くなってくれてるんだ？」

「そうだよ。ああっ、このっ……ぐっ！　女の子にこんなふうに動かれて興奮しない訳がない！」

今の僕はもう、ピストンのスピードを維持するのでやっとの状態だ。

少しでも無茶な動きをすると、とたんに我慢できなくなって精を漏らしてしまいそうになる。

そんな僕の言葉を聞いて、ジェシカは嬉しそうな声で笑った。

ひぁ♡
ぞくぞく～
プル
いっ♡
ぞくぞく♡
くぅ～
あ♡
ドプ!ズプ!

「あんっ！　そ、そうなんだ、えへへっ……あたしの体で気持ち良くなっちゃってるんだ。なんだか嬉しい。シルヴィオ、このまま最後までしてっ！　あたしも、ケイカやエミリーみたいにしてほしいの！　中にあなたの子種、注ぎ込んでっ!!」

「ジェシカッ……わかった、いくよ。僕ももう長くは持たないから！」

彼女の求めに応じ、後先考えない全力のピストンで膣内をかき乱す。

「あぐぅぅっ!?　はひっ、ひゃあああっ！　これっ、ヤバッ……あひぃぃぃぃぃっ!!　すごいっ、頭の中が沸騰しちゃうっ！　ひゃわっ、はふぅぅぅっ!!」

一切容赦のない責めに、ジェシカのほうも追い詰められていった。

時間をかけてほぐされた体に興奮の火が回り、消火できなくなっている。

「えあぁっ!?　くるっ、なにかきちゃうよぉっ！　シルヴィオッ、あたしっ、あたしもうっ！」

ビクビクッと腰を震わせながら、耐えかねるように声を漏らすジェシカ。

それを聞いて、彼女の絶頂が間際まで迫ったことを悟る。

僕は最後に、ここまで高めた興奮を全てぶつけるように肉棒を膣の最奥まで突っ込む。

「僕も一緒にイク……ジェシカッ、出すよ！　全部中にっ！」

「きてっ、きてぇっ！　あたしもイクからぁっ！　ひあぅぅっ、ああっ、イックウウウウウウゥゥゥゥッ!!」

子宮口を押しつぶされるように刺激されたジェシカは、溜め込んだ興奮を一気に爆発させ絶頂した。

シーツが千切れるんじゃないかと思うほど拳を握り込み、肉棒を締めつけながら全身を震わせる。

その刺激に促されるように僕自身も限界を迎え、彼女の中へ欲望の丈をぶちまけた。

「ぐぅぅぅっ!!　ジェシカッ、あぁっ……！」

腰を押しつけたまま微動だにしていないのに、収縮する膣内にしごかれ、次から次へと精液を絞り出される。

腰が蕩けてなくなってしまうかのような快感を味わいながら、ジェシカの中で射精し続けた。

「ひうっ、熱いっ、ううぅっ！　あたしのお腹、シルヴィオでいっぱい……あうっ」

たっぷりと膣内射精を受けた彼女は、そこで体が限界を迎えたのかベッドへ突っ伏してしまった。

お尻だけ突き上げる恥ずかしい体勢になりつつも、絶頂の余韻が体を巡って興奮が治まらないらしい。

「あぁ、すごいよぉ……セックスがこんなに気持ち良かったなんて……。あたし、癖になっちゃいそうで怖い」

ようやく熱が引けてきたところで僕も彼女の膣内から肉棒を引き抜き、ベッドの上に座り込む。

「ふぅっ……確かに、僕も癖になりそうだ。エルフの体が、こんなにセックスに向いてるなんて……。これは種族全体で貞操概念が固くなるわけだなぁ」

きっと、セックスの気持ち良さに溺れて身を滅ぼさないためなんだろう。

ジェシカの場合はもう手遅れかもしれないけれど。

「それで、肝心のことはどうだい？　明日は外へ出られそうかい？」

「うん、もう大丈夫。ちょっと気になるだろうけど、確かに自分で体験すると未知の怖さも恥ずかしさも、少しは和らいだと思うわ」

ジェシカはなんとか体を仰向けに直し、僕の隣で横になっていた。

事後で全身が火照った彼女の姿はこれまた目に毒で、ずっと直視していると無限に性欲が湧いてきそうになる。

「じゃあ、明日は少しだけ外に出てみよう。僕も付きそうからさ」

「ええ、分かったわ。……ありがとうシルヴィオ、今夜は助けられちゃったね」

「当たり前だよ、ジェシカも大切な仲間なんだから。でも、今日は休もう。お互い疲れたし」

はにかんで言った彼女に僕も笑みを浮かべながらそう返す。

「うん、もう足手まといにはならないわ。悪魔と戦うときはキッチリ援護してあげるから。おやすみシルヴィオ」

横になると、最後にジェシカの声を聴きながら目を瞑って眠りに落ちる。

こうして、悪魔に支配された街での一日目が終わるのだった。


住民たちが所かまわず性行為に明け暮れる町に入ってから、今日で三日目だ。

初日で現状を把握し、二日目で情報収集と準備を整え、三日目の今日に町を支配する悪魔を倒しに行く。ずいぶん急ぎの日程だが、まだ悪魔に僕たちの存在を気取られていない今がチャンスだとケイカが判断し、襲撃を実行することになった。

「それで、ここが昨日ケイカたちが調べた悪魔の拠点か……」

僕の目の前には、しっかりとした石造りの三階建ての建物があった。

この町の役場らしく、今も絶えず人の出入りがある。

「ここが悪魔の拠点……確かに、見た目は普通でも中からわずかに性臭が漂ってるわね」

横にいたジェシカが、そう言って眉をしかめた。

「どこから匂いが漂ってくるかも分かるのかい？　本当にエルフの五感は規格外だな……」

改めて感心し呟くと、ジェシカは誇らしそうに胸を張って僕を見返す。

「風の流れを読めば簡単よ。まぁ、街中だと森と違って少し難しいけど、あたしならどうってことないわ！」

昨日の外出で町の様子に慣れたからか、一昨日と違ってまったく動じる気配がない。

そんなふうに会話をしていた僕たちに、前方にいたケイカが振り返って声をかけてきた。

「お兄さん、ジェシカ、準備はいい？　昨日エミリーが魔法で調べた限り、悪魔は恐らくこの建物内の誰かに取りついて身をひそめている……一気に突っ込んで引きずり出すわ」

「全員で突入したら、私が魔法で結界を張って建物を封鎖します。皆さんはその間に、悪魔の捕捉をお願いします」

「了解です」

全員が頷くと、僕たちはケイカを先頭に役所の中へ突入する。

「たのもう！　わたしは異世界からやってきた勇者、名は藤峰桂夏（ふじみねけいか）！　ここに悪魔がいるのは分かってるわ、出てきなさい！」

エミリーさんが結界を張るのと同時に、ケイカが大声で名乗りを上げる。

周りの人々は何事かとこっちを見つめていた。

魔法で異常に気づけない住人たちにとっては、町の中心に悪魔が居るなんて信じられないんだろう。辺りがザワザワとしはじめる中、奥の階段から初老の男性が慌てた様子で降りてきた。

「い、いったい何事ですか!?　私は町長のマルローです。悪戯に混乱を招かないためにも説明を……」

そう言って近づいてくるのを見たエミリーさんが、すっと目を細めた。

「ケイカさん、そいつです！　その町長に悪魔がとりついています！」

「ノコノコ出てきてくれたってことね、好都合だわ！　はああああっ!!」

エミリーさんが声を上げて町長を指出すと、ケイカは躊躇なく聖剣を抜いて斬りかかった。

「ぬっ！　くっ、もう見破られたか！」

一瞬で渋面になった町長はケイカの一撃を躱し、尋常ではない脚力で十メートルは後ろへ跳んで距離を取った。

「避けられた!?　やっぱり、今までの悪魔と一味違うってことね」

ケイカは自らの一撃が完全に回避されたことに驚いたようだが、すぐ油断なく剣を構えた。

対する町長、いや悪魔は汗をぬぐいつつ苦笑いする。

「まさか一目見ただけで正体を看破されるとは……さてはそこの女、元は聖女だな。だが、バレてしまったなら仕方ない。勇者の首をお届けすれば魔王様もさぞお喜びになるだろう。ここでじっくりなぶり殺しにしてくれる！」

「そうはいかないわ。あんたには魔王の居場所を吐いてもらうんだから。いやああああっ！」

聖剣を中段に構えたケイカが、再度、悪魔目がけて突撃する。

「ふふっ、確かに強力な剣のようだが、私には近づかせんよ。来い！」

悪魔が手を上げ何かに命令した瞬間、周りの人間が奴の周りに集まり盾となった。

「なっ⁉」

ケイカは慌てて攻撃を中断するが、彼女目がけて周囲の人々から手が伸びる。

いつの間にか彼らの顔から表情が消えており、まるで操られるままの人形のようになっていた。

「ケイカさん！　その人たちは悪魔に操られているだけです、攻撃してはなりません！」

「分かった！　でもっ！」

上手く住人たちの包囲を抜け出したケイカだが、無辜(むこ)の市民を手にかける訳もいかず攻めあぐねる。

「私の攻撃魔法では、どうしても周りの人々にまで被害が出てしまいます」

「あたしも、この状態で悪魔だけ狙撃するのは難しいわ。何か隙がないと……」

エミリーさんもジェシカも、人間の盾を前になかなか手が出せないでいる。

その様子を見た悪魔は楽しそうに笑い声をあげた。

「はっはっは！　やはり勇者だけあって善良な人間には手を出せないか。そこの女が元聖女なら貴様らも知っているだろう。人間は性行為で魔力を高めることができる。私はそれを利用して、この町全体を魔力の増幅炉とし、増やした魔力を吸い取って魔王様に捧げているのだよ！　貴様らはこのまま住人たちに押しつぶされるがいい！　奴らを包囲せよ！」

悪魔の命令が飛ぶと僕たちの近くにいた人間まで襲い掛かってくる。

「うわっ!?」

「シルヴィオさん、こっちに！」

エミリーさんに手を引かれ、なんとか包囲を切り抜ける。

操られた人々は武器も持たず動きもそれほど速くないけれど、建物の中じゃあ、逃げ場がない。

「エミリーさん、外へ逃げるのは？」

「それは下策です。今やこの町全体が奴の支配下にある状況では逃げることはできないでしょう。むしろ、結界で密室となったこの建物内で勝負をつけなければいけません」

「でも、奴の周囲には人間たちが集まって盾になってるし……」

迫りくる住人たちを回避しながら、僕たち四人は人間の盾の突破方法を探る。

しかし、中央突破は不可能、ひとりひとり引っぺがしていくのも手が足りない。

全員で頭を悩ませているそのとき、僕はあることを思いついた。

「ねぇエミリーさん、今の住人たちが操られている状況っていうのは、身体的に何か異常が現れているのかな？」

「ええ、そうですね。他人の意思で体が動くのですから、魔法にせよそれ以外の方法にせよ、操られている人々の体には何らかの異常が現れているはずです」

「……なら、僕の回復魔法でその状態を治療できませんか？」

ただの思い付きだったけれど、僕の提案は彼女たちにとって予想外だったようで三人とも目を丸くしている。

「エミリー、いけると思う？」

「理屈上は……五分五分ですね。でも、シルヴィオさんの魔法ならば……」

「今は呑気に考えてる場合じゃないんだから、とりあえず試してみるわよ！」

ジェシカは僕の手を掴むと、受付のほうへ戻っていく。

すぐに、人間の盾で守られた悪魔の姿が目に入った。

「ふははっ！　とうとう市民を殺す覚悟が出来たのか？」

「うるさい、黙れ！　シルヴィオ、準備いい？」

「ああ！　やってやる……『回復』！」

僕はこれまで一番強く魔力を練り上げ、全力で魔法を発動した。

すると、白く淡い光が辺り一面を埋め尽くす。

そして数秒後、操られていた人々が次々と、力を失ったかのようにその場で気絶し倒れ始めた。

「なっ、私の洗脳が……いったいなんの魔法だ!?」

「ありがとうお兄さん！　悪魔め、今度こそ覚悟しろっ！」

「なっ、いつの間に……ぐあああああああっ!!」

奴の意識がこっちへ向いている間に、後ろへ回り込んでいたケイカ。

彼女は町長の体を傷つけないよう、鞘に入れたままの聖剣で悪魔へ殴りかかった。

結果、人間の体には大きな傷を負わせないまま、聖剣の力で悪魔を肉体から追い払うことに成功したのだ。

「ぐぅぅっ、体が焼けるうううっ！　やめろっ、それ以上斬らないでくれっ!!」

無様に床へ転がった悪魔。それは、真っ黒な皮膚に赤い斑点模様が浮かぶ巨大なトカゲだった。

ケイカに殴りかかられた背中には太刀筋の形に焼けた痕があり、聖剣の力の強さを感じさせる。

「お前が悪魔なのか？」

思ったよりも小さな姿に驚きつつ、思わずそう問いかけてしまう。

「ううっ、私は魔界なら押しも押されぬドラゴン族の侯爵なのだぞ！　瘴気が薄い地上に出てきたからこのような姿になっているだけで……ぐはっ!?」

ジタバタと喚く悪魔をジェシカが踏みつけ黙らせる。

「あんたの話に興味はないわ。あたしたちが知りたいのは魔王の居場所だけ。大人しく話すなら魔界に送還するだけで許してあげるわ」

「なにっ、この私が魔王様を裏切るなど……うぐうううう！」

口答えするトカゲの鼻っ面にケイカが聖剣を近づけた。

聖なる力を内包した剣を近づけられただけでトカゲの鱗が焼け、じわじわとダメージを与えていく。

「こっちも時間がないんだよ。今も魔王の侵略で多くの人が苦しんでる。口を割らないなら、この聖剣で話すまで寸刻みにしていくから」

普段とは違う、一切の容赦がない厳しい視線を悪魔へ向けるケイカ。

僕は彼女がこんな目を出来ることを驚きつつ、改めて彼女の背負っているものの重さを感じ胸が締めつけられる思いになった。

「ひぃいいいぃいぃ！　やめろっ、こんな体では丸焼きにしたって旨くないぞ！　話す、話すから許してくれぇっ！」

間近で聖剣の力を浴びせられ、あれだけ傲慢だった悪魔が許しを請うて泣きわめいた。

それから素直になった奴はケイカたちの質問に素直に答え、最後にはエミリーさんの手で魔界へ送還される。後に残ったのは、大量の気絶した人々と静寂だけだった。

悪魔によって操られていた住人たちが目を覚ましたあとは、それはもう大変だった。

何しろ操られていた数週間の記憶がゴッソリ消えているんだから、無理もない。

ケイカたちは正気を取り戻した町長に事情を話し、事態の鎮静化に協力を願った。

幸い彼は物分かりがよいようで、すぐ人員が手配され、町全体の混乱を収拾しようと奔走している。

まだ少し騒ぎは続くが、数日もすれば事態は治まるだろうという話だった。

勇者一行も町長の手伝いをすることになり、僕は主に具合が悪いとやってきた人々を治療する役目だった。

どうやら魔法で操られ、体力を使う性交を強制されていたことで体調を崩した人が多いらしい。

一日目だけで五十人以上の人の治療を行い、クタクタになって宿屋に帰ってすぐベッドへ横になる。

そのまま眠りに落ちてしまったようで、気づくと周りがもう暗くなっていた。

「うぐっ、変な体勢で寝ちゃったかな。首が痛い」

起き上がってゴキゴキと首を回していると、部屋の扉がノックされる。

どうぞ、と答えるとケイカとジェシカのふたりが中に入ってきた。

エミリーさんはこの町の神殿に顔を出すと言っていたので、この宿に居るのは三人だけだ。

「おはようお兄さん。治療で疲れてたみたいだね。ごめんね、悪魔と戦ったばかりなのに無理させちゃって」

ベッドの近くまでやってきて申し訳なさそうに言うケイカ。

そんな彼女に僕は首を横に振って答えた。

「いや、いいんだよ。体調を回復させるのはヒーラーの役目だし、あんなに多くの人に感謝されて凄く嬉しかったから」

僕が回復魔法を施して元気になった人々は、口々にお礼を言ってくれた。

一日にこれだけの人間相手に回復魔法を使ったのは、もちろん初めてだ。

「でも、僕ってそんなに魔力あったっけ……？」

「何言ってるの？　わたしたちと何回もセックスしてるんだから、前と同じ魔力なわけないじゃん」

当たり前のようにケイカが言い、僕はなるほどと手を打った。

「役場でみんなを悪魔の支配から解放したときだって、凄く広範囲に回復魔法を発動させていたじゃない？　普通あんなことできないわよ」

続けてジェシカにも指摘され、改めて自分の能力の上昇を思い知る。

「まだ旅を始めてそんなに時間が経ってないのに、もう、セックスの効果が出てきてるんだ。確かに、これは聖女たちも愛用するわけだ」

「お兄さんの場合はセックスした相手がわたしたちだからね。魔力量の多い人とすると上がり幅も高くなるみたいだから、お兄さんの魔力が多くなる度に、わたしたちも成長しやすくなるんだ」

「お互いにとって、良いことずくめなんだ。そうか、ならますますケイカたちに感謝しないとなぁ。僕ひとりじゃ、いくら頑張っても魔力を増やせないし」

「ふふん、せいぜい感謝しなさいよ。エルフは専ら弓を使うけど、体に秘めた魔力は人間より多いんだから！」

「ジェシカもありがとう。おかげで今日は大活躍だったよ」

礼を言うと満足そうな笑みを浮かべるエルフの美少女。

彼女の性格もだいぶ掴めてきて、肉体関係を結んだからか前より会話することもぐんと増えていた。

「ふふ、何にせよ今回は大収穫だったね。魔王の居場所に関する情報も手に入ったし、お兄さんの回復魔法の新しい使い道も見つけられたし」

ケイカはそう言うと、手に持っていた手提げからチーズやクラッカー、ジャーキーといった軽食を取り出す。

「ふふん、こっちにもあるわよ。町長からお礼だって、搾りたてのジュースを一本貰っちゃったわ！」

嬉しそうな笑みを浮かべ、ジェシカも後ろ手に隠していた葡萄ジュースの瓶を取り出した。

もう夜も遅いのでご馳走とはいかないけれど、ちょっとした打ち上げをしようということらしい。

僕たちは椅子やベッドへ思い思いに座りながらテーブルを囲み、食事をつまみながら他愛ない会話に花を咲かせた。

「……で、ジェシカったらお菓子につられて誘拐犯に掴まっちゃったのよー！　子供みたいでしょ？」

「ちょっとケイカ！　なんでシルヴィオの前でそれを言うのよっ！　シルヴィオも今の話は忘れなさい、あたしのプライドに関わるから、いいわね!?」

ケイカがジェシカと出会ったとき、そして彼女が誘拐されそうになったときの話をしている。

どうやらジェシカにとっては恥ずかしい思い出のようで、途中で遮られてしまったけれど。

「ふたりとも仲が良いな。もしかして歳もそんなに変わらないのか？」

エルフはある程度の年齢になると、成長がほとんど止まってしまうという話は有名だ。

けれど、こうして目の前で戯れているのを見ると、ついそんな質問をしてしまった。

だが、ジェシカは簡単に僕の予想を裏切ってくる。

「あたし、これでももう百年は生きてるわよ？　そもそも、最低でも五十年はエルフのレンジャーに師事しないと、あたしの故郷の森はひとりじゃ抜けられないし」

「なっ!?　そ、そうなのか……ということは、並の人間のレンジャーじゃ、ジェシカの足元にも及ばないってことか」

僕の村の誰より長生きなことに驚きつつ、これ以上年齢について聞くのはやめようと話題を反らす。

百年以上生きているからといって、思考が老人のものではないのはよく分かっている。

ここらへんは、僕たち人間とエルフでは精神年齢も異なるんだろう。

あまり深く詮索しないほうが良いと考えていると、ふとケイカがこっちを見ているのに気づいた。

「ケイカ、どうしたんだい？　僕の顔に何か付いてる？」

「ううん、お兄さんもだいぶわたしたちに慣れてきたよねって思って。最初はおっかなびっくりだったけど」

「ああ、そうだね。でも、もう半月以上経つから、それなりに慣れてくるよ。自分でもちょっとは驚いているけどね」

勇者様やエルフのお嬢様とリラックスして会話している自分を客観的に見ると、以前とはまったく違う世界に居るような気分になる。冗談ではなく、まるで自分が生まれ変わったようだった。

そんなことを考えていると、ケイカが僕の座っているベッドに近づき、そのまま隣へ腰掛ける。

「オドオドしてたのが引っ込んで、ようやく年相応というか、『お兄さん』っぽくなった感じ。わたし女ばかり四人姉妹の長女だったから、年上のお兄さんに憧れてたところがあるんだよねぇ」

その言葉を聞いて、僕はケイカが異世界から召喚された存在であることを思い出し、同時にあることについて考える。

「……ケイカは、魔王を倒したら故郷の世界に帰るつもり？」

かなりデリケートな問題だとは分かっていても、どうしても聞かずにはいられなかった。

すると、彼女はぼうっと天井を見上げながら問いに答える。

「ううん、それは無理かな。わたしこの世界へ召喚される直前、強風に煽られて増水した川に落ちちゃったんだよ。王様に話を聞いたけど、元の世界へ返すときは、そのとき居た場所にそのまま戻されるんだって。だから、まず間違いなく死んじゃうんじゃないかな。元々、異世界からの召喚って私みたいに死にかけの人を連れてきて、命を助ける代わりに世界を助けてもらう感じらしいんだ」

「なんと……そうか、向こうではそんな目に……」

　僕が絶句していると、ケイカはこっちを向いてクスクスと笑った。

「まあ、命を助けてもらったのは確かだし、もともとお人好しなところがあるから。困ってる人たちを放っておけなくて、勇者になることにしたんだ。まぁ、見た目は勇者っぽくないかもしれないけどねっ！」

「そんなことないよ、ケイカは立派な勇者様だ。少なくとも、僕は君に救われてるんだから」

　確かに、一見すると気安い雰囲気な彼女は、物語に出てくるような精錬された勇者とは違う。けれど、彼女に救われた人々は多いのだから、見た目を理由にされるいわれはない。

「あはは、ありがとう。お兄さんに言ってもらえると安心感があるなぁ。やっぱり、男の甲斐性的なやつが効果を発揮してたり？」

「まさか……でも、そう思ってもらえるなら、僕も少しは恩が返せるかな」

　自然と体を寄せ、よりかかってくるケイカの頭をゆっくり撫でると、彼女も気持ちよさそうに目を閉じる。まるで大きな猫でも抱いているみたいだと思っていると、何やらジトッとした目つきのジェシカに声をかけられた。

「ふん、ふたりで随分いい雰囲気じゃない。このあたしを蚊帳の外に置いて」

「いや、そんなつもりはなかったんだけど……」

僕は弁明しつつも、これは少しマズいかと焦り始める。

ジェシカは自信家でプライドも高いし、一度拗ねると回復するまでが容易じゃない。

どうしようかと内心焦っていると、ケイカが僕から体を離して立ち上がった。

「ジェシカ、もしかしてわたしとお兄さんがイチャイチャしてたから妬いちゃった？　ふふっ、そうなんでしょ？」

ニヤニヤと笑みを浮かべながら彼女へ迫るケイカ。

そんなことを言って余計怒らせたらマズいと思い、止めようと腰を浮かせたが、その前にジェシカが反応する。

「なっ、そそっ、そんなわけないでしょ！　あたしは別に目の前でイチャつかれるのが我慢ならなかっただけよ！」

ケイカの言葉で動揺したのか、明らかにムキになって反論している。

その様子を見て、僕は唖然としてしまった。

「……ジェシカ、まさか本当に妬いてたのかい？」

信じられないと感じつつ問いかけると、こっちを向いた彼女の顔がさらに赤くなる。

「そっ、それはっ……あの、そのっ……ええいっ！」

僕にまで見つめられて羞恥心が限界に達したのか、ジェシカは大きく声を上げるとこっちへ突進してきた。

「えええええっ!?　ちょ、ちょっとジェシカ……うわっ！」

彼女はそのまま僕をベッドへ押し倒し、その上へ馬乗りになる。

そして、ふーふー、と荒い息をしながらこちらを見下ろしていた。

「あたしの醜態を目にしたからには、そっちにも晒してもらわないと割りに合わないわよね？」

「いや、何を言ってるのか分からないんだけど……」

困惑する僕をよそに、横からひょっこりケイカが覗いてくる。

「あらら、これは一度しっかりジェシカの相手をしないと治まらないかもね」

「ケイカまで……って、見てないで助けてほしいんだけど」

「それは無理かな。実力行使に出たら、ジェシカますます怒っちゃいそうだし。その代わり、わたしも手伝ってあげるからさ！」

そう言うと、なんと彼女はその場で服を脱ぎ始めた。

「お、おいケイカ？　まさか本当に……」

驚いている間にもケイカはテキパキと服を脱ぎ、一糸纏わぬ姿になって堂々とベッドへ上がってくる。僕もジェシカも、いつもの間にか彼女の均整の取れた美しい肢体に見惚れてしまっていた。

「あはは、何見てるのよ。さ、ジェシカも脱いで！」

「わ、わかったわよ」

ケイカに促され、ジェシカも服を脱ぐと僕の前で膝立ちになる。

染み一つない真っ白な肌に金糸のような美しい髪が映える。単純な美しさならケイカよりも上かもしれない。

「これでいい？　さぁ、とっとと始めるわよ！」

羞恥心からか顔を赤くしたジェシカがそう言うと、ケイカとふたりで僕の腰元にしゃがみ込む。

「まずはふたりでこっちにご奉仕しちゃうね。今回はお兄さんにだいぶ助けられちゃったし、そのお礼も兼ねてだよ」

「確かに、あの状況から切り抜けられたのはシルヴィオの回復魔法があったからこそね。そこは自信を持っていいわ」

「あ、ありがとう……そう言って貰えると嬉しいよ」

まさかこんな状況で昼間のことを褒められるとは思っていなかったので、少し驚く。

けれど、こうして僕の力が彼女たちの役に立ち、認められているのは凄く嬉しかった。

勇者パーティーの一員として役目を果たせている実感が湧いて安心する。

「そうそう、リラックスしてたっぷり奉仕を堪能してねお兄さん！　よいしょっ……んっ！」

いつものように見る者を安心させる笑みを浮かべたケイカは、下着ごとズボンを脱がすと肉棒を手に取る。そして、躊躇なくそれに口づけした。

まるで愛しい人へするように先端へ丁寧な口づけをした後、すぐ舌を出して周りをペロペロと舐め始めた。

「むっ、またあたしを置いてけぼりにして……口でするのよね。大丈夫、出来るわ」

ジェシカは一瞬ムッとした表情になったが、一生懸命フェラチオしているケイカの姿を見て、置いていかれないよう静かに股間へ顔を寄せる。

僕とセックスしてから、ジェシカは性的なことに対する抵抗がずいぶん減ったようだ。

それに今は、ケイカが先にフェラチオしているから、ハードルは限りなく低くなっているだろう。

「ケイカ、もうちょっと場所を空けなさいよ」

「んむっ、じゃあジェシカはこっちね。左右から挟み込むように舐めるの」

「わかったわ。……んっ、ちゅむ、れろっ！　こう、かしら？」

僕から見て左側からケイカ、右側からジェシカがそれぞれ舌を出して肉棒へ奉仕している。

美少女ふたりに奉仕されて、否応なく僕の興奮が高まっていく。

「んむっ、ちゅるるるるっ、れろれろっ！　こう、かしら？」

「ふふ、上手いじゃん。ジェシカは器用だから、どんなことでもそつなくこなしちゃうね」

「ま、まぁ、あたしにかかればこんなものよ。ふふん！」

ケイカに褒められ、まんざらでもなさそうな様子のジェシカ。

実年齢ではジェシカが上なのに、なぜかケイカのほうがお姉さんっぽく見えてしまう。

きっと四人姉妹の長女だったことが、彼女を自然と面倒見よくしているんだろう。

そんな彼女に頼りにしてもらえていると思うと、自然と嬉しい気持ちが湧いてくる。

「んむっ!?　すごい、もう大きくなってる……やっぱりふたりですると、お兄さんの興奮具合も違うねぇ」

左右から舌で愛撫され、ガチガチに硬くなった肉棒を見てケイカが感心したように言った。

「まぁ、あたしにかかればこんなものよ。どんな男だってイチコロなんだから」

「確かに、舌の使い方はジェシカのほうが上手かったかも」

まだテクニック自体はエミリーさんに敵わないけれど、肉棒の周りを舐めまわす舌の感触は、思わず腰が浮いてしまいそうなほどの気持ち良さだ。

彼女の場合、生来の器用さが奉仕でも存分に発揮されているんだと思う。

「えっ？　ふふっ、ふふふふっ！　そうでしょう、あたしが一番なのよ!!」

一瞬驚いた様子を見せたのは、僕に褒められるのが意外だったからか。

でもすぐに気を取り直して、目いっぱい喜ぶあたり彼女らしい。

黙っていれば天上の美しさを誇る美少女なのに、こうして話すと可愛らしいところも見えるのが魅力的だ。ジェシカが嬉しそうに浮かべる笑みは、普段の気難しさを補って余りある。

「ふふっ、ジェシカったらそんなに喜んじゃって……」

「口での奉仕はあたしのほうが上みたいよ？　まあ、エルフの器用さの勝利ってことね」

「はいはい。でも、あんまり放っておくとお兄さんのが萎えちゃうよ？」

「むっ、せっかく大きくしたんだから、あたしを満足させるまで萎えさせないわよ！」

再びやる気になったジェシカが僕の肉棒へ舌を這わせる。

「んむっ、ちゅるるるっ！　れろ、れろっんくっ！　はぁっ……気持ちいい？」

「あぁ、最高だよジェシカ。すごくねっとり舌が絡みついて、絞り出されそうだっ！」

あまりの気持ち良さに息も絶え絶えになりながら言うと、ケイカも同じように舌を絡めてくる。

「じゅるるるるっ、じゅるんっ！　ぺろ、れろっ……このまま出していいよ、お兄さん。わたしたちの口に、精液たっぷり受け止めさせて？」

ケイカは僕の興奮を限界まで煽るように、可憐な唇をグロテスクな性器へ押し当てながら蠱惑的な誘いをしてくる。

「ふぅん、もう出ちゃいそうなの？　まぁ、ふたりがかりだから仕方ないわね。いいわ、気持ち良くなっちゃいなさい！　ケイカと一緒に搾り取ってあげる！」

いつになく積極的なジェシカもそう言って舌の動きを強める。

左右から一気に刺激を強められ、それを予想していなかった僕の性感が一気に高まった。

「だ、だめだっ、そんなこと言われたら……ぐぁっ！」

ドクンと腰の奥から熱いものがせり上がってきて、そのまま一気に噴き上がった。

「あっ、きゃうっ!?　すごっ、お兄さんの精液、たくさん出てるっ」

「ひゃうぅぅ！　えっ、こんなにっ……待って待って、あたしの顔に……んんっ！」

あらかじめ備えていたケイカは大丈夫だったけれど、ジェシカは勢いよく噴き上がって精液が顎や頬にひっかかってしまった。

けれど、僕にはそんなことを気にする余裕もなく、絶頂の興奮にひたすら身を溶かされていく。

「ぐっ、あぁっ……こ、こんなの初めてだ」

単純な刺激ではセックスのほうが強かったけれど、美少女ふたりが顔を並べて奉仕している絵面は強烈だった。可愛らしい唇からベロっと舌を伸ばして、それを僕の肉棒に巻きつけている光景は脳内から消えそうにない。

「はっ、ふぅっ……はぁはぁ……」

ようやく落ち着いた僕が彼女たちの顔を見ると、ふたりとも熱っぽい視線を返してくる。

「これだけ気持ち良くなったんだから、お兄さんもわたしたちにお返ししてくれるよね？」

「ふぅっ、んんっ……今度は、あたしたちの番なんだからっ！」

射精を受けて一気に興奮を高めたふたりが、それぞれ僕の上に跨ってくる。

「ちょ、ちょっとふたりとも……うぐっ！」

声をかけようとした口はジェシカに顔面騎乗され、完全に封じられてしまう。

「んっ！　さっきはあたしが口でしてあげたんだから……ふふっ、こんどは交代ね！」

頭上から興奮した様子のジェシカの声が聞こえてきて、射精したばかりで落ち着いていたはずの心がぞわぞわっと震える。

そして次の瞬間、未だに七割ほど勃起を保っていた肉棒が、熱く狭い穴に飲み込まれた。

「あうぅうっ！　はっ、ふぅっ……お兄さんの、やっぱり気持ちいいっ！」

ケイカが昂った声で言い、僕は肉棒が何に飲み込まれたのか察する。

ケイカとジェシカ。このふたりが、寝転がった僕の上で向かい合うように腰を下ろしているんだ。

それを悟った直後、真っ暗だった目の前が少し光を取り戻す。

どうやらジェシカが、わずかに腰を上げたらしい。

「はっ、ふぅっ、はぁはぁ……」

「苦しかった？　ごめんね、ちょっと興奮しちゃって……」

「ううん、いいんだ。僕もジェシカたちに気持ち良くなってほしいし、頑張るよ」

彼女は僕に顔面騎乗して少し正気に戻ったようだけど、それだと面白くない。

どうせなら、目の前で思う存分乱れてほしかった。

「ケイカもジェシカも、ふたりに奉仕してもらった分は、しっかりお返しするから……あむっ」

「あっ、きゃううっ！　そんなっ、あたしのアソコがシルヴィオに食べられちゃうっ！」

大きく口を空けて目の前の秘裂を頬張るように刺激すると、さっそくジェシカから嬌声が上がった。

その声に興奮して肉棒が力を取り戻し、ケイカの中を押し広げていく。

「うぎゅっ!?　うそっ、わたしの中で大きくなってる！　んっ、でもっ！」

目の前にいるジェシカに対抗心があるからか、完全に勃起した肉棒に貫かれながらも彼女は腰を動かし始めた。僕のお腹のあたりに手を置き、両手足で自分の体を支えながらパンッ、パンッ、とお尻を上下に動かす。

「んぅっ、あっ、はぁはぁっ……あんっ！　お兄さん、気持ちいい？　わたしちゃんと気持ち良くできてるよね？」

顔は見えなかったけれど、声の調子から彼女がかなり興奮していることは分かった。

「ああ、凄く上手いよ。やっぱりケイカとは体の愛称がいいのかな……くぁっ！」

お腹に置かれた手が若干苦しかったけれど、それも気にならないくらいの快感が次々に下半身から流れ込んでくる。興奮し、たっぷりと愛液をたたえた膣内で肉棒がしごかれ、発達した肉ヒダで擦られるたびにため息が漏れそうになる。

「凄い、こんな、夢みたいだ……」

ジェシカへのイタズラを続けながら、笑みを浮かべてそう零す。

目の前はジェシカのお尻で埋まってしまっているけれど、傍から見たら今の僕の上には、ふたりの美少女が裸で跨って腰をくねらせている。

その光景を思い浮かべると、肉棒が痛いほど張り詰めるし舌の動きも激しくなってしまう。

「ひぅっ、やぁっ！　だめっ、シルヴィオの舌が中につ……あぁぁっ!!　入るっ、熱い舌、あたしの中に入ってきちゃううぅっ!!」

僕はぐっと舌を伸ばすと、ジェシカの膣内を出来るだけ奥まで犯せるように突っ込む。

もちろん、両手で彼女の足を掴んで逃がさないようにしながら。

必然的に鼻も口も押し当てるので、呼吸が出来なくなってしまうけれど、息が続く限り膣内を舐めまわした。

「ひっ、ひぃっ！　やっ、あううぅぅ！　気持ちいいよっ、ゾリゾリッてざらついた舌で舐められて、頭おかしくなっちゃう！」

「んぷっ、はぁはぁっ……いいよ、頭おかしくなるほど気持ち良くなってくれ！」

「あひうっ！　またっ、だめっ、あああぁぁあぁぁっ!!」

ガクガクッと腰を震わせ、ジェシカが激しい快楽を味わっているのが分かる。

だんだん膣内に溢れるジェシカの味が濃くなっていくのを感じて、僕もまた興奮していた。

「はぁはぁっ……ケイカもだ。一緒に満足させてあげるからっ！」

「うんっ！　わたしもっ……お兄さんといっぱい気持ちよくなりたいっ！　あうっ、ひゃうんっ！」

彼女の腰の動きに合わせ、僕も腰を突き上げるように動かす。

両手をジェシカに使ってしまっているから、激しくは動けない。

けれど、これまでの行為でだいぶ興奮しているケイカには、これでも十分なようだ。

「ひぃっ……はうぅぅっ！　奥までっ、お兄さんのが当たってるよぉっ！」

「くっ……ケイカの中も、すごく締めつけてくるっ！　たまらないよっ！」

「自分で腰を動かすのは、ちょっと恥ずかしいけど……はふっ、あぁっ……でもこれ、本当に気持ちいいっ！　あぁっ……ひっ、んふぅぅぅううっ!!」

今日一番大きな声を上げながら、腰を動かし続けるケイカ。

自分の中の本能に従うように、快楽を感じながらひたすら腰を上下に使う。

「あひぅ！　あんっ、はぐっ！　これ凄いのっ、今までで一番気持ちいぃっ！　止まらないよっ！」

「僕もだ。ケイカの中が気持ち良すぎて、自然と腰が動くっ！」

彼女のピストンへ合わせるように、僕の腰も無意識に上下した。

肉棒が抜けきってしまうギリギリまで腰を離し、一気に体同士を打ち合わせる。

ひとりで動くよりずっと楽に、激しい刺激を味わうことができた。

「はぁっ、ひぃふぅっ……あうううっ！」

「んんっ、あんっ……そんなに喘いで、ケイカも気持ちいいんだ？」

目の前で乱れる美少女勇者が目に入ったのか、ジェシカが内心を零すように呟いた。

ぞくっ♥
ぞく♥
やっ
あ♥
ひあ♥
ズチュッ♥
ズチュ♥
ビクンっ♥
ん…
ジュプ
ジュプ

そしてこんなときでもケイカは、その言葉をしっかり聞き取っている。

「あうっ……ジェシカだって、アソコ舐められて気持ち良くなってるじゃない？」

「ふふ、そうだよ。シルヴィオの舌、あたしの奥まで入ってきて舐めるから、すっごく気持ちいいの。今も……あひっ、へぅぅっ！」

「ッ!! ああ！」

悲鳴を上げ、ビクビクと腰を震わせるジェシカを見て、ケイカの膣内がギュッと締めつけてきた。

「こっちだって、お兄さんが動いてくれてるんだから！ わたしに合わせて動いてくれるから、奥までいっぱいになって凄く気持ちいいのよっ！」

負けじとケイカも自分の興奮をジェシカに伝え、胸元に手を置いて腰を動かす。

「ほらっ、こうしてっ……んうっ！ また、腰動いてる！ 一番奥っ、子宮まで届いてるのぉ!!」

腰を打ちつけ乾いた音を響かせながら、完全に蕩けきった声で愛液まみれの結合部をジェシカに見せつけた。

「あっ……こんなに、腰が全部びしょびしょになるまで……」

どれだけ濡れているかは、僕も感覚でわかる。

股間は一面濡れてしまって、互いの太ももや下腹にも体をぶつけた拍子に雫が飛び散っていた。

愛液はシーツにまでしたたり落ちて、隠しようのない染みを作ってしまっている。

それを見せつけられたジェシカは、切なそうに秘部を僕の顔へ押しつけてきた。

「もっともっと、自分もケイカみたいに感じさせてほしい」、という気持ちを受け取って、僕はさらに愛撫へのめり込んでいった。

「ああっ！　シルヴィオッ、シルヴィオッ！　あたし気持ちいいのっ、体が全部溶けだしちゃうっ！」

「わたしも一緒だよっ！　このまま三人で気持ち良くなろうっ！　一緒にイキたいっ！」

ケイカに言われなくても、僕はそうするつもりだった。

ひとりも仲間外れは出さない。一緒に天国へ連れていってやる。

それが彼女たちの願いでもあるなら、尚更だ。

「あぅ、はっ、むぐっ……イクよ、ふたりともイって!!」

興奮が頂点に達した瞬間、僕はケイカの子宮口を突き上げ、ジェシカの陰核を舌先でねぶった。

「あっひいいぃぃぃっ!?　お兄さんっ、そこはっ……イクッ、イクッ、イックウウウウッ!!　ひゃっ、あああぁぁあぁぁぁっ!!」

「ひぃっ、ぅぅぅぅっ！　あたしもっ、あたしもイクからぁっ！　一緒にっ、シルヴィオッ！　イっちゃうっ、ううううぅぅぅぅっ!!」

顔でジェシカの吹いた潮を受け止めながら、ケイカの中へこれでもかと射精する。

ふたりとも絶頂と同時に腰が抜けて、僕は完全に押しつぶされた形だ。

腰も顔も苦しかったけれど、それが気にならないくらいの興奮が全身を駆け巡っていた。

「ひぃっ、ごめんっ、腰が抜けちゃってうごかないのっ！　あっ、やぁっ！　こんなときに舐めないでっ……あひぃぃんっ！」

「ああっ、あうぅぅぅっ……わたしの子宮、全部お兄さんの子種でいっぱいになってる。こんなの、赤ちゃん出来ちゃうよぉっ」

三人でそれぞれ絶頂に浸っていたけれど、やがて下敷きになっている僕が限界になったので彼女たちにはベッドへ横になってもらう。そして、僕自身もふたりの間で寝転んだ。

「あーあ、顔も髪もグチャグチャになっちゃってる……シルヴィオ、ごめんね」

「気にしなくていいよ。後でシャワー浴びるから」

「じゃあ、そのときはお詫びに背中を流してあげるね」

「わたしも、このままじゃ寝れないから一度体を洗わないと」

「確かに、ケイカの場合下半身がドロドロだもんねぇ……。よくこんなに出したねって、ちょっと呆れちゃう」

「ふふ、自分でも驚いちゃった。でも、こんなに出してもらえてうれしいな♪」

寄り添ったふたりと一緒に、他愛ない話をしながら体の火照りを冷ます。

そうしている中で、僕は改めて現状の幸せぶりを再認識していた。

「ありがとうふたりとも。まだまだ半人前だけど、今回の事件でようやくヒーラーとしてみんなの役に立ててる実感が湧いたよ。これからも、頼られるような存在になれるよう頑張るから」

「そんなに畏まらなくてもいいのに。仲間なんだから協力するのは当たり前だよ？」

「まぁでも、これからはシルヴィオの魔法も頼りにできるのは分かったから、どんどん働いてもらうわよ。覚悟しなさい！」

彼女たちの言葉に改めて感謝し、ようやく僕の中でこの事件が全て終わった気がするのだった。

第三章　故郷での試練

あの町でトカゲの悪魔を倒してから、さらに二ヶ月もの時間が過ぎていた。

僕たちは悪魔から得た情報を元に、魔王の居場所へつながる町をいくつも、悪魔たちの支配から解放している。

中にはケイカの聖剣と正面から斬り合うほどの強力な悪魔もいたけれど、その全てをパーティーの力で倒し、乗り越えてきた。

その中で僕の回復魔法の腕も上がって、今では複数人の重傷者を同時に治療できるまでになっている。だんだん自信もついてきて、自分の力が確かに貢献できていると確信していた。

村に居たときのように卑屈になることも少なくなり、ケイカたちからはよく「最近明るくなったね」なんて言われる。

「まさか、僕がこんなに変われるなんて思わなかったな。てっきりあの村で埋もれるように残りの人生を過ごすだけだと思ってたのに」

僕をあの境遇から救い出してくれたケイカたちへ、どれだけ感謝してもし足りない。

そんなことを、今夜泊まることになった宿の風呂場で考えていた。

この付近は近くに火山があるからか温泉が湧くらしく、宿屋の主人が自慢げに話すから一度入っ

てみようと思ったんだ。

村に居た頃は、濡らしたタオルで体を拭くか、贅沢してもシャワーを浴びるかくらいしかしていなかった僕にとって、この湯船というものは不思議な感覚がした。

けど、温かいお湯に体を沈めるのは気持ちいい。宿の主人が自慢するだけのことはあるなと思う。

ここまでの長旅で溜まっていた疲労が、湯の中へ溶けだしていくような心地だった。

そのまま僕はリラックスして入浴を堪能していたんだけれど、唐突に浴室の扉が開く音が聞こえてハッとする。

「む、誰……って、エミリーさんとジェシカ!?」

浴室の中に入ってきたのは、元聖女な魔法使いとエルフのお嬢様だった。

「入り口に入浴中の札をかけておいたから、僕が入ってるってことはわかってましたよね?」

湯船の縁に乗せていた腕を湯の中へ沈めて、外に出しているのは首から上だけになる。

なんとなく、エミリーさんが獲物を見るような目つきで僕を見つめた気がしたからだ。

案の定、彼女は一直線に僕のほうへやってくる。

「こんばんはシルヴィオさん。お部屋を訪ねても居なかったので、どこかと思っていましたがこちらでしたか」

「宿の主人が自慢していたので、どんなものかと……僕に何か用ですか?」

「うふふ、ええ、少し。近くに行ってもよろしいでしょうか?」

若干の不安はあったけれど、それだけで断る理由にはならない。

頷くと、エミリーさんは脱衣所の壁に張り出されていた作法にそってかけ湯をし、湯船の中に入ってくる。

後ろにいたジェシカも同じようにし、中に入ってきた。

彼女たちはそのまま僕の左右に陣取り、挟まれてしまう。

露骨に体を押しつけてくるなんてことはないけれど、ちょっと前まで食堂で一緒に夕飯を食べていた相手が裸になっていると、ドキドキしてしまった。

「それで、どうして僕を探していたんですか？」

「いえ、シルヴィオさんにとっては今回が初めての長旅でしょうから、お疲れではないかと思いまして。私は回復魔法はもう使えませんが、魔法を用いない薬草やマッサージの施術は行えますので」

恐らく、エミリーさんの言うマッサージには、性的なことも含まれているんだと悟った。

彼女は僕の魔力を高めるためにと、事あるごとにセックスに誘ってくるからだ。

確かに最初と比べて著しく魔力が強くなった実感があるし、ありがたいのだけれど、実は自分の性欲が押さえられないだけなんじゃないかとも、最近思うようになってきた。

いつもは真面目な顔をしているのに、エッチのときだけ心底楽しそうな表情になるからだ。

元々の素質はあるにせよ、こんなに綺麗な女性をここまで変態にしてしまうあたり、神殿も罪深いなと思う。

「どうかされましたか？」

「えっ？　い、いや、何でもないです。エミリーさんの申し出なら歓迎しますよ」

「そうですか。では、目いっぱい気持ち良くして差し上げますねっ」

そう言うと、左側に座った彼女はごく自然に僕の左腕を手に取ってマッサージを始めた。

さらに、右側に座っているジェシカも同じように腕を取る。

「……ジェシカもしてくれるのかい？」

「まぁ、昨日も悪魔との戦いで助けられちゃったものね。そのお返しよ」

昨日、ケイカたちはこの辺りを支配する悪魔と戦い、見事倒すことに成功した。

しかし、そのときにジェシカはわずかな油断から、片腕を悪魔の炎で炙られてしまったんだ。

すぐ僕が回復魔法をかけられたから良かったけれど、ポーションだけだと傷跡が残ってしまったかもしれない。

「僕は自分の出来ることをしただけだよ」

「それでも、あんなに必死に魔法をかけてくれたんだから、何かお返ししないとあたしのプライドが傷つくじゃない！」

「ご、ごめん。そうだね」

感謝されているのに、なぜ僕は怒られているんだろうか。

若干混乱しつつも、ジェシカはエミリーさんの見よう見まねでマッサージを始める。

「シルヴィオさんの場合は回復魔法を使うとき、無意識に腕へ力を込めてしまうようですので、入念にほぐしておかないといけませんね。全身が温まっている今なら、マッサージ効果も高いですから」

「と言いつつ、だんだん手つきがいやらしくなってるわよエミリー」

「うふふっ……すみません、つい聖女だったときの癖で。よくこうして仲間の聖女たちにもマッサージしていたものですから」

悪びれる様子もなく言うエミリーさんを見て、ジェシカが嘆息する。

「むぅ……こうして話していると、だんだん聖女の神聖さが失われていっている気がするけど、気のせいかしら？」

「僕もそうだよ。エミリーさん、最近は特に遠慮がなくなってるし」

それだけ僕のことを信頼してくれていると思うと嬉しいけれど、ちょっぴり複雑だ。

でも、そんな葛藤も左腕に暴力的な柔らかさを持つ爆乳を押しつけれ、吹き飛んでしまう。

「うっ……！」

「ここからが本番ですよ？　スポンジよりも柔らかい私のおっぱいで、たっぷりほぐされてくださいませ」

蕩けるような声でそう言われ、一気に体の奥から興奮が湧き上がる。

ぐにぐにと腕が乳房に刺激されるたび、その極上の感触にため息を漏らしてしまった。

「もうっ、簡単にだらしない顔になっちゃって……仕方ないわね」

ジェシカはそんな僕の様子を見て呆れたようだったけれど、それでも僕の腕を抱える手は放さず、逆にもっと体を押しつけてきた。

「すごいよ、ふたりとも。こんなに気持ちいいことがあるなんて、全身が蕩けちゃいそうだ」

湯船の中に入って時間が経つと、だんだん彼女たちの体も温まってくる。

体温が近くなったことで触れ合っている境界が曖昧になり、文字どおり相手と溶け合っているんじゃないかと思ってしまうほどだ。

まだ触れられてもいない肉棒が、早く欲望を吐き出したいと震える。

「くっ、駄目だ、このままだとのぼせる。ふたりとも一旦出てもらっていいかな？」

彼女たちが頷くのを見て、僕は両腕にふたりを侍(はべ)らせながら湯船より上がる。

そして、休憩用に置いてあったマットへ腰を下ろした。

どうやら本来は、風呂上りにストレッチするための場所らしいけれど、今は別のことに有効活用させてもらおう。

「ふたりとも、この上に横になって。ちょっと狭いから、上下に重なるように」

どうやらひとり用らしいマットの上には、ふたりが並んで横になる余地がない。

けれど、僕の興奮はひとりずつ抱くような悠長なことを考えられる段階は、とっくに越えていた。

もう、今すぐ目の前のふたりとセックスしたくて、たまらなくなってしまっている。

「あら、そんなに目を血走らせてしまって……これは少しやり過ぎたかもしれません。やはり湯船の中では血の巡りがよすぎるのでしょうか？」

「もうっ、呑気に言ってる場合じゃないでしょう！　このままだとシルヴィオが暴走しちゃうわよ、さっさと横になって！」

「何だかんだ言いつつ、彼のために動くあたり、ジェシカさんもかなり冷静ではありませんねぇ」

ふたりは話しつつも、マットの上へ折り重なるようにしながら横になる。

エミリーさんが下で横になり、ジェシカがその上で四つん這いになった。

僕のほうから見ると、ちょうどふたりの秘部が互いに押しつけられるような形ですごくエロい。

「あぁっ……それ、凄くエッチだよっ！　エミリーさんもジェシカも！　くっ、もう我慢できない！」

刺激的な光景に理性の抑えが吹き飛び、僕は欲望のまま彼女たちへ襲い掛かった。

まずは上側にいるジェシカのお尻に両手を置くと、限界まで硬くなった肉棒を彼女たちの間へ差し込む。

ふたりのお腹で僕の肉棒をサンドイッチする形だ。

「んっ、いきなりっ……あっ！」

「んくっ、はぁっ！　シルヴィオさんの熱いものが、私たちの間に……」

性器には触れていない。

けれど、火照った体と限界まで張り詰めた肉棒が、彼女たちを興奮させているようだった。

「うぐっ、はぁはぁ……ふたりの肌、気持ちいいよ。スベスベのモチモチで、いつまででも触っていたくなる！」

お湯に濡れ、しっとりした柔肌が肉棒へピッタリ押しつけられて気持ちいい。

思った以上の快感に、そのまま腰を動かし始めてしまう。

「んっ、ちょっと！　そこは中じゃないのにっ……ふぐっ、んんっ！」

「そんなこと言いつつ、ジェシカだって気持ち良くなってるじゃないか？」

「それは、あんたがお尻揉んでるからっ……あひぅっ！　やっ、指の形がついちゃうっ！」

「服を着たら見えないから大丈夫だよ。それに、こんなに気持ちいいお尻から、簡単に手を離せるわけがないじゃないか！」

普段は弓による遠距離攻撃を主とする彼女だけれど、エミリーさんのように固定砲台と化しているわけではない。

むしろ積極的に動いて、様々な角度から相手の急所を射抜くのが基本的なスタイルだ。

お陰でその肢体は引き締まり、今揉んでいるお尻も柔らかさと弾力が理想的な両立を果たしている。

巨乳を揉みしだくのも気持ちいいけれど、この感触も決して劣るものではなかった。

「それにしたって揉みすぎっ、んんっ！　エミリー、何とかしなさいよぉ！」

「今のシルヴィオさんに止めてと言っても無駄ですよ。代わりに満足させるものを提示しなくては」

彼女はジェシカに諭すように言うと、続けて僕のほうへ視線を向けた。

一見落ち着いているように見えるけれど、彼女も湯船での触れ合いと今の行為で、だいぶ興奮しているようだ。

「シルヴィオさん、次は私の中にいただけませんか？　興奮してしまって、もうお腹に擦られるだけでは物足りないんです！」

エミリーさんはその場でぐっと足を開き、僕に秘部を見せつけてきた。

ヒクヒクと物欲しそうに震える膣口からは、確かに愛液が染み出している。

「こ、こんなに濡らして……そこまで僕のが欲しいんですか？」

「ええ、欲しいですっ！　お願いだから早くっ……もう我慢できませんっ！」

「分かった、入れるよ……ぐぁっ！」

すぐお腹から肉棒を抜いた僕は、そのまま流れるようにエミリーさんの膣内へ挿入する。

「うわっ、くふぅっ！　すごいっ、中がヌルヌルで一気に飲み込まれるっ!!」

宣言どおり彼女の中はこれ以上ないほど濡れていて、抵抗を微塵も感じないまま最奥まで挿入できてしまった。

肉棒の先端が子宮口を小突くと、エミリーさんの口元が嬉しそうに緩んだ。

「はぁっ、あうっ、全部入ってますっ……これが欲しかったんですっ、はうぅんっ！」

エミリーさんは挿入されただけでは物足りないのか、自分から腰を動かしてきた。

ギュッ、ギュッ、と膣内を締めつけながら、お尻を揺らして肉棒をしごく。

ジェシカの下になっている体勢だから大胆な動きは出来ないけれど、それが逆に彼女の一生懸命さを感じさせて愛おしい気持ちになる。

「お願いっ、シルヴィオさんも動いてくださいっ！　私、このままじゃイけないんですっ！」

しかし、やはり自分が動く刺激だけでは足りないようで、涙目で僕に訴えてきた。

普段は頼りになるお姉さんの彼女が、こうして乱れる姿を見られるのもセックスのときだけだ。

彼女のこんな姿を知っている男は自分だけだと思うと、自然と興奮も高まってくる。

「エミリーさんっ！」

彼女の求めに応じるように、僕は大きく腰を動かす。

中はたっぷりの愛液で濡れていたので、ピストン自体は簡単だった。

けれど逸ることなく、ゆっくり感触を味わうように前後する。

「はうっ、あっ……あひぅんっ！　奥まで入ったモノが動いてますっ、ひぃんっ！」

肉棒が動いて中を刺激すると、その度にエミリーさんの体が震える。

僕の責めで美女の肢体が快感に震えているのかと思うと、思わず笑みがこぼれてしまう。

「ちょ、ちょっと！　あたしを間に挟んで、いつまでふたりっきりで楽しんでるのよ!?」

しかし、エミリーさんに夢中になっていた思考が、ジェシカの言葉で現実に戻ってくる。

「あぁ、ご、ごめん！　そうだね、ジェシカをほったらかしにして夢中になってた」

いくらエミリーさんがエロかったとはいえ、目の前の彼女を忘れていたのはいくらなんでも拙い。

少しだけ興奮が冷めたけれど、美女ふたりの裸体を前にして、完全に鎮火しきることはなかった。

「あたしだってしてほしいのに……エミリーだけじゃなくて、あたしのことも抱きなさいよっ！」

目の前にいる自分を無視されて、向かい側の相手に夢中になっていたのでは、そりゃあ屈辱を感じただろう。

自信家でプライドの高いところがあるジェシカなら、なおさらだ。

「ごめん、本当に悪いことをしたと思う。でも、これから挽回するから」

「い、いいから、早く抱きなさいよっ！」

「分かった」

確かに、涙目になっている彼女にこれ以上言葉で謝罪しても無理だろう。

僕はエミリーさんの中から肉棒を引き抜くと、それをジェシカの中へ埋め込んでいく。

「うっ、ふぅっ……こっちはキツいなっ！」

ドロッドロに濡れていたエミリーさんと違い、ジェシカの濡れ具合は今一つだ。

「うぁっ、お腹の中裂けるっ……」

強引な挿入で彼女にも負担がかかったのか、苦しそうな声が聞こえる。

でも、彼女はその状態で僕に向かってお尻を押しつけてきた。

「も、もっと。全部入れなさいよっ！」

僕は一つ頷くと、彼女のお尻を両手で掴んで腰を進める。

グリグリッとねじ込むようにしながら、なんとか奥まで肉棒を挿入した。

「あっ、ぐぅぅっ……はっ、はっ、ひぅっ……」

なんとか僕のものを咥えこんで、大きく息を切らすジェシカ。

そんな彼女へ、下からエミリーさんが声をかけた。

「相変わらず強情なんですから……少し手伝わせてくださいね」

「えっ？　エミリー、待っ……んんっ!?」

ジェシカが何か言う前に、エミリーさんが体を起こして彼女へキスした。

驚きでビクッとジェシカの体が震え、膣内にも刺激が伝わってくる。

「確かにシルヴィオさんを誘惑したのは私ですから、その責任も取らないといけませんし」

エロ魔女は余裕を纏った笑みを浮かべると、片手でジェシカの胸を揉み始める。

「んぅっ!?　ちょっと、なに勝手に……ひゃうん！　やっ、待って待って！　今の……あぅぅ！」

ビクッ、ビクビクッ、と続けてジェシカの体が震える。

そうして嬌声を上げるジェシカ越しに僕を見つめながら、エミリーさんが得意そうに笑った。

「私、男性の相手より女の子の相手のほうが得意なんです。神殿に居たころは、誰が相手でも受け側に回ったことはありませんでしたから」

「そ、そうなんですか」

どうやら、神殿でエロいことばかりしている聖女たちの中でも、相当な腕前だったらしい。

まあ、確かに聖女の全員が全員、エミリーさん並みにエロくてセックスが上手いわけがないか。

中には聖女の適性があっても、こういうことに耐性がない子もいただろう。

きっと、そういう子にはエミリーさんが色々と、手取り足取り教えていたんだろうかと考え、気づけばまた興奮してしまっていた。

「んっ、ぐっ……はぁっ！　シルヴィオの、あたしの中でもっと大きくなってるっ……ううっ！」

「あらあら、女の子同士の絡みを見て興奮してしまったんですか？　神殿には近づけられませんねぇ」

クスクスと笑みを浮かべるエミリーさんを見て、ばつが悪くなる。

あなたの聖女時代を想像して興奮したんです、なんてとても言えない。もちろん、言ったら言ったで、その想像で大きくした肉棒に貫かれているジェシカに殴られそうだ。

「聖女たちが使っている回復魔法には興味があるんだけどね、はは……」

苦笑いしつつ、僕もジェシカへの責めに加わろうと、ゆっくり腰を動かしはじめる。

エミリーさんの愛撫のおかげでそこそこ濡れてきており、先ほどより動きやすい。

「ジェシカ、僕も動くよ！　今度は気持ち良くしてあげられるよう、頑張るから」

「あうっ、はっ、はふううぅぅっ！　こんなっ、ふたりがかりで卑怯よっ！　ひゃっ、んんっ、また胸っ……あひいいっ！」

上から下から責められて、ジェシカは瞬く間に快感に染まっていった。

潤いの足りなかった膣内は沼みたいにドロドロになって、口元からは絶えず嬌声を漏らす。

体温だって、湯船に浸かっているときよりも熱くなっているかもしれない。

「ジェシカさん、もうすっかり出来上がっていますね」

キスと胸への愛撫だけで瞬く間に彼女へ火をつけた魔法使いが、そう言って微笑む。

「ええ、もう中もドロドロですよ。突くたびにビクビク締めつけてきて……くっ、今も僕から子種を搾り取ろうとしてくる！」

「ふふっ、羨ましいです」

そんな僕とエミリーさんの会話に、またもジェシカが乱入してきた。

「はぁはぁっ！　な、ならエミリーも一緒に犯しなさいよ！　せっかくふたりも相手がいるんだから、そのほうがいいでしょう？」

なんとか冷静を装おうとした口調だったけれど、興奮を抑え切れていない。

このままだと自分ひとりイってしまいそうだから、負担を分散しようという考えが、僕にもバレバレだった。

それでも、僕は彼女の誘いに乗ることにする。

「確かに、エミリーさんは中断してしまって、冷めさせちゃったからね」

彼女たちが僕とセックスしたいって誘ってくれたんだから、受け身だけでなく、それなりに感じさせたい。

「んっ、まずはジェシカをイかせてからでもいいんですよ？」

「僕はふたりとも満足させたいんです」

わがままを言うと、彼女は穏やかな笑みを浮かべて僕のことを受け入れる。

「そう言って貰えてうれしいです。言葉だけで感じてしまうくらい……遠慮はいりませんから」

「ええ、分かってます……んっ！」

「うあっ、ひゃうううう！」

再びエミリーさんの中へ挿入し、そのまま猛然と腰を振る。

「あぁぁあっ！　いきなり激しいっ、あぐぅっ！　おぐっ、あっ、ひゃあああっ!!」

時折強く最奥を突いたからか、僅かに苦しそうな声も聞こえるが大部分は嬌声だった。

相変わらず彼女の中は包容力に満ちていて、どれだけ激しく犯しても受け止められてしまう。

「くそっ、気持ちいい……これじゃ持たないぞ」

ギリッと歯を噛みしめながら、今度はジェシカの中へ挿入し腰を振る。

「んぐっ、あっ……はぁはぁっ！　あたしまで、こんなに激しくっ!?」

「もうすぐイキそうなのは分かってるよ。少し動くだけでこんなに震えてるんだから。このままギリギリまで高めて、エミリーさんと一緒にイかせる」

「待って、ひぃぃっ！　そんなに激しくされたらすぐイっちゃう！　やめっ、あっ、くうううううっ!!」

「んくっ、はぁはぁっ……！　私もっ、奥まで滅茶苦茶に……あぁっ!!」

僕はジェシカとエミリーさんの中を行き来しながら、限界まで興奮を高めた。

そして、ふたりの体を同時に味わえる幸福に感謝しながら、彼女たちにトドメを刺す。

「イけっ、ふたりとも一緒に……ぐぁぁっ！」

最後に腰を思いっきり押しつけると、それに合わせて彼女たちの体も震える。

「イキますっ、イクッ、イクッ！　はひっ、あぁぁっ、イックウウウゥゥゥゥッ!!」

「いいいいいっ!?　イクッ、イっちゃうのぉ！　あたしっ、シルヴィオにっ……ひゃうううううぅぅぅぅぅっ!!」

ここまでさんざん積み重ねた興奮の上で至った絶頂は、僕の想像以上のものだった。

彼女たちは互いの体を抱きしめるようにしながら、挿入している肉棒も激しく締めつける。

「んぐっ！　ううっ、僕も出すよ、ふたりの中に……ぐっ!!」

その刺激を合図に、限界まで昂らせた欲望を吐き出す。

ドクドクと律動しながら射精し、順番に彼女たちふたりの中を満たしていった。

「あうっ、こんなにたくさん……中から溢れちゃうじゃないっ」

「でも、それだけシルヴィオさんに求めていただけたということですよ？」

「……まあ、そうだけど」

たっぷりと膣内射精を受けた彼女たちは、絶頂の余韻を味わいながら体を重ね続けていた。

最初は女同士の絡みに驚いていたジェシカも、今ではエミリーさんに体を預けるのを自然に思っているようだ。

僕は、そんな彼女たちを見ながらマットに腰を下ろす。

「ふぅ、周りが暑いから余計に疲れた……」

「では、三人でシャワーを浴びてから出ましょうか。のぼせてしまってはいけませんし」

「それでいいけど、ちょっと起き上がるの手伝いなさいよ……腰が上手く動かないの」

「はいはい、僕の責任だからしっかり面倒を見させてもらうよ」

僕は苦笑いしながら、恥ずかしそうに視線を逸らしたジェシカへ手を伸ばす。

それを見ながら、エミリーさんも微笑ましそうな表情になっているのだった。


翌日、僕たちは次の町目指して旅を再開する。

もうこうしてあちこちを巡るのにも慣れたもので、それぞれ準備を済ませてさっさと町を出た。

どこの町や村もケイカが勇者だと知ると、できるだけ長くその恩恵にあずかろうと長期滞在を勧めてくる。

けれど、もちろん魔王退治のためには一カ所で何日もゆっくりしている暇はなく、多くても三日くらいで旅立つことになるんだ。

今は街道を歩きながら、ケイカが地図を開いて行き先を確認している。

「さて、次の目的地は東の端にある商業都市だね。そこに居る悪魔が魔の森を抜けるための方法を知っているみたい」

ここ数ヶ月の旅で数多の悪魔を倒した僕たちは、魔王の居場所とそこへたどり着くための道筋を聞き出してきた。

お陰で、魔王は王国北端にある巨大な湖のほとりに居城を構え、その周囲は数多のモンスターが蔓延(はびこ)る魔の森が覆っているというところまでは、知ることが出来た。

しかし、その魔の森には人を惑わす魔法が掛かっており、魔王城の正確な位置はまだ判明しない。でも、森のぬけ方さえ分かれば、僕達は魔王城へ挑むことが出来る。

旅もいよいよ、終盤に入ったと言っていいと思う。

「次の相手は重要な情報を持つほどの悪魔ですから、今までにない強敵になるでしょうね」

「ふん、あたしの弓にかかればどんな悪魔だって一発で急所を射抜いてあげるわ。今なら、あのトカゲの悪魔みたいに人間を盾にされても、縫うように狙撃できる自信があるもの！」

「油断はいけませんよジェシカさん。敵がどんな手を使ってくるか分かりませんし」

「そのときはエミリーとシルヴィオが援護してよね。ふたりならなんとかなるでしょう？」

「はぁ……もう少し慎重さを覚えてほしいものですが」

真剣な表情で話を聞くエミリーさんと、ある意味マイペースなジェシカ。

こんなやりとりにも慣れたもので、聞いていると逆にリラックスしてくるぐらいだ。

「えっ？　あ、そっか……」

そこで、地図を見ていたケイカが何かに気づいたように立ち止まった。

「何かあったのかい？」

声をかけると、彼女は少し不安そうな表情になりながら地図を見せる。

「ええと、ここから目的の商業都市までの間に、お兄さんのいた村があるんだよね。旅の行程上、ここに泊まるのがいちばん合理的なんだけど」

「……あぁ、そうか、そう言えばこの近くだったね」

一瞬驚いて言葉を失ったけれど、そう言えばそうだと思い出し、落ち着きを取り戻す。

ここ最近は王国のあちこちを行ったり来たりで戦っていたから、自分の村のことなんて考える余裕もなかった。

でも、ケイカが心配するのは分かる。

僕にとっては生まれ故郷だけど、同時にこれまでずっと無能と冷遇されたまま過ごした場所だ。トラウマになっていたも不思議じゃないと考えたのかもしれない。

気づけば、エミリーさんやジェシカも心配そうな視線をこっちに向けていた。

しかし、僕は彼女たちを安心させるように笑みを浮かべると、首を横に振る。

「ううん、大丈夫だよ。もう故郷でのことは振り切ったつもりだし、僕ひとりの感情で遠回りする必要もない」

「……お兄さんがそう言うなら、あの村にもう一度泊まろう」

ケイカは少し迷ったようだけれど、結局は合理性を取ったようだ。

パーティーのリーダーとしてそれは正しいと頷きつつ、僕は内心少しヒリヒリした気分になっていた。

ケイカたちの手前ああ言ったけれど、やっぱり少し怖い気持ちは残っている。

でも僕は、今では立派なヒーラーとして仲間たちに認められているんだ。

これから魔王と戦おうっていうのに、人間相手に恐れをなしてどうする。

僕は自分を鼓舞しながら、故郷への道を歩いて行く。

数日後、僕たちパーティーは何の問題もなく村へ到着していた。

「おお！　ようこそ勇者様方！　まさかもう一度我らの村にご逗留いただけるとは……ささ、どうぞ奥へ」

村長は僕が最後に見たときとそれほど変わっていなかった。好々爺とした感じで、隙あらばケイカに媚びを売って名前を憶えてもらおうとしている。

実際、勇者と懇意になれれば、この村の将来の発展は約束されたようなものだ。

誘われて村長の家に入ったけれど、遠巻きにこちらを見つめる視線をいくつも感じる。

恐らく様子を見ているんだろう。さらにヒソヒソと話し声が聞こえた。

「ねぇ、あれ、シルヴィオじゃない？　どうして勇者さまのパーティーにいるの!?」

「わからん。だが、近頃勇者様のパーティーに優秀なヒーラーが参加したと聞くな。もしかして、あいつが……」

「まさか！　あの何をやらせても不器用で無能なシルヴィオが？　信じられない……けど、勇者様と一緒にやって来たのは事実だよな？」

喜びや怒りの感情も見えるけれど、やっぱり一番は困惑のようだった。

突然村を飛び出した僕が、勇者の仲間になっていたんだから、さぞ驚いただろう。

でも、僕にとっては上手い具合に鼻を明かした感じになって面白い。

この村に抱いていた恐怖心が、ほんの少し和らいだ。

その日の夜、あのときのように村では大きな宴会が開かれた。

みんなが村長の家に集まって、持ち寄った食材で料理を作り楽しむ。

やっていることは以前と変わらない。

大きな違いは、この場に堂々と僕がいることだった。

「そっか、あの日も僕がひとりで店番している間に、こんなことをしてたのか……」

ふとそう呟くと、心の中で負の感情が湧き上がる。

思わず周りを滅茶苦茶にしてやりたくなったけれど、その衝動をぐっと飲み込んで抑えた。

以前より桁違いの力を身につけたといっても、それはあくまで回復方面のもの。

僕自身はあまり鍛えていないし、身体能力はそれほど変わっていない。

思いっきり暴れても、場を冷めさせるだけだろう。

それに、今さら過去のことを蒸し返して怒り狂うのは子供っぽい感じがして、なによりケイカたちにそんな僕の姿を見せたくなかった。

けれど、そんな僕の怒気を感じ取ったのか、比較的近くに居た村人たちもそそくさと離れ、村長宅の庭の隅でひとりぼっちになる。

ケイカたちは相変わらず人気で囲まれているから、近づけそうもない。

「まあ、僕が変わってもこの村は変わらないってことかな……」

そんなことを思っていたそのとき、僕の名前を呼ぶ声が聞こえた。

「シルヴィオお兄さん！　わぁ、本当にお兄さんだ！」

「えっ、帰ってきたって本当だったのかよ？　うわっ、本物だ！」

「ちょっと、あんたたち失礼でしょ！　今は勇者様のパーティーの一員なんだよ！　お兄さん、お帰り！」

塀に寄りかかって黄昏(たそがれ)ていた僕に近づいてきたのは、見覚えのある子供たちだった。

この村で唯一、僕に好意的に接してくれた子たち。

ケイカたちと出会った夜にも、彼らが連れてきた怪我した動物を治療したのを覚えている。

彼らの顔を見て、自然と自分の頬が緩むのを自覚した。

「やぁ、久しぶり。元気にしてたかい？」

「うん！　それより、お兄さん本当に勇者様のお供になったんだ!?」

「まぁ、なんとか役に立ててるとは思うよ。まだまだケイカたちについていくので精一杯だけど」

質問に答えると、彼らは目を輝かせて矢継ぎ早に話しかけてくる。

「じゃあ、噂になってる勇者様のヒーラーっていうのは、お兄さんのことなんだ……凄いなぁ、いつの間にか有名人だよ！」

「ねえねえ、勇者様と一緒にどんな旅をしてるの？　ドラゴンとか倒したことある？」

まさに興味津々という様子で、矢継ぎ早に質問をぶつけてくる子供たち。

どれから答えたものかと苦笑いしていると、ひとりの女の子が声を上げた。

「みんな、ちょっと待ってよ！　ここに来た目的を忘れてない？」

その言葉を聴いた子供たちは、何か思い出したのか、ばつの悪い顔になって僕から離れる。

そして、皆を止めた女の子が僕の近くにやってきた。

「やぁ、君も久しぶりだね。名前は確か……」

「ジェシーよ。実は、お兄さんにお願いがあってきたの」

自ら名乗ったジェシーはそう言うと、真剣な顔つきで僕を見つめた。

「お願い、私たちのお友達のマリアを助けて！」

「……マリアだって？」

「お兄さんにウサギを助けてもらったとき、私と一緒にいた子よ」

そう言われて、僕はそのときの光景を思い出す。

「ああ、あの短髪の……その子がどうかしたのかい？」

「実は、少し前から病気にかかっちゃったの。普通のポーションを飲ませても良くならなくて。村長が良いポーションをくれたんだけど、それでも治らないの。だんだん元気がなくなっていって、今ではベッドから動けないし……このままじゃマリアが死んじゃうわ！」

気丈そうな顔が悲しみに歪み、目には涙が浮かんでいる。

彼女の悲痛な声を聴いて、周りの子供たちも沈んだ表情になっていた。

こんな子供たちを見て、放っておけるはずがない。

「……分かった、様子を見てみよう」

「ほんとに!?」

「ああ、これでもケイカ……勇者様のヒーラーになってからは色んな怪我や病気を治してきたんだ。任せておいてくれ」

「う、うん！　お兄さんありがとう！」

安心させるためにしゃがみ込み、目線を合わせて言うと、今まで泣いていた彼女は目元を拭って笑みを浮かべる。

こうして、僕はこの村でヒーラーとして活動することになるのだった。


子供たちに依頼を受けた僕は、まずケイカたちに事情を説明することに。

彼女たちは村長の接待を受けているし、僕だけで患者のところへ行ってもよかったけれど、一応パーティーのリーダーには何事も相談しておかないといけない。

僕が村長の家の中に入って広間のほうへ行くと、そこではケイカたちが大人たちに囲まれて、接待を受けていた。

テーブルの上には酒や豪勢な料理が乗っていて、村長の力の入れ具合が分かる。

だが、一応和やかに進んでいた歓迎会も、僕が部屋に入ったことで一気に静まってしまう。

村の大人たちは、誰もが僕にどうやって話しかければよいか分からず、困惑しているようだ。

そんな中、その静寂を気にした様子もなくケイカが僕に話しかける。

「お兄さん、どうしたの？　庭にいるって聞いてたけど……」

「実は知り合いの女の子にお願いされてね。彼女の友達が体調を崩しているらしくて、様子を見に行くことにしたんだ。その前に、ケイカにも一言伝えておこうと思って」

「えっ、大変じゃない！　わたしも一緒に行くよ！」

予想外だったのは、彼女が僕についてくると言ったことだ。

だが、これにはさすがの村長も止めに入る。

「まさか！　勇者様のお手を煩わせることでもありません。シルヴィオ、何してるんだ！　お前もとっとと下がれ！　……あっ」

村長はいつものように怒った後で、すぐに僕の立場を思い出したようだ。

勇者であるケイカは別格として、彼女の仲間である僕たちも今は、国でそれなりの地位にある。

正式に任官している訳じゃないので何か権限があるわけじゃないけれど、出るところに出れば、騎士には劣らない権威を持つという。

仮にも国を救う勇者の供を、一般人のままにしていてはマズいという王国側の考えだろう。

こんな田舎の住人はもちろん、村長でさえもオドオドしてしまっている。

「も、申し訳ありません。つい……」

彼は冷や汗をかいて謝罪したけれど、僕はもう興味はなかった。

それよりも今は、ケイカがついてくるということだ。

「でも、万が一にも感染症だったらマズいよ」

「大丈夫よ、気を付けるから。それよりその女の子の所へ行きましょう！　歓迎会はちょっと疲れちゃった」

彼女の言葉に少し驚く。

百を超えるモンスターと戦っても圧勝するケイカを疲れさせるって、相当なことだ。

どれだけ気合いを入れて歓迎したんだと、今も恐縮している村長を見て呆れてしまった。

「分かった、とにかく行こう。向こうはもう、ベッドから動けなくなるくらいに重傷らしい」

僕はケイカたちを連れ。件の女の子の家へ行くことに。

途中、背後から大人たちの声が聞こえることはなかった。

少女マリアの家に着くと。そこではすでに何人かの子供たちが待ち構えていた。

「ジェシー！　来てよ、さっきからマリアが苦しそうなんだ！」

「そんな……お兄さん、早く診てあげて！」

「分かったよ」

奥の部屋へ通されると、ベッドに横になる見覚えのある女の子と、それに付き添う両親の姿があった。

「ジェシーちゃん、今日も来てくれたのね。それに、貴方は……？」

「もしかして……あぁやっぱり、彼はシルヴィオさんだよ。今は勇者様のパーティーにいるっていうヒーラーさ」

どうやら僕の顔に見覚えのないらしい奥さんに、夫が教えている。

この夫婦は一応僕より年下だったはずだけど、娘が寝たきりの状態だからかやつれて見える。

「少し失礼します。娘さんを診せてもらえますか？」

「大丈夫、彼の腕はわたしが保証しますよ」

僕の言葉にケイカがそう付け足すと、彼ら夫婦は顔を見合わせる。

「は、はい。どうかお願いします！」

そして、疲れ切った様子の奥さんを抱えながら旦那さんが頭を下げた。

こうしてすぐ信用してもらえるあたり、勇者の看板っていうのは凄いなと思う。

彼らにベッド脇の位置を譲ってもらい、さっそくマリアの容体を見た。

「むぅ、これは……」

幼い彼女の肌は青白くなり、まるで死体のように血が通っていないように見える。

その上心臓の動きも呼吸も弱く、体全体が弱っているみたいだ。意識もない。

そして、一番の変化はその髪に現れていた。以前見たときは黒髪だったのに、今では毛先から半ばまでが精気が抜けたように白くなってしまっている。

「取りあえず、一度治癒を試みてみます……『回復』！」

僕は彼女の胸に手を当て、いつものように魔法を発動させる。

白い光が胸元を包み、そこを中心として弱っていた臓器が力を取り戻す。

それによってわずかに全身の血色がよくなったが、彼女が意識を取り戻すには至らなかった。

「そんな、お兄さんの回復魔法でも治らないなんて……」

後ろでケイカが目を丸くして驚いているのが分かった。

今の僕の魔法なら骨折の数本は一気に治してしまうし、千切れた手足をくっつけることすらできる。

病気にしたって、臓器の一つや二つ、瞬く間に直して見せる自信はあったんだけど……。

「エミリーさん、マリアの状態に何か心当たりはありませんか？」

僕はこの場で最も医療関係に明るい人物へアドバイスを求めた。

彼女は僕の隣にやってくると、すぐ彼女の髪に触れる。

「む、冷たいですね……普通は髪まで冷えることはありませんから、これは魔力凍結病ですね」

「魔力凍結病……ですか？」

「ええ、魔力を持つ者ならだれでも、魔法を使わない人でもなる可能性のある病気です」

そこで一呼吸おいて、彼女は詳しい説明を始める。

「原因は不明ですが、何かの切っ掛けで魔力が突然変異を起こし冷気を纏うようになるんです。魔力とは全身にくまなく流れているものですから、患者は髪の毛からつま先まで徐々に全身が冷えていってしまいます。肉体自体に病の原因はありませんから、普通の回復ポーションではどんなに上等なものでも一時的に症状を和らげる効果しかありません。今のシルヴィオさんの回復魔法も同じです」

「魔力が突然変異を起こす、ですか」

「他にも同じ突然変異の病気として、魔力燃焼病や魔力帯電病なども確認されていますが、やはり病例が少なく未だ原因不明です。はっきりしているのは、このままでは患者の全身が冷え続けて最後には氷像のようになって死んでしまうこと」

「それで、治療方法はどうなんですか？」

僕の問いかけにエミリーさんは苦い顔になる。

「理論は確立されています。回復魔法を相手の肉体ではなく魔力に作用させるんです。ですが、それにはとても高度な回復魔法と膨大な魔力が必要です」

「不可能ではないんですよね？　なら、やります。マリアを助けてみせます！」

僕はもう一度横になったマリアへ向き直ると、その体に手をかざす。

「治療するのは肉体じゃなく魔力……集中しろ、相手の魔力を感じるんだ」

呟きながら、僕は彼女の体に回復魔法をかけながら魔力の反応を探る。

数分続けていると、あるとき胸に触れた指先にヒヤッとしたものを感じた。

「ッ!?　これかっ！」

僕はそれを逃さないように、すぐ指先へ魔力を送り込む。

「僕なら出来る……頼む、治ってくれ！『回復』！」

今度は全力で魔力を流し込むと、マリアの体がビクッと震えた。

「シルヴィオ、これ大丈夫なの!?　この子の体が凄く震えてるわ！」

「悪い、抑えててくれジェシカ！　今魔力に干渉している最中なんだ……くっ！」

初めて触れる他人の魔力は、まるで人の体の中を流れる川のようだった。

マリアの魔力が特別多いわけではないはずなのに、自分の魔力がちっぽけに感じる。

「他人の魔力へ一方的に干渉するには、相手の十倍以上の魔力が必要なんです。聖女の儀式は理性を薄くし双方向に刺激し干渉することでその負担を抑えていますが、この状態ではシルヴィオさんが全ての負担を受けることになります。ここ数ヶ月で随分魔力を強化したはずですが、全身の魔力に干渉するのに足りるかどうか……」

　はたして、エミリーさんの予想は敵中した。

「ぐぅっ……はっ、はぁはぁっ！　だ、駄目だ……」

　マリアの魔力を治療しきる前に、僕の魔力が尽きてしまう。

　それでも彼女の顔色がずいぶんよくなったけれど、これも一時的なものだろう。

　すぐに、突然変異した凍結魔力が治療した魔力を侵食し、マリアの体を再び侵し始める。

「ああっ、マリア！　そんな……娘はもう駄目なのっ⁉」

　僕が力尽きた様子を見て、奥さんが絶望したように地面へへたりこむ。

　その様子を見て、僕の心に絶対に助けたいという強い感情が溢れる。

「いや、治します。僕が治してみせます。このくらい治せなくて魔王と戦うパーティーのヒーラーが務まるわけがないんだ。僕に時間をください、お願いします。何としてでもマリアを助ける方法を探してきます！」

　そう言って、僕はマリアの両親に頭を下げた。

「……こちらからも、どうかお願いします。もう僕たちには貴方しか頼れる人がいないんです！いくらでも待ちますから、どうか娘をっ！」

「はい、身命をかけて」

力尽きた奥さんの代わりに旦那さんにそう言われ、僕は決意を新たにする。

僕はその後、使える限りの魔力で回復魔法を行使し、マリアの体力を回復させた。

おかげで今にも死んでしまいそうだった彼女の状態はやや持ち直し、命の危機は一時だけど遠ざかったように見える。

でも、所詮は時間稼ぎだ。凍結しつづける魔力を治療しなければ、いずれ凍えて死んでしまう。

ひとまず、パーティーの四人は以前まで僕が使っていた家に帰り、解決策を探すことになった。

「ふぅっ、この家に泊まるのも久しぶりだねぇ」

場所は僕の使っていた寝室。

ケイカは遠慮なくベッドへ上がり、手足を広げて横たわる。一方、エミリーさんとジェシカも椅子に座ったり壁に寄りかかったり、思い思いの場所で待機している。

「随分リラックスしてるな、ケイカは。僕はこれからのことを考えると頭が痛いよ」

苦笑いしながらベッドの縁へ腰掛ける。

すると、彼女は体を起こして近づいてきた。

「別にわたしだって何も感じてないわけじゃないよ？　確かにマリアちゃんの病気は酷かったし、どうにかしてあげたいとも思う。でも、それが出来るのはお兄さんだけなんだから私が騒いでも意味ないじゃん」

「確かに、そのとおりだよ。僕が頑張らないといけないのは分かってるけど……」

現状の僕では手が出せない。

他人の魔力へ一方的に干渉するには膨大な魔力が必要で、ここ数ヶ月聖女直伝の方法で魔力を強化した僕でもまだ足りないんだ。

「今の状態ではどう頑張っても治療を終える前に僕が倒れてしまう。そこで、ケイカたちには一つ協力してほしいんだ」

「お兄さんに、協力？」

すぐには思い至らなかったのか、首をかしげた。

そんな彼女をよそに、エミリーさんは協力の内容について理解しているのか、薄く笑っている。

「確かに今抱えている問題を解決するにはそれが一番ですね。しかし、シルヴィオさんも大胆になったということでしょうか？」

「茶化さないでくださいよエミリーさん……」

僕は困ったように笑いつつも、改めて三人に話しかける。

「これから、みんなには僕とセックスしてほしい。四人全員で事に及べば、今までにないくらい魔力を高めることが出来るはず。そうすれば、マリアの治療に必要な魔力量も確保できるはずなんだ」

魔力が足りないなら増やしてしまえばいい、というのは道理だ。

けれど、今まで双方の合意の下、自主的にしていた行為を強制されるというのは、彼女たちにとって負担にならないか。

ついそんなことを考え、提案するのを躊躇してしまった。しかし。

「そういうことなら遠慮なく言ってよ！　私たちが断ると思う？」

「シルヴィオさんに聖女の秘密を教えた責任もありますから、私もお手伝いさせていただきます」

「まぁ、人助けのためなら仕方ないわね」

三人ともそれぞれ、悩む様子もなくそう言ってくれた。

「ありがとうケイカ、エミリーさん、ジェシカ」

了承を貰えて安心し、少し気を抜いてベッドへ倒れそうになってしまう。

けれど、その直前でケイカが僕の体を支えてくれた。

「おっと危ない。お兄さん、さっきあの子のために魔力を使い切っちゃったでしょ？　そんな状態じゃエッチもできないし、今夜は休んだら？」

「いや、でも……ううん、そのとおりだね」

ここで無理をしてこっちが倒れでもしたら、目も当てられない。

マリアも一度体力を回復させたので数日は持つだろう。

僕はケイカの勧めに従い、彼女の腕の中で眠りにつくのだった。


翌日、僕が目を覚ましたのはすでに日が昇ってそれなりの時間が経ってからだった。

「う、くぅ……思ったより眠っちゃったかな……うん？」

目が覚めて体を伸ばそうとしたところで、下半身に違和感を覚えた。

何か、今まで寝起きに味わったことがない、生暖かい感触がする。

恐る恐るシーツの中を覗いてみると、そこにはペロペロと肉棒を舐め上げるケイカの姿があった。

「うわっ!? ケ、ケイカ、どうしてそんなところに！ というか、何してるんだい！」

驚いて思わず声を大きくしてしまう。

けれど、彼女は気にした様子もなくフェラチオを続けながらこちらに目線を向けた。

その顔はニヤニヤと悪戯っぽい笑みを浮かべている。

「はむはむ、じゅるっ……おはようお兄さん。女の子にフェラして貰いながらお目覚めなんて、男の夢なんじゃない？」

「そんなこと言われても、驚くばかりで……うぐっ！ と、とりあえず口を離してくれっ！」

改めて現状を意識すると、寝ぼけていた頭へ急に快感が流れ込んでくる。

寝起きに奉仕されているという背徳的な状況も相まって、一気に興奮が高まってしまった。

「ふふん、そんなこと言ってもお兄さんのここはビンビンになってるじゃん。まあ、この後わたしたち全員とエッチする余力は残しておいてもらわないと困るけど、一発くらいなら問題ないんじゃないかな？」

「そんなこと言って、全部搾り取る気じゃないのか!?」

思わずそう言ってしまうほど彼女の奉仕は濃厚だった。僕が目を覚ます前から続けていることもあってか、すでにのっぴきならないところまで来てしまっている。

「んふっ、またビクッてしたね。もう我慢できないんでしょう？ わたしの口に射精したいんだ」

「それはっ……くっ、うぁっ！」

僕にはもう、まともに受け答えする余裕すらなかった。

丹念に興奮を高められていて、腰に溜まった熱は今までにないほどだ。

彼女の言うとおり、このまま一度抜いてもらわなければ起き上がることすらおぼつかない。

もう既に下半身が溶けだしているかのような快感で、足先まで震えていた。

「じゅるっ、ずるるるるっ！　はふっ、お目覚めフェラでイっちゃいなよ。しっかり受け止めてあげるから。れろっ、じゅるるるるるっ！」

「ぐっ、あぁぁっ！」

最後に思い切り肉棒へ吸いつかれ、それがトドメになった。

ドクッと肉棒が大きく震えると白濁液が噴き上がり、そこから途切れぬままケイカの口内を満たしていく。

「んむぅっ!?　はうっ、じゅるっ！　んぐ、んぐっ、じゅずずずっ、れろぉっ！」

射精の勢いに一瞬目を見開いたケイカだけれど、すぐ気を取り直して白濁液を受け止め始める。

喉奥に直接出されないよう舌を当てながら、唇で竿を刺激し更なる射精を促す。

「あぐっ、腰がっ……くっ！」

射精が緩やかになっても敏感になった肉棒をケイカが舐め続けてきたので、本当に腰が溶けだしてしまうかと思うほどの快感に襲われた。

ようやく解放されたのは数十秒か数分後か、自分では計れないほど快楽の渦に飲み込まれていたんだと思う。

「はぁはぁ……」

荒く息をしながらケイカのほうを見ると、彼女は吐き出された精液を口内で味わった後に飲み下していた。

「んぐっ、こくんっ！　はぁ、すっごい濃かったよ。喉に引っかかって、なかなか飲めなかったくらい。あはは」

少しだけ顔が赤くなっているのは、彼女も興奮していたからだろうか。

「む、あんまり呆けてないで早く起き上がってね。もうエミリーがご飯の準備をしてるから」

僕の視線を気にしたのか、彼女はそう言うと部屋を出て行く。

興奮していたのが自分だけではないと分かったのは、せめてもの救いだ。今の状態ではどうしようもできないけれど、後できっと仕返しをしてやると僕は心に決めたのだった。

リビングで遅めの朝食を摂った後、僕たちはいよいよ魔力を高めるための儀式に入ることにした。

今回はセックスそのものじゃなく魔力強化が目的なので、その道の経験者であるエミリーさんの指示に従っていろいろ準備する。

例えば疲労の軽減をする魔法や、性欲と精力を同時に増幅させる魔法をかけて貰ったり。

肌が傷つきにくくなる魔法や痛みに対して鈍感になる魔法、さらに感覚が敏感になる魔法まで。

それも全て、エミリーさんが神殿にいたころ教えてもらった魔法らしく、出来るだけ長く激しいセックスを続けられるようにするためのものらしい。

「こんな魔法まであるんですか……神殿の意気込みが伝わってきますね」

しかも、どれもが性交をするときに最大限効果を発揮するよう調整されており、神殿の神官たちは相当な変態なんではないかと思ってしまったくらいだ。

「神殿ではいかに聖女たちの魔力を強めるかに腐心していましたので。魔法はもちろん、技術面でもそうです。聖女ひとりにつき専門の指導係がついて、色々と教えられたものです」

「な、なるほど……」

予想以上に背徳的な事情に思わず狼狽えてしまったけれど、何とか落ち着きを取り戻す。

確かに、神殿にしてみれば唯一ポーションを上回ると言われている聖女たちの回復魔法と、それを使う体の魔力を高めることは至上命題だったんだろう。

「では、シルヴィオさん。これから儀式を開始させていただきます」

エミリーさんがそう言うと、ベッドの縁に腰掛ける僕の前に三人の女性が並んだ。

左からケイカ、エミリーさん、ジェシカの順に、一糸纏わぬ姿でその肢体を晒してくれている。

「相変わらず凄い……それぞれとても綺麗ですけど、三人並ぶと言葉を失いますね」

ケイカの健康的で引き締まった肉体と、エミリーさんの柔らかそうな包容力のある肉体。

そして、その両者の中間でしなやかさと肉付きを両立した肉体のジェシカ。

これから彼女たち全員とセックスするかと思うと、それだけで股間が熱くなってくる。

「ふふ、シルヴィオさんのほうも準備万端なようですね」

「ほんとだ、もう大きくなってる……」

「裸を見ただけそそんなにするなんて、変態ね！」

興奮で大きくなった肉棒を見つめ、三者三様の反応を見せるケイカたち。

この内ケイカとエミリーは躊躇なく僕に近づいて来て、ジェシカは一歩出遅れた。

先にこっちへやってきたふたりは、それぞれ僕の左右に陣取るためベッドに腰掛ける。

もちろん最初から遠慮なしで、隙間なんか空けずに、べったりくっついてきた。

お陰で腕やら足やらに彼女たちの柔らかい肌が当たり、それだけで興奮を強めてしまう。

「あらあら、こうして抱きつかれただけで限界まで硬くしてしまったんですか？」

「まぁ、エミリーに性欲強化の魔法を使われてるから仕方ないんじゃないかな。わたしもお兄さんの近くに来てから濡れ始めちゃったし」

エミリーさんは慣れた様子でまだまだ余裕そうだけれど、ケイカは早くも興奮で頬を上気させていた。エミリーさんより強くギュッと体を押しつけ、腕を胸の谷間に挟んで抱えている。

「ああ、もうこれだけでおかしいくらいに興奮してるよ。さっきから心臓がバクバクいってるのが止まらないんだ！」

ドクンドクンと心臓が高鳴り、全身に血が巡って体温が高くなる。

これがエミリーさんの魔法による効果だと分かっていても、なお驚愕するほどの昂りだった。

「エ、エミリーさん、僕っ……」

高まり切った興奮は容易に治めることも出来ず、ただ吐き出されるのを待つばかりだ。

「まだ触れてもいませんが、もう限界のようですね。少し魔法を強くしてしまったかもしれません」

彼女は申し訳ありませんと謝ると、残るジェシカのほうへ視線を向ける。

「ジェシカさん、シルヴィオさんを楽にして差し上げてください」

「あ、あたしが？　でも……」

「大丈夫です。ジェシカさんには私の知識をお教えしましたから、そのとおりやっていただければ問題ありませんよ」

「……分かったわよ。今さら止めたなんて言えないものね」

指名されて困惑していたジェシカだが、エミリーさんの言葉に落ち着きを取り戻し頷く。

そして僕の前で跪くと自分の乳房を持ち上げ、そのまま深い谷間に肉棒を挟み込んだ。

「うわっ、胸でっ！」

「ん、しょっ！　ふふ、気持ちいいのね？　エミリーほど大きくないけど、あたしの胸もなかなかのものでしょう！」

僕の反応を見て、途端に嬉しそうな笑みを浮かべるジェシカ。

そんな彼女に僕は息を荒くしながら答える。

「なかなかなんてものじゃないよ！　これ、すごく気持ちいいっ！　ジェシカのおっぱいが僕のに吸いついて……あぐっ！」

彼女のしっとり張りのある乳房は、余すところなくその肌を肉棒へ擦りつけてくる。

手や膣内ほどの刺激はないけれど、巨乳の谷間の柔らかさは、それに勝るとも劣らない気持ち良さだった。

「ぐっ……！」

蕩けるような快感で早々に射精してしまわないように歯を食いしばると、それを見ていたジェシカが目を丸くする。

「そ、そんなに気持ちいいの？　歯を食いしばって我慢するくらい、あたしの胸が？」

「ああ、気持ちいいよ！　これ以上ないってくらい柔らかくて、挟まれると全部溶けだしそうっ！」

「そ、そうなのね……ふふっ、気持ちいいんだ。じゃあ、特別にもっとしてあげるわ」

僕の言葉が嬉しかったのか、機嫌をよくしたジェシカが乳房を左右から押さえつけ動かし始める。

「待って、挟んだままましごかれると……うっ、ああっ！」

ただでさえ包まれているだけで気持ちいいのに、その状態で動かれると脳みそに電流を流されたような激しい快感に襲われた。

限界まで高まった性欲と、敏感になった感覚が余すところなく快感を伝えてくる。

「あははっ、胸の中でビクビクって震えて可愛いわね。これならもっといじめてあげたくなっちゃうわ」

彼女は楽しそうにパイズリを続け、肉棒を暴発寸前まで追い詰めてくる。

「だ、駄目だもう……ッ!?」

あまりに強い快感から逃げようと腰が動きそうになったけれど、左右のエミリーさんとケイカが僕の腰に手を回してそれを止めた。

「まずはジェシカのおっぱいでたっぷり射精してくださいませ。今のままではセックスした途端に暴発してしまいそうですよ？」

「うんうん、ジェシカも夢中になってるみたいだし、遠慮なく谷間に出しちゃいなよお兄さんっ！」

ニヤニヤと笑みを浮かべるふたり。

だが、そんな彼女たちに言い返す暇もなく限界が訪れた。

「ほ、本当に駄目だ、もうっ！　ジェシカ、胸に出すよ！」

「んっ、全部受け止めるからイっちゃいなさいっ！」

彼女はそう言うと、前のめりになって肉棒を根元まで覆い隠しながら締めつけた。

「イクッ、ぐぅぅっ！」

先端から根元まで全てを柔肉に包まれながら、とうとう射精してしまう。

肉棒は彼女の谷間で大いに暴れながら精液をまき散らし、柔肌を穢していった。

「あぅ、こ、こんなにっ!?　熱いのがいっぱい、あたしの胸の中で出てるっ！　んっ、匂いだって凄いっ」

一方のジェシカも大量の精液をぶっかけられ、触覚だけでなく嗅覚まで犯されてしまったらしい。

「あぁ、凄いです。こちらにまで匂ってくるくらい、これはいけませんね、私も濡れてしまいますっ」

「ううっ、わたしはもう手遅れだよぉ……いつもよりお兄さんの匂いが奥まで届いてる。精液だけじゃなくて、汗も……あぁっ、今すぐエッチしたいっ!!」

あのエミリーさんも我慢できなくなり、ケイカに至っては血走った目で僕を見つめていた。

自分の精がここまで彼女たちを狂わせてしまうのかと思うと、恐ろしい反面嬉しくもなってしまう。

そんな中、射精を全て受け止めたジェシカが体を離して顔を上げた。

「はぁ、はぁ、んぐぅっ……一番最初はあたしよ！　こんなの直接ぶっかけられて、我慢出来るわけないじゃないっ！」

胸元をびっしり白濁液で汚した彼女は、興奮しきった表情で僕を睨みつけてきた。一度射精したことで少し冷静に戻っていた僕は、まるで肉食獣に狙いをつけられたような寒気を感じる。

「ジェ、ジェシカ。まずは体を拭いてからでも……うわっ！」

彼女は僕の話をまったく聞くつもりがないようで、一瞬の内に押し倒されてしまった。

エミリーさんやケイカもそれを止めることはなく、あっという間に馬乗りされてしまう。

「そんなこと言いつつ、シルヴィオだってまだまだヤル気じゃない」

その言葉どおり、彼女のお尻の下では肉棒が復活し始めていた。

エミリーさんにかけてもらった魔法の効果か、いつもより圧倒的に回復が早い。

僕自身、一瞬前まで冷静だったのが不思議なくらいに興奮し始めていた。

本能が目の前の女を犯せと、けしかけてくるように思える。

「はぁはぁ……くっ、ジェシカ！」

「ははっ、やっぱりヤル気じゃない。あたしも我慢できないから、もう始めるわよっ！」

片手で僕の肉棒を持ち上げると、自分の秘部に押し当てて腰を下ろす。

「あぐっ！　あっ、はぁっ！　ひぃっ、セ、セックスしてるっ！　シルヴィオとまたエッチしちゃってる……あうっ！」

「うわっ、中全部ドロドロだ……一瞬で飲み込まれて、蕩けるほど気持ちいいっ……」

入れる瞬間少しだけ抵抗があったけれど、後はまるで泥にでも突っ込んだかと思うほどスムーズだった。ヌルヌルッと奥までのみ込まれた肉棒が、ジェシカの膣内でキュウッと締めつけられる。

前に一度したことがある体位だからか、彼女のほうも慣れてたんだろう。

「ひうっ、あっ！　これっ、これが欲しかったの！　うぎゅっ、腰が勝手に動いちゃう……ひぃぃぃんっ!!」

その言葉どおり、いつの間にかジェシカは遠慮なく腰を動かし始めていた。

ヌルヌルの膣内が滑りながらも懸命に肉棒へ絡みついてこようとしているので、すごく気持ちいい。

「あうっ、はぁ、はぁぁっ！　こんなに気持ちいいの初めてなのっ！　シルヴィオッ、あぁぁっ、ひきゅううううっ!!」

彼女が僕の名前を読んだとたん、ギュウッと膣内が引き締まった。

しかもそれで刺激が強まったのか、大きく嬌声を上げてしまうんだから、たまらなく可愛い。

「ジェシカ、僕も気持ちいいよっ！」

「ほんとに？　嬉しいっ、あたしももっと頑張るから……あっ、はううううぅぅっ!?」

だが、そのときこれまでで一番大きな声が、彼女の口から引き出された。

見ればエミリーさんとケイカが、彼女の両横から精液まみれの乳首に舌を這わせている。

「独り占めはいけませんよ、ジェシカさん。今夜は四人で楽しんでこそ魔力も高まるのですから」

「そうだよ。まったく、ひとりでこんなに精液絞っちゃって……普段なら怒ってるよ？」

そう言いながら、彼女たちはジェシカを責め続ける。

「やっ、待って！　ふたりがかりでなんてっ……あうっ、うそっ!?　だめっ、だめだめぇ！」

あまりにも乳首責めが効いたのか、ジェシカは慌てて首を横に振った。

けれど、エミリーさんとケイカに容赦はない。

そのまま舌で乳首を責め続けながら、周囲にまき散らされた精液まで舐め取っていく。

「んむっ、じゅるんっ！　はぁ、濃厚な味です。こんなものを口でも膣内でもなく胸で食べてしまうなんて、いけない子ですね」

「もったいないから私たちが貰っちゃうね。れるるっ！　じゅるるるるっ、くちゅ、ずちゅっ！」

「あひうっ、あぁぁぁっ！　だめっ、待って、あたしのおっぱい食べないでぇ！　ひぃっ！　イクッ、らめえええぇぇぇっ!!」

そしてとうとう性感が限界まで高まったのか、ジェシカはビクビクッと胸を反らして絶頂してしまった。

「うおっ！　くっ、すごい締まるっ！　このままじゃ、またっ！」

もちろん膣内にあった肉棒もその余波を受けて、ギュウギュウに締めつけられてしまう。

その刺激は強く、また射精の兆しを感じてしまうほどだった。

「感覚が鋭くなるのも考えものだなぁ……ジェシカ、大丈夫？」

「ううっ、もう無理よぉ」

彼女は胸元に飛び散っていた精液をあらかた舐め取られ、絶頂の余韻で脱力している。

さすがにこの状態では騎乗位を続けられないだろう。

「じゃあ一先ずベッドに寝かせるよ」

ジェシカの体を抱えて、仰向けに寝かせる。

そして、僕はエミリーさんとケイカのほうへ振り返った。

ふたりともに……エミリーさんに至ってはこの儀式の経験もあるのに……興奮を抑えきれない様子だった。いや、彼女ほど慣れた女性でも否応なく興奮してしまうからこその儀式なのか。

「今度はふたりの番ですよ」

僕がそう言って受け入れる態勢をとると、彼女たちは二手に分かれ正面からエミリーさん、背後からケイカが抱きついてきた。

「ああっ、このときを待っていました！」

感極まった表情になりながら、豊満な肢体を遠慮なく押しつけてくるエミリーさん。

ケイカの顔は見えないけれど、恐らく同じような表情をしているだろう。

その証拠に、背中に当たった乳房の頂点はしっかり硬くなっている。

「私が先にいただいてしまって、いいんですよね？」

「うん、儀式を教えてくれたのはエミリーだし。リーダーはちゃんと見守っておかないとでしょ」

「ありがとうございますケイカさん。では、お言葉に甘えて……んっ」

彼女は僕越しにケイカと会話し、正面からキスしてきた。

「ちゅっ、んむっ……れろ、ちゅむっ、れろぉっ……」

「ん、くちゅっ……エミリーさんのキス、すっごいエロいですよ」

まるで僕の口内の唾液を全て舐め取るかのように舌を動かしてくる。まるで貪るようなキスで、受け身に回った僕も、興奮の火を移されたかのように積極的に舌を絡ませるようになった。

「はぁ、んんっ、シルヴィオさんっ……まだまだ硬いままですね。苦しそうです、私が楽にしてあげないと」

勃起した肉棒が彼女のお腹に当たって、それを感じ取ったらしい。

「ほんとだ、いつもより大きいかも」

背後のケイカから手が伸びてきて、細い指が肉棒に絡みつく。

「う、あぁっ……これはマズい、だめだ……うっ！」

ふたりの美女に抱きつかれ、特に胸のあたりが、前後から巨乳に挟まれているからたまらない。背後からケイカに肉棒をしごかれ、その先端の亀頭はエミリーさんのスベスベしたお腹に当たっているんだから、これだけでもう、挿入しているのと変わらない強さの刺激が襲ってきている。

今もエミリーさんとのキスは続いているし、ケイカは首筋を舐めたりキスしたりで少しも休まらない。興奮の逃げ場がないから、どこまでも気持ち良くなれてしまう。

「ふふ、お腹に当たったものからおつゆが漏れています。もう我慢できません！　いいですよね？」

「僕もはやくエミリーさんとしたいよ。足を開いてくれる？」

「はい、よろこんで！　遠慮はいりませんから、早くください……あくぅっ！」

言われたとおり濡れた秘部を見せつけてくるエミリーさんへ、僕は遠慮なく襲い掛かった。

彼女の腰を抱え込むようにしながら、遠慮なくピストンする。

「ひぐぅぅ！　あっ、ひゃうんっ！　気持ちいいです、奥まで入ってきてぇっ……あひぃぃぃぃっ、すごいぃぃっ!!」

隠す気もなく、全力で声を上げるエミリーさん。

その声を聴いて、後ろから抱きついているケイカの腕に力がこもった。

「エミリー、そんなに声出して気持ちいいんだ……お兄さんも？」

相変わらず腰を動かしエミリーさんを犯している僕に、彼女は問いかけてくる。

「き、気持ちいいよ。うっ……ぐぅ、腕が苦しいっ」

お腹が締めつけられて一瞬くるしくなってしまうが、ケイカはすぐ腕を離した。

「ご、ごめんね！　自分で言わせといてあれだけど、ちょっと嫉妬しちゃった」

「ははっ、ケイカもまだまだ可愛いところがあるなぁ」

慌てて顔を赤くしたケイカに、思わず笑みを浮かべてしまう。

けれども、僕の体は変わらずエミリーさんを犯し続けている。

思考とは別に、興奮した肉体が本能に従って女を犯しているかのようだ。

「くっ、また中がうねって……！」

「ひふっ、あんっ！　はぁはぁ、あふぅ……シルヴィオさん、どんどん上手くなってますっ！　私の弱いところ、容赦なく責めてっ、あああぁぁっ!!」

僕が膣内を突きほぐすと、それに合わせて彼女の体も震える。具合の良さそうな場所を続けて責めると、エミリーさんがますます気持ちよさそうな声を上げるので、止められなかった。

自分が頑張れば頑張るほどエミリーさんが乱れてくれるので、つい夢中になってしまう。

そんなとき、横で僕たちに行為を見ていたジェシカが、ちょっかいをかけてきた。

「ふふっ……エミリーがそんなに気持ちよくなりたいなら、あたしも手を貸してあげるっ！」

彼女はそう言うと、体を動かしてエミリーさんに寄り掛かるようにしながら胸を揉む。

「あうっ!?　ジェ、ジェシカ？」

「この前、お風呂でお世話になったお返しよ。それっ！」

笑みを浮かべながら、エミリーさんの大きな胸を揉み、硬くなっていた乳首を刺激する。

「あひぃぃいいぃっ!?　そこはっ……あぁあぁぁぁあっ!!　だめですっ、そんなにされたらぁっ！」

さすがの彼女もこの状態で責められたら敵わないらしく、激しい快感に表情を歪ませながら喘ぐ。

「ひぃっ、あっ、ひゃあああっ！　だめっ、もうだめですっ！　こんなに犯されて、私イってしまいますっ!!」

休みなく犯され続け、とうとう限界に達したのかエミリーさんがそう声を上げた。

「綺麗だよエミリーさん！　乱れてる姿もすごくエロいよ！」

完全にセックスの主導権はこちらの手の中にある。

イかせるも焦らして楽しむも自由自在だけれど、僕が手を止めることはない。

これだけ気持ち良くなってくれているんだから、一気に絶頂まで連れていきたかった。

「ああ、このままイかせてあげるよ！　だからエミリーさんも、めいっぱい気持ち良くなってくれ！」

その言葉に、彼女は確かにうなずいてくれた。

「はひっ、きゃうぅぅ！　イクッ、イクッ、あひっ、きゃひぃぃぃぃぃぃぃぃっ!!」

最後に思いっきり腰を突き出すと、エミリーさんの全身がガクガクッと震えた。

膣内がギュウギュウ締めつけて、僕の精を絞り出そうとしてくる。

「ぐっ!?　駄目だっ、僕も……ッ!!」

強烈な締めつけがスイッチになって、とうとう僕も射精してしまった。

ドクドクと肉棒が打ち震えながら、エミリーさんの中へ精をまき散らす。

「あう、熱いですっ……こんなにたくさん、すごいっ」

まだピクピクとお尻を震わせながら、絶頂の余韻を味わっているエミリーさん。

全身から汗が噴き出て、どれだけ彼女が興奮していたかよく分かった。

「はっ、ふぅ……」

僕自身、大きく息を乱しながらエミリーさんの膣内より肉棒を引きずりだす。彼女の中は最後まで僕のモノを離そうとせず、射精直後の敏感なところへ刺激を受けて、少し腰が引けてしまった。

そして、中に入っていたものを失った膣内からは、子宮に収まらなかった精液が逆流して漏れ出てくる。

「うわっ、こうして見ると凄くエッチだね……」

耳元でこれまでずっと様子を見ていたケイカが呟く。たしかに、膣内から漏れ出た精液が太ももをつたってベッドまで垂れていく光景は背徳感に満ちていた。

「……ケイカにも、同じことをしてあげようか？」

試しにそう言ってみると、彼女は苦笑いする。

「いやぁ、改めて見てみて、自分がやるとなると恥ずかしいなって」

「どうせセックスしている間は、興奮で余計なことを考えられなくなるから、ちょうど良いよ」

「むっ、今さっきエミリーに出したばかりなのに、言うね」

「そりゃあ今日は魔力を高めるためのセックスだから、普段より頑張るよ。ケイカももちろん付き合ってくれるだろう？」

そう問いかけると、彼女は笑みを浮かべて頷く。

「当然、そのつもりだよ。でも、お兄さんいつもより男らしいから、ちょっとドキッとしちゃうかも」

そんなことを言われると、不謹慎かもしれないけれど嬉しくなってしまう。

確かに使命感に後押しされた感はあるけれど、それでも「男らしい」なんて言って貰えるのは凄く嬉しかった。

「じゃあ、さっそくケイカにも……」

僕は両手を背後に回すと、彼女の肩を掴んで目の前に連れてくる。

そして、エミリーさんがベッドへ突っ伏している横へ彼女を押し倒した。

「あっ、きゃう！」

いきなり引っ張られるとは思わなかったのか、受け身も取れずベッドの上に転がるケイカ。

お陰で転がった瞬間は隙だらけになり、そこを見逃さず足を広げ、腰を割り込ませた。

「ちょ、ちょっとお兄さんっ……ひゃあっ!?」

僕はそのままケイカの足を押さえつけ、肉棒を膣内に押し込む。

二度も射精したせいでさすがに少し疲れが溜まっているけれど、それを振り切って腰を動かす。

「あうっ、やっ……はひぅ！　いきなりっ、ああああっ！　そんなに奥突かないでっ、だめぇ！」

いきなり押し倒され、挿入され、子宮口まで小突かれても、ケイカは気持ちよさそうな声を上げていた。ジェシカやエミリーさんとのセックスを見て、期待していたに違いない。

「ふっ、ぐぅ……ケイカの中、すごい締めつけだっ！　搾り取られるっ！」

興奮でドロドロになった膣内は肉棒にこれでもかと絡みついてきた。

何度ものセックスを経て、こっちの弱点など分かり切っているとばかりの動きだ。

「はひ、きゃふっ！　お兄さんだって、わたしの気持ちいいところ全部知ってるじゃん……あぐぅぅっ！」

遠慮なく肉棒を突き込むと、彼女の腰がビクビクッと震える。

ぐっと口元を引き締めながら快感に耐えるケイカ。

普段朗(ほが)らかな彼女が必死な様子になっているのがすごく可愛い。

「ケイカ、このまま最後までいくよ！　気持ち良くイかせてあげるから……くっ！」

「ひぎゅっ!?　ま、待って、もっとゆっくり……あぁぁぁぁっ！　だめっ、腰速いよぉ！」

両手で彼女の腰を抱えて、逃げられないようにしながらピストンを浴びせる。

ズンズンと膣内を突くたびにケイカの口から嬌声が上がって、それがまた僕の興奮を加速させた。

そのまま目の前の少女を犯すことに夢中になっていると、左右から体を押しつけられる。

「エミリーさんに、ジェシカ？」

体に触れられたことで、ようやく彼女たちが起き上がっていることに気づいた。

「私たちに気づかないくらい、ケイカさんとのエッチに夢中になっていたんですか？」

「いや、ごめん」

「ふふ、いいんですよ。少し羨ましいですけれど、夢中になれるほどのセックスのほうが魔力は高まりますので」

エミリーさんはそう言いながら、僕の首元にキスしてきた。

「ちゅっ、あんっ……私たちもお手伝いしますから、最後はふたりで気持ち良くなってください」

「エミリーさん……むっ!?」

彼女の言葉をありがたく思っていると、反対側から頭に手を回された。

そのまま僕の頭が回転し、目の前にジェシカが現れる。

「もうっ、最初にイかされてからほったらかしなんて酷くない!?」

「す、すみませんでした。なにぶん、三人相手なんて初めてで……」

思わず謝ってしまった僕を見て、美人エルフは嘆息する。

「はぁ、仕方ないわね。でも、その代わり今から構ってもらうから」

そう言うと、ジェシカはそのまま僕にキスしてきた。

「んっ!?　はうっ、んむ……」

「ちゅっ、ちゅっ、れろ、くちゅるっ！」

まさか彼女のほうからキスしてくるとは思わず、少し驚いてしまう。

ジェシカもこの場の雰囲気に当てられて、いつもより理性のタガが外れているのかもしれない。

今も何度か唇を合わせた後、自分から積極的に舌を絡めてきている。

「ちゅるっ、れろろっ……ほら、ちゃんと腰動かして」

「なんか、ジェシカにセックスを指示されるのって新鮮だね」

「むっ、あたしのこと馬鹿にしてるの？」

「そんなことないよ。気楽にやり取りできるのが嬉しいんだ」

そう言うと彼女の顔が少し赤くなったので、僕は満足感を得て再びケイカを犯しにかかる。

「はうっ、あんっ！　ふたりともイチャイチャして、王様気分？」

僕のほうを見上げたケイカが、ちょっとだけ嫌味っぽく言ってくる。

「確かにそうかも。こんな気分、自分が味わえるなんて思ってもみなかったよ」

そう返しながら、僕は肉棒を浮かせて膣内のお腹側を擦り上げた。

ちょうどケイカの弱点の一つだ。

「あえっ？　やっ、ひゃあああっ!!　そこっ、だめだって……あひぅぅ！　あぁぁあぁぁっ!!」

十分慣らして敏感になった部分を刺激され、腰が浮くほど気持ち良くなっているケイカ。

その姿を見て僕もこれまでにないほど興奮し、ラストスパートに入る。

「くっ、ふっ……このままイクよ。ケイカッ！」

「はひっ、あぁっ……いいよ、きてっ！　中に全部ちょうだいっ!!」

快楽の波にのまれながらも最後にそう求めてきた。

その言葉に応えるように、僕は一気に膣奥まで肉棒を突き込む。

「イクッ！」

「ぅあっ、きゃっ、ひいいっ!!　イッ、あたしもイクッ！　あぐっ、イッグウゥウゥウゥウッ!!」

遠慮なく声を上げながら絶頂するケイカ。

背筋を反らし、膣内は同時に射精した肉棒をこれでもかと抱きしめてくる。

「あぐっ、はうっ！　中が凄いよケイカッ、全部出すからっ！」

ギュウギュウという締めつけに合わせて肉棒も震え、子種汁を吐き出していく。

三回目とあってさすがに勢いは落ちていたけれど、彼女の中を満たすには十分だった。

「はひっ、はうっ、はぁ……お腹の中、あったかいのでいっぱい……」

そのまま絶頂の余韻を楽しみ、二分ほど経ったところでようやく体を離す。

案の定、激しいピストンを受けて開きっぱなしになってしまった膣口からは精液が漏れだしていた。

「ううっ、これ凄い恥ずかしいんだよね」

「ごめんねケイカ。でも、おかげで魔力のほうはバッチリだよ」

興奮も少し落ち着くと、僕は自分の中で魔力がかつてないほどまで強まっているのを感じた。

「エミリーさんとジェシカも、ありがとう。これだけ魔力があればあの病気を治せると思う」

「張り切るのも良いですが、今夜は疲れたでしょうから、このままお休みになってください」

「患者の前に医者が倒れちゃ、話にならないわよね」

ふたりからそう言われ、確かにそうだと思い休むことにする。

僕はベッドへ横になりながら、明日の治療へ向けて決意を新たにするのだった。


翌日、僕は予定どおり再びマリアの治療に挑むことに。

エミリーさんに用意してもらった朝食をたいらげ、しっかり体力をつけてから患者の家を訪れる。

そこでは、ご両親はもちろん友達のジェシーも僕たちを待っていた。

「お兄さん！　今日こそマリアを治せるよね？」

「あぁ、大丈夫。そのためにいろいろ準備してきたからね」

しゃがみ込んで不安そうな彼女の頭を撫でると、改めてマリアの寝ているベッドへ向き合う。

「……ふむ。昨日できるだけ回復させたはずだけど、また魔力が侵食されてるね」

「一度は自分で水が飲めるほど体調がよくなったのですが、また寝込んでしまって……」

母親が疲れた様子で教えてくれた。

ここ最近まともに食事もできていないようで、体力は下がる一方だろう。

今日の内に勝負をつけなければいけない。

「なんとかしてみせます。僕に優しくしてくれた数少ないひとりなんです。それにまだ子供だ、絶対に死なせたくはないから」

僕みたいな人間でも、生きていたから逆転のチャンスがあったんだ。

まだまだこれから楽しいことをたくさん経験できるはずの子供に、目の前で死なれたくない。

強い決意を持って、僕は魔法を発動させる。

「頼む、治ってくれよ！『回復』!!」

彼女の手に胸を当て、氷ついた魔力へ回復魔法を干渉させる。

「くっ、やっぱり消費が……」

魔法を発動した端から、湯水のごとく魔力が消費されていくのが分かった。しかし、今回の治療は一度にやりきってしまわなければ意味がない。

僕は体内の魔力を全て注ぎ込むつもりで魔法を行使し始めた。

すると、マリアの体にも変化が現れてくる。

「あっ、手が温かくなってきてるわ！　さっきまで氷みたいに冷たかったのに！」

傍でずっと手を握っていたジェシーが声を上げた。

僕はわずかに笑みを浮かべながら、そのまま治療を続ける。

マリアの魔力が正常に戻るにつれ、僕の魔力もどんどん消費されていく。

汗が浮くほど集中して治療を施していると、数分後に大勢が決した。

「いける！　このまま続ければ……」

魔力の消費量はギリギリだったけれど、このまま行けば僕の魔力が途切れる前に治療を終えられることを感じ取った。興奮してしまいそうになる気持ちを抑え、僕は無心で治療を続けた。

周りの家族やケイカたちも沈黙を貫き、さらに数分。

僕は魔法の行使を終え、その場に尻もちをついた。

「お、お兄さん、マリアは治ったの？」

「ああ、治ったよ。隅から隅まで魔力という魔力は治療しきった。これでもう、魔力が凍ることはないはずだ」

そう言うと、部屋中に走っていた緊張がほどけた。

「あぁ、マリア！　ありがとうございます！　なんとお礼を言ったらよいか……」

「この病気が治るなんて夢みたいだ！」

両親は口々に喜び、僕へ感謝の言葉を伝えてくる。

「いえ、僕は出来ることをしただけで……すみません、かなり疲れてしまったので今日は自宅で休ませてもらいます。マリアは病気が治りましたがまだ体力を消耗しているので、ゆっくり回復させてあげてください」

それだけ言うと、僕はなんとか立ちあがって家を出る。

すると、すぐ隣にいたケイカが横から体を支えてくれた。

「お兄さんフラフラだねぇ、やっぱり疲れちゃった？　旅の再開は明日以降に持ち越しかな」

「ごめんケイカ、迷惑かけて」

そう謝ると、彼女は首を横に振った。

「ううん、気にしてないよ。この村に帰ってきて、あんな難しい病気にかかった子がいたなんて、ちょっと運命を感じちゃうよね。きっとこれは、お兄さんが過去の自分を吹っ切るために必要だったんだよ」

「……たしかに、そうかもしれない」

言われてみれば、体は疲れていても心は妙に晴れやかだった。

かつて苦しい思いをしていた故郷で、自分の力でやり遂げたことは確かに大きい。

もうこの土地に囚われることなく、勇者パーティーの一員としてやっていける気がする。

そんなことを考えている内に自宅へ着いたが、その玄関前に人影があるのが分かった。

よく見ると、この村の村長とその息子だ。

以前さんざん除け者にされていたときの記憶がよみがえって、反射的に全身が緊張してしまう。

彼らは僕たちの姿を見ると、何やら揉み手しながら近づいてきた。

「これはこれは勇者様とそのお供の方々、ご機嫌麗しゅうございます」

「……ご用件はなんでしょう、村長さん？」

パーティーのリーダーとしてケイカが彼らに対応する。

「いえいえ、実は少しそちらのシルヴィオと話がしたいもので」

そう言って僕のほうへ視線を向ける村長。

その瞳には、今まで見たことがない貪欲な感情が籠っていた。

思わず一歩後ずさってしまうが、そんな僕の代わりにケイカが一歩前に出る。

「すみませんが、彼は今、魔法を行使したばかりで疲れているんです。そこを退いてください」

「それはもちろんです。ですが、数分だけでも話を……この村の人々の未来に関わることですので。

あのような病が出てしまった以上は、村長として出来る限りの対応をせねばなりません」

その言葉で、村長が僕のヒーラーとしての能力を欲しているのが分かった。

どこから話が漏れたのか分からないけれど、僕がマリアの魔力凍結病を治したと知ったんだろう。

今までは村長の持つ強力なポーションでも治せない重病人は諦めていたけれど、僕がいれば、どんな状態からでも治せると思ったのかもしれない。

「今回の件で村人たちは病に怯えているのです。彼が戻ってきてくれれば安心するでしょう。勇者様なら、他に優秀なヒーラーを見繕えるのでは？」

元はこの村の住人だからとか、難癖をつけて引き留めようという魂胆が見え見えだった。

そんな村長に、ケイカは毅然とした態度で言い放つ。

「そっちの言い分は分かったけど、彼は私たちのパーティーに必要なヒーラーなの！　代わりなんて存在しないわ。この世で勇者のヒーラーが務まるのは彼だけよ！」

遠慮のないはっきりとした物言いに、今度は村長たちが後ずさった。

可愛い顔をしていても、数多の悪魔たちとやりあった彼女の迫力は生半可なものではない。

こんな田舎の村長程度では、ケイカの前に立つには不足しているものが多すぎる。

「さ、お兄さん。さっさと家の中に入って休もう！」

「あ、ああ……そうだね」

僕は呆然とする村長たちを横目に家の中へ入る。最後にエミリーさんが玄関の扉を閉めると、どっと疲れがやってきて、近くの椅子に座り込んでしまった。

「お兄さん大丈夫？」

「ははは、ちょっと魔力的にも精神的にも疲れちゃったな。でも、もう大丈夫。ありがとうケイカ」

「ほんとに？」

「ああ、本当だよ。ビックリしてた村長の顔を見たら、緊張も解けてきたし。なんだかスッキリした気分だ」

村長は僕の中で魔王みたいな存在だったから、自分のために彼の前に立ちはだかり、その上言い負かしてくれたケイカにはこれまでにないほど感謝していた。

「これで本当にいろいろと吹っ切れちゃったな。もうこの村に思い残すことはないし、明日からまた魔王退治を頑張るよ」

「ふむ、お兄さんが大丈夫って言うならいいんだけど……じゃあ、お休み。明日はさっきの面倒なのに囲まれないよう、早めに出るから寝坊しないでね！」

そう言って自分の部屋に戻っていくケイカを見送り、僕は深呼吸する。

「ふぅ……ここからが僕にとっての本当の始まりかもしれないな」

ケイカに協力し魔王を倒す。そのために全力を尽くそう。

改めてそう決意しながら、僕は故郷での最後の夜を過ごすのだった。

第四章　魔王との決戦

村を後にした勇者パーティーは数日後に目的地の町へ到着し、そこで悪魔と戦い、捕らえることに成功した。

コウモリ型のその悪魔はドラゴン型の悪魔と同じく、悪魔の中でも上位の者だという。

そこからは、かなりの情報を引き出した。

これまでに入手していた情報と合わせて、魔王城の正確な位置と、魔の森のぬけ方を知ることに成功したのだ。宿の一室に集まって話し込んでいた僕たちは、ようやく最終目的地が定まったことでお祝い気分になっていた。

「いやぁ、長かったねぇ！　本拠地の場所を掴むだけで、半年近くもかかるなんて……」

本当にようやくといった感じて、ケイカが肩を回す。

「僕は途中からの参加だけど、それでも長く感じたからなぁ。たった数ヶ月がこんなにも濃密に感じたのは初めてだよ」

村に居たころはただただ毎日を無為に過ごすだけで、あっという間に年月が過ぎている気がした。

今では毎日が刺激に満ちていて、お陰で心が若返った気さえする。

「魔王城があるのは……ここから北に二週間ほど移動したところね。完全に相手の勢力圏だから慎重に動かないと」

「では、この町でたっぷり英気を養ってから出かけることにしましょう」

「賛成よ！　今回の戦い、あたしかなり頑張ったから疲れちゃったわ……」

ぐったりした様子で椅子によりかかるジェシカ。

コウモリの悪魔は吸血能力で多数の動物を眷属にしており、その警戒網を抜けるのに彼女の五感を酷使させてしまった。

戦闘でも弓矢の乱れ撃ちでコウモリの群れを撃墜しており、勲章ものの働きだ。

「確かに、頑張ったジェシカのためにも休息は必要だね。でも、こんなところで寝ると風邪を引くよ。しっかり自分の部屋で寝ないと」

「はいはい、わかったわよ。ふぁああ、おやすみ……」

大きくあくびをした彼女は、ヨロヨロと立ちあがると部屋を出て行く。

「ジェシカもだいぶシルヴィオさんに懐きましたね。始めは人間の男だからと警戒していましたけど」

「誘拐されかかってから、特に男相手には敏感だったもんね。でも、お兄さんは悪者って雰囲気が全然しないから」

確かに鏡で見る自分の顔は、とても悪人顔とは言えないものだった。

どちらかと言うとナヨナヨしていて見るからに気が弱そうだったけど、それも今は少しくらい男らしい顔つきに変わっているだろうか？

男前になりたいなんて贅沢は言えないけれど、せめてケイカたちと一緒にいても馬鹿にされないくらい堂々としていたいと思う。

そんなことを考えていると、ケイカとエミリーさんが立ちあがって僕の近くへ迫ってくる。

「さあお兄さん、英気を養うっていったら、することは一つだよね？」

「ジェシカはお疲れのようですから、今夜は私たちふたりがお相手します」

「……ええと、今から？　もう寝るものだと思ってたけど」

「女の子を満足させるのも男の甲斐性だよお兄さん！」

ケイカはそう言うと、僕の腕を引っ張ってベッドへ連れていく。

悲しいかな、男女の差以前に非戦闘要員のヒーラーと勇者では圧倒的能力差があり、逆らえなかった。とはいえ、甲斐性など持ち出されると僕もやる気にならざるを得ない。

彼女たちを満足させるため頑張ろうと思ったところで、エミリーさんがタオルを一枚取り出した。

「エミリーさん、それで何を……うわっ!?」

ベッドの上で後ろに回り込んだ彼女は、タオルで僕の腕を後ろ手に縛ってしまった。

「いつもいつも普通にセックスしているばかりではマンネリになってしまいますからね。今日は少し趣向を凝らさせていただきます。いざとなれば強引に振りほどける強さで縛ってありますので」

「だからってエミリーさん、こんな……あうっ、ケイカ！」

彼女へ文句を言う前に、僕はベッドへ押し倒されてしまった。

さらにケイカはそのままズボンと下着を脱がし、露になった肉棒を咥え始める。

「じゅるっ、れろ、れろろっ！　ふふ、拘束されちゃってるお兄さんのをフェラするのって、ちょっと背徳感あって興奮しちゃう」

頬を赤くし、早くも興奮した様子でフェラチオするケイカ。

まったく遠慮する気はなく、じゅるじゅると肉棒に吸いついている。

「くっ、うあぁ！　ヤバい、なんだこれ、いつもと違って……くっ！」

両手が自由にならないという不安に快感が混ぜ合わされ、いつもとは違うベクトルで興奮してしまう。

「ふふふ、このままメロメロにしてあげる……って、えっ？　あれ!?」

気が付くと、ケイカの後ろにエミリーさんが陣取っていた。

そして彼女は僕と同じようにケイカの腕を縛ってしまう。

「ちょ、ちょっとエミリー！　縛るのはお兄さんだけじゃなかったの!?」

「それでは不公平ではないですか。もちろん、私も自分で縛りますよ？」

そう言って、最後は自分も拘束される。なんて器用なんだ。

「これじゃ、奉仕もやりにくい……」

「だから興奮するんじゃないですか。互いに不自由な中で奉仕するのは刺激的ですよ？」

恐らくこれも聖女時代に経験したことなんだろう。

彼女の言葉には実感がこもっていた。

改めて聖女を指導している人間の変態具合に飽きれたが、すぐ快感が湧き上がって思考が中断する。

「くぁっ！　エミリーさんも一緒に、ふたりでなんてっ！」

僕の股間にふたりが顔を突き合わせてフェラチオしていた。

手が使えない分体勢が安定しないので、しょっちゅう肉棒から口が離れてしまう。

「ひゃっ！　ん、もうっ！　ビクビク震えて口の中に収められない……」

「あらっ、ふふっ……じゅるるるっ、れろっ、んっ、顔に当たって……ぷはっ！　私も久しぶりなので、感覚を思い出すのに時間がかかりますね」

その度に舌を伸ばしたり、肉棒に顔面ごと突っ込んでしまったり、普段の彼女たちからすれば散々な有様だ。

特に、エミリーさんが肉棒を追いかけて舌を動かす様は新鮮で、欲望を刺激された。

ふたりが不自由な体勢でも一生懸命奉仕してくれるのが分かって、嬉しくなってしまう。

「これは、確かに今までにない感じだ」

女の子に不自由な思いをさせるのは心苦しいけれど、それが絶妙なスパイスになっていた。

無理な姿勢で動いているからか、服もだんだん着崩れていやらしい感じになってしまう。

自分も両手を動かせないのがある意味免罪符になって、今の状況を目いっぱい楽しめた。

「んぐっ、はう……いい加減苦しくなってきちゃった。エミリー、何かいい方法はない？」

「でしたら、今度はもう少し動きやすい方法でしましょうか」

エミリーさんは体を起こすと、その場で反転して僕の腰にお尻を押しつけてくる。

「うぐっ！　ちょっとエミリーさんっ！」

両手で体を支えないから、体重がモロにかかってしまう。

「ごめんなさい。でも、私たちも腕が不自由ですからシルヴィオさんも少しくらい我慢してくださいね」

「お尻で……か。試したことはないけど、まあなんとかなるでしょう。何事もやってみないと！」

エミリーさんに合わせてケイカも起き上がり、お尻を押しつけてくる。

太っているわけではないけれど、ふたり分の重量だ。

多少は足のほうへ分散しているとしても、けっこうな圧迫感がある。

けれど、それ以上に股間へ押しつけられたお尻の感触に夢中だった。

「これ、凄い！　ケイカの引き締まったお尻とエミリーさんのむっちりしたお尻に挟まれて、僕のが完全に埋まってるよ！」

乳房ほどの柔らかさはないけれど、肉棒を挟み込むにはふたりとも充分すぎる肉付きだった。

左右からギュッギュッと尻肉を押しつけられて、間で肉棒がもみくちゃにされる。

「あんっ、私たちのお尻の間でビクビクって……気持ち良くなっていただけたんですね？」

「んっ、すごいね。お兄さんまた硬くなってるよ。そんなにわたしたちのお尻が気持ちいいんだ」

僕の反応を見て、彼女たちはニヤニヤと笑みを浮かべていた。

動きづらいのは確かだけれど、直接性感帯を刺激されるわけではないので余裕があるらしい。

ほぼ一方的に気持ち良くされてしまっている形だ。

けれど、不思議と屈辱的な感じがしないのはふたりが誠心誠意奉仕してくれているからだろう。

「ああ、くぅっ！　またお尻がこすれてっ……気持ちいいっ！」

グイグイと遠慮なく押しつけられ、張りのある尻肉で肉棒をしごかれる。

彼女たちの動きに合わせ、思わず腰を動かしてしまうほどだ。

「んんっ、もう！　せっかくわたしたちがご奉仕してるのに……」

「ごめんケイカ、でも我慢できなくて」

そう言って謝るけれど、腰の動きは止められなかった。

といっても、僕自身も腕を縛られているので普段のようには動けない。

もどかしさを感じながらも、それがまたいい具合に興奮を刺激する材料になっていた。

不自由な中で精一杯快楽を求めて動くことで、欲望がより濃くなっていくのを感じる。

やがて、その欲望は抑えきれぬほど大きくなった。

「はう、ふぅ……あら？　先ほどより激しく震えて、もう限界でしょうか？」

エミリーさんが目ざとく僕の変化を見抜いて問いかけてくる。

当の僕はすでに返答する余裕もなく、ただ頷いた。

「ふふ、では最後に思いっきりしごいて差し上げます。さあ、ケイカさん？」

「うん、分かった。お兄さん、わたしたちのお尻で最後まで気持ち良くなっちゃってね！」

ふたりは息を合わせると、そのまま思い切り腰を上下に揺すった。

「くっ!?　こんなに激しくっ！」

腕を縛られている以上、こんな激しい動きを長く続けられるわけがない。

さっきの言葉どおり、僕の精を絞り出すためだけの全力奉仕だ。

そして僕は溜め込んだ欲望を一気に解放させた。

「駄目だっ、もう……うあぁぁっ！」

豊満な尻の谷間でビクビクと肉棒が打ち震えながら精液を吐き出す。

「んひゃっ!? あうっ、熱いっ……こんなにたくさん出すなんて！」

「それだけ私たちのご奉仕が気に入ってくれたということでしょう。さあ、最後まで気持ち良くして差し上げませんと」

「うん、一滴残らず絞り出してあげる！」

ケイカは射精の勢いに驚きつつも、エミリーさんの言葉で再びお尻を擦りつけてきた。

「くっ、待って。だめだ、今されたら……ぐあぁっ!!」

射精中の敏感な肉棒を柔らかの尻肉で刺激され、さらにドクドクと精が零れる。

それはケイカとエミリーさんのお尻を白く汚し、見る者全てに淫靡な印象を与える姿へと変化させていた。

数分経ってようやく絶頂の興奮が治まると、彼女たちは僕の上から退く。ようやく苦しい状況から解放されたのだけど、今までの興奮が消えて、なんだか少し寂しい気さえしてしまった。

「ふふ、お尻がたっぷり汚されてしまいましたね。でも、これだけ気持ち良くなっていただけたなら良かったです」

「まあ、ちょっと恥ずかしい思いをしただけはあるかな」

柔らかな笑みを浮かべるエミリーさんと、恥ずかしそうにはにかむケイカ。

このふたりが、僕のために変態的な奉仕までしてくれたのかと思うと、とても嬉しくなった。

「ありがとうふたりとも、いつもとは違う気分でとっても気持ち良かったよ。だから……たっぷりお礼をしないとね」

「……えっ？」

「あらあら、ふふっ」

驚いた様子でこちらを向くケイカと、僕の意図を悟りながらも笑って受け入れる姿勢のエミリーさん。僕は縛られていたタオルから少々強引に腕を抜くと、彼女たちをそれぞれベッドへ押し倒すのだった。


町で数日の休息を終えた僕たちは、いよいよ魔王の住む城へと向けて旅立った。

途中でモンスターや低級の悪魔といった魔王の配下と戦闘することもあったけれど、その悉くをケイカたちが打倒す。

もう何度も幹部級の悪魔たちと戦闘を繰り広げている僕たちにとっては、この程度朝飯前だ。

僕たちを遮るものはすべて排除され、やがて魔王城にたどり着く。

そこは、王国最北端の山の麓に築かれた、おどろおどろしい雰囲気の城だった。

周囲にはもちろん警備のモンスターたちがいたが、それらはジェシカの狙撃が、自分がやられたことに気づくことすらなく倒されている。

おかげで魔王城の内部ではまだ、僕たちが敷地に侵入したことに気づいていないだろう。

エルフ族の中でも優秀なレンジャーだというジェシカの大活躍だった。

いよいよ敵の本拠地を前にした僕たちは、覚悟を決めて中に乗り込む。

「こんにちはー！　勇者のお届けです。魔王様は御在宅ですか！」

陽気な声とともに、ケイカが聖剣スルードで扉を破壊し一番乗りする。

入り口は広々としたホールになっていた。

城の中には数多のモンスターや悪魔がいて、僕たちが乗り込んできたのを確認すると一斉に襲い掛かってくる。

「敵だ！　人間だ！　勇者だ！」

「オレの仲間の仇、ここで討たせてもらう！」

「殺せ！　勇者の首を取れば思うがままの褒美がもらえるぞ！」

悪魔たちは怒号をあげながら、モンスターは獰猛な戦闘本能に従って迫ってくる。

その数は二十体ほど。この時点で僕たちの五倍もいる。

「ふん、あたしたちには指一本でも触れられないわよ！」

先制の一撃を放ったのはジェシカだった。

構えた弓に一気に三本の矢をつがえると、狙いをつけていないかのように素早く放った。

しかし、放たれた矢はそれぞれ意思を持ったかのように先頭のモンスターの首を貫通し、そのまま後続の悪魔に突き刺さる。

一撃で六体の敵を仕留めたジェシカだが、その戦果を確認する間もなく次の矢を放っていた。

その射撃の間を縫うようにケイカも攻撃を始め、敵の攻勢を防ぐ。

「ジェシカ！　わたしに当てないでよね！」

「ふん、あたしを誰だと思ってるの？　こんなに敵が溢れる中、ケイカひとりぐらいが動き回ったくらいで同士討ちなんかしないわよ！」

「たしかに、前とは状況が反対だもんね。よっ、はっ！」

恐らく、悪魔の術中にはまって人々が淫欲に囚われていた街のことを言っているんだろう。

そんな会話をしつつも、ふたりの攻撃の精度は鈍っていない。

六本、九本、十二本と矢が放たれるごとに敵が倒れ、屍が積み上がる。

しかし、その超精密な乱れ撃ちをもってしても全ての敵を倒しきれない。

最初に襲い掛かってきた奴らだけではなく、城中から騒ぎを聞きつけた敵が集まってきているからだ。その数はもう、ジェシカの弓矢に次々射抜かれている中でも百を下回ることはなく、ますます増えるばかり。

このままではいくら個々人が強かろうが数で押しつぶされてしまうが、そうはならない。

彼女たちが敵をおしとどめた時間で、パーティー随一の火力を持つ魔法使いの準備が整ったからだ。

「……魔力収束完了。みなさん、耐衝撃体勢を！　いきますよ、『放射火炎流』!!」

高らかに呪文を唱えたエミリーさんの杖から、五条の火炎流が出現しモンスターと悪魔をまとめて焼き尽くす。

敵と接近していたケイカは直前に離脱していたけれど、万が一巻き込まれたら彼女も燃え尽きていたに違いない。

「す、すごい……これだけの火力があるなんて」

「今までは敵が街中にいたり、殺さず捕らえる必要があってなかなか使う機会がなかったけれど、これでも勇者パーティーの火力担当ですから。これくらいやってのけないとですよ」

一瞬で百以上の敵を焼き尽くしながらも涼しい顔でそう言うエミリーさん。

これだけの殲滅力を持つ魔法を放てる者は、王国広しと言えどほかにはいないだろう。

元聖女として鍛えられた魔力があればこそだった。

「よし、エミリーのおかげで道が開けた。みんな、一気に魔王のところまで行くよ！」

油断のないケイカの言葉で僕たちも改めて身を引き締め、階段を上り魔王の居場所と思わしき最上階へ向かう。

途中何体か警備モンスターや悪魔と遭遇するが、先頭を行くケイカの動きは止まらない。

走りながら敵を聖剣で一刀両断し、一撃で仕留めきれない相手には手傷を負わせるだけに留める。

そして後続のジェシカが、そのトドメを刺した。

僕は最後尾のエミリーさんに背中を守られながら、それを見ていることしかできない。

でも、以前ならまだしも、今はこんな状況でも自分を役立たずだとは思わなかった。

先陣を切る彼女たちと同じように、僕にもしっかりした役目が用意されているのだから。

そのとき、ケイカが前方を指さして声を上げた。

「あった！　あそこ、あの部屋だよ。奥から凄いプレッシャーを感じる！」

「それは、魔王ってことなのか？」

「うん、間違いない。スルードも震えてる」

一瞬手に持つ聖剣へ視線を落としてから、彼女は再び扉を睨みつけた。

「ここまで来たらもう行くしかない、覚悟を決めて！」

彼女に言われるまでもなく、僕たち三人もこの城へ入る前に覚悟は決めている。

変わらず先頭を走るケイカに遅れないように、僕たちも部屋の中へ突入した。

「……お前が、魔王？」

見上げるほど高い天井を持つ大きな部屋の中央で、立ち止まったケイカが奥へ視線を向けた。

そこには、赤熱化した肌を持つ巨漢の姿があった。

まるで皮膚の下をマグマが流れているようで、火山をその身の内に秘めているかのようだ。

人間と違って腕が二対あり、髑髏のような頭の額からは、ねじくれた角が一本生えている。

まさに異形。悪魔の中の悪魔、モンスターを支配する魔王という名に相応しい容貌だった。

「貴様が我が軍の侵略を邪魔する勇者か……よくも数多の配下たちを滅ぼしてくれたな。悪魔の多くは魔界に本体を置いているが、この分では復活に長い時が掛かってしまう」

強いプレッシャーと共に、放たれる言葉にかなりの威圧感を覚える。

地鳴りのような声音は人間の心を揺さぶるもので、下手をすると、これだけで足がすくんでしまいそうだ。

けれど、ケイカはそれに向き合って堂々と答えた。

「ふん、そういう割には配下の危機にも我関せずで、引きこもってたみたいじゃない」

「王はただ座して侵略の様子を見ていればいい。人間の相手などという雑事は全て配下の仕事だ」

魔王はそう言いつつも、座していた玉座から立ち上がる。

「だが、勇者は我自ら相手しなければならぬ。正確には貴様の持つ聖剣だがな。その剣を携えた勇者によって、我が侵略は過去何度も失敗を余儀なくされた。今回はそうはさせぬ！」

魔王が声を昂らせると同時に、奴の体から炎が噴き上がった。

それは、まるで本物の火山が噴火している様（さま）を見ているようだ。

「来るよ、気を付けて！　私以外は、奴の正面に立っちゃ駄目」

ケイカの声に僕たち三人は散開する。

事前情報で、魔王が魔法使いだという情報は伝えられていた。

以前召喚された勇者に付き従い、魔王を撃退した人物の記録だというから間違いないだろう。

しかしその直後、魔王が弾丸のようにケイカへ向けて突っ込んできた。

「なっ、魔法使いが自分から間合いを詰めるの!?」

真っ先に反応したジェシカが驚いてケイカを援護しようとするが、魔王は止まらない。

放たれた矢を身に纏った炎で焼き尽くし、そのままケイカに向けて拳を突き出す。

「勇者よ、ここで消え失せろ！　今度こそ地上を我が手中に収めるのだ!!」

「うっさい！　二度と侵略なんてできないように滅ぼしてあげるわ!!」

魔王の拳とケイカの聖剣スルードが打ち合う。

鈍い金属音が響き、吹き飛ばされたのはケイカだった。

「くっ、一撃が重い！」

「フハハハハッ!!　確かに以前は魔術で戦っていたが、その聖剣相手では肉弾戦のようが相性がよいようだからな！」

なんとか体勢を整えるケイカに対して、高笑いを浮かべる魔王。

奴も無傷ではなく聖剣と打ち合った拳は半ばまで切り裂かれていたが、体内からあふれ出した炎がすぐに傷口を修復してしまう。

「魔術に頼っては、間合いの内側に入られ急所を突かれる……。ならば、我が戦い方を変えればよいだけのこと。相手に合わせて自らを鍛え直すなど屈辱ではあったが、その甲斐はあったようだな。聖剣のおかげで攻撃力こそ図抜けているが、体はそこまで丈夫ではない……そうだろう？　このまま体力を削り殺してくれる」

どうやら魔王は本気で聖剣対策を施していたらしい。確かにケイカの技量とスルードの切れ味なら魔法さえ切り裂けるだろうけれど、それに対して格闘戦を挑むとは……。

「上等だよ。どっちが先に倒れるか、やってやろうじゃない！」

「せい、やあああっ！」

体勢を整えたケイカはそう言って不敵な笑みを浮かべると、今度は自分から魔王へ向かっていった。

「ふんっ！　ぐっ、ぬおおあああっ！」

聖剣の袈裟斬りを魔王は左手を盾にして受け止め、無事な右腕を使って反撃する。

ケイカはなんとかその場から退避するが、その間にも、左腕に与えた傷は修復されてしまった。

「これじゃ本当に体力勝負だ。ケイカは大丈夫なのか？」

不安になってそう呟いてしまった僕に、近くにいたエミリーさんが応える。

「問題ありません、彼女はひとりではありませんから。私たちがサポートします」

「魔王にもあたしの力を思い知らせてやるわ！」

ジェシカもそう言って弓を構え、手持ちの矢を使い尽くすかのような高速射撃を始めた。

「ぐぬっ？　貴様、エルフ如きが我の戦いを邪魔するか！」

「ふん、炎を纏っているっていうなら、燃やされない速度で矢を射ればいいだけよ。すぐハリネズミにしてあげるわ」

ジェシカが限界まで弓を引き絞って放った矢はそれまでの数割増しの速度で飛翔し、魔王が纏う炎を突っ切って体へ突き立つ。

矢自体はすぐ燃え尽きてしまうが、突き刺さった矢尻までは溶けずに魔王の動きを阻害する。

「ええい、ならば貴様を先に……ぐおっ!?　今度はなんだ！」

ジェシカのほうへ魔王の注意が向いた瞬間、その背後から複数の石杭が飛来した。

エミリーさんの魔法だ。

「石材なら炎ですぐに溶けることもありませんし、衝撃を与えるには十分ですね」

「貴様もか、魔法使い！　どいつもこいつも我の邪魔をしおって!!」

怒れる魔王は両手を前に出すと、目の前の空間を鷲掴みにする。

すると、その空間でバチバチと火花が散って高密度の火球が生まれた。

「食らえ、我が魔法を！『魔王獄炎陣』‼」

魔王が頭上に掲げた火球から、周囲に向けて無数の火球が射出される。

「ッ！　面制圧型魔法！　シルヴィオさん、こちらへ！」

僕はエミリーさんに腕を掴まれ、引き寄せられる。

「私から離れないでください。『魔法障壁』！」

魔法が唱えられると、僕とエミリーさんの体を覆い隠すほど大きな障壁が張られた。

圧縮火球から吐き出された数百の火球が障壁を襲う。

火球は対象を燃やすだけではなく障壁に触れるたびに爆発し、壁を維持しているエミリーさんに負担を強いる。

「くっ……！」

「エミリーさん！」

「大丈夫です、これくらいは……」
十、二十と火球がぶつかり爆発するたび、障壁の強度が落ちていく。
まるで雨のように降り続く火球を前に、僕は絶望すら抱いていた。

このままではエミリーさんの魔力が尽き、爆撃に晒されてしまうだろう。

そうなればもう、生き残れる術はない。

明確な死を目の前に突きつけられ、思わず心がすくみ上る。

今の自分はどんな傷でも病でも治せる自信があるけれど、死者だけは復活させられない。

相手が死んでいたら、いかに最高の回復魔法でも治せないし、ましてや自分が死んでしまったら元も子もないんだ。

これまでは大怪我を負うようなことはあっても、死の覚悟をするほどの戦いは少なかった。

「ま、まずい。どうにかしないと……でも……」

僕の能力は回復魔法に特化していて、他の魔法は毛ほども使えない。

エミリーさんに魔力を受け渡すなんてことも出来ず、ただ様子を見守ることしかできない。

このままでは本当に……。

そう考えていたとき、ふと火球の爆撃が途切れた。

とっさに魔王のほうを見ると、奴が掲げていた圧縮火球が半分に両断されている。

それを成したのは、もちろんケイカだった。

「ふっ……魔法を斬ったのなんて初めてだけど、意外と出来るもんだね」

彼女は若干冷や汗をかきながらも、確かに魔王の魔法を切り裂いていた。

手にした聖剣スルードは、あれだけ高純度の魔力の塊を切り裂いたにも関わらず傷一つない。

やはり聖剣の名に相応しい剣だった。

「ぎっ、ぐあああああっ！　やはり貴様かぁ！」

自分の魔法が断ち切られたのを見た魔王は、トラウマが刺激されたのか怒り狂った。

無遠慮に辺り一面、魔法をまき散らし始める。

『火球』『雷鞭』『氷槍』『石杭』ィィィィ!!」

魔王は完全に冷静さを失っているように見えた。

様々な魔法を乱発し、僕たちを狙うというより空間ごと殲滅しそうな勢いだ。

ランダムに放たれる魔法を予測するのは難しい。

でも、火球爆撃と比べると密度も連射速度も低く、対応可能に思えた。

「エミリーさん、一旦下がりましょう!」

僕は障壁を維持し続けてぐったりしている彼女を抱え、部屋の端まで下がる。

そこがちょうど柱の陰になっているからだ。

大きな部屋だけあって、柱も僕の腕が回せないほど大きい。

先ほどの爆撃の余波を受けて傷ついていたけれど、まだまだ耐久力がありそうだ。

これなら魔王の魔法にもしばらくは耐えてくれるだろう。

「エミリーさんはここにいてください。僕はケイカを助けてきます」

「シルヴィオさん、危ないです!」

エミリーさんは僕を止めたけれど、もう隠れてばかりもいられない。

それに、一応この状態で出て行っても生き残れる算段はあった。

毎回の戦いの度にケイカの動きやジェシカの狙撃を見ていた僕は、だいぶ目の反応が鍛えられたみたいだ。

魔王の放つ魔法もなんとか目で追えている。

自分のほうへ飛んでくるものの対処ならなんとかなりそうだ。

「ここまで来て、僕だけ手をこまねているわけにはいかない」

見れば、ケイカとジェシカは魔法の弾雨の中を動き回っている。

ケイカは聖剣で降り注ぐ魔法を切り払い、ジェシカは持ち前の機動力でかすりもさせていない。

「ふたりとも凄いな……うおっ、危ない！」

僕も降り注ぐ魔法の軌道ひとつひとつを見極めながら、なんとか戦線に復帰する。

一方の魔王は無駄に魔力を垂れ流している現状に、ますます怒りを募らせているようだ。

「おのれおのれおのれ！　ちょこまかと動きおってぇ！　……くっ、いかん、冷静にならなければ」

そう言ってようやく魔法の大盤振る舞いを止めると、改めて拳を握る。

そして、代わりに身に纏う炎の出力を上げながらケイカへ襲いかかった。

「背中ががら空きよ！　このでくの坊！」

もちろんジェシカが、そんな隙を逃すはずがない。

自分が狙われていないと見るや立ち止まり、荒れた息を整えて矢を放った。

彼女の放った矢は一直線に魔王の後頭部へ向かい、吸い込まれるように命中する。

しかし……。

「えっ、嘘でしょ!?」

矢は命中する直前、魔王の体を覆う炎によって完全に焼き尽くされてしまった。

前の射撃では先端の矢尻までは焼かれなかったけれど、今回はそれも燃えてしまう。

こうなると、ジェシカの攻撃手段がほとんどなくなってしまった。

「ふははっ！　何ということはない。邪魔な弓矢など焼き尽くしてしまえばよいのだ！」

高笑いを浮かべた魔王は、そのままケイカへと殴り掛かる。

「このっ、ずっとキレてればよかったのに！」

奴が冷静さを取り戻したことに、舌打ちするケイカ。

彼女にとっては怒りのまま直情的に振るわれる拳のほうが、捌きやすかったんだろう。

だが、今の魔王の攻撃は彼女の機動力に対応するように鋭さを増している。

現状はなんとか、これまでの経験と聖剣の頑丈さを使ってしのいでいる状態だ。

このまま攻防が続けば、いずれ魔王の拳はケイカを捕らえるだろう。

そうなれば、耐久力は普通の人間と変わらないケイカは一撃で行動不能になる可能性すらある。

「だんだん貴様の動きにも慣れてきたぞ勇者め。我が拳を食らえば、たちまちこちらが優勢になるだろうな！」

自分がだんだん有利になっているのを感じたのか、魔王が髑髏のような顔に獰猛な笑みを浮かべた。

「そろそら！　どうした勇者よ、防戦一方ではないか！」

魔王の剛腕が風を切りケイカに迫る。

彼女は大きく横に跳んで回避するが、その先にも別の腕が。

人間と違って腕が四本あるから、文字どおり攻撃の手数が違う。

一撃を避けても、二撃目三撃目がケイカを確実に追い詰めていった。

「ケイカッ！」

不利な状況に思わず声をかけてしまった。

しかし、彼女は僕の言葉に反応する余裕すらなく、必死に魔王の攻撃をしのいでいる。

「駄目だ、このままじゃ……こっちでなんとかケイカを助けないと」

しかし、ジェシカの弓矢は無効化されているし僕は攻撃手段を持っていない。

どうすればよいのか……。

無力感に苛まれてぼう然と立ちすくしている僕に、ジェシカが近づいてきた。

「シルヴィオ！　あんたまだ魔力を消費してないわよね？」

「え？　ああ、ここまでは怪我人もなかったから」

エミリーさんも魔力の消耗だけで外傷は負っていないから、治療は必要なかった。

「じゃあ、回復魔法を使ってもらうわよ。ケイカを助けないといけないから」

「でも、どうやって？　ジェシカの弓もあの炎に焼かれるんじゃ……」

困惑する僕に対し、彼女は不敵な笑みを浮かべた。

「ふふん、エルフは弓矢を主な武器に使うけれど、魔法が使えないって訳じゃないのよ」

そう言うと、彼女は矢筒から一本の矢を取り出して矢尻を取り外した。

「えっ、それじゃますます貫通力が落ちるんじゃないか？」

「本番はここからよ。あたしのとっておきを見せてあげるわ」

ジェシカは矢を優しく抱くように両手で持つと、その先端へ口づけした。

「さあ、もう一度その身に命を宿しなさい、『生命再起』！」

途端に口づけされた矢が緑色の光で包まれ、矢のあちこちから枝葉が伸び始めた。

「き、木が生き返った!?」

「魔力を与えて眠っていた生命力を目覚めさせたのよ。植物に親和性のあるエルフじゃないと不可能な魔法だけれどね」

そう言って、今度は僕のほうに矢を差し出してきた。

「この状態の矢ならシルヴィオの回復魔法を受け付けるんじゃない？　この矢は今生きているし、動物も回復できるなら植物も回復できるはずよ。燃やされる以上の速度で傷を回復させれば、魔王にまで届くわ」

「なるほど、だから鉄の矢尻を省いたのか」

「そういうこと」

自信満々に言うジェシカを前に、僕は慎重に矢へ手をかざした。

「植物に回復魔法をかけるなんて初めてだよ。でも、やるしかないね」

今もケイカはギリギリの状態で魔王と鍔迫り合いをしている。

なんとかこちらで逆転のチャンスを作らないといけない。

この矢がその基点になればと、僕は全力で回復魔法を行使した。

「魔王の炎に負けないほど強く、強く、強く！　『回復』！」

緑色に淡く光っていた矢へ自分の魔法がかかり、光りの色が白みがかる。

直後、矢から伸び始めていた枝葉の成長速度が一気に高まった。

「せ、成功したのか？」

「そうね、よくやったわ。あとはあたしに任せておきなさい！」

満足そうに笑みを浮かべたジェシカは、矢を弓につがえる。

未だに成長を続ける枝葉のせいでまともに射ることもできないはずが、彼女に躊躇いはなかった。

いままで見たことがないほどの集中力で魔王を凝視し、その隙を探る。

そのとき、奴がケイカを攻撃するため大きく動いた。

「そろそろ疲れが出てきたようだな。ここで決着をつけてやろう！」

魔王は四本の腕を体の前で打ち合わせ威嚇すると、そのままケイカへ飛びかかった。

「くっ、これは厳しいかな……」

これまで何度もその攻撃を凌いでいたケイカは致命傷こそ負っていないけれど、全身傷だらけだ。

動きも最初より鈍っている。

今の状態では前のように回避できないと判断したのか、迎撃の姿勢を見せた。

「ふん、抵抗ごと踏み破って粉みじんにしてくれるわ！」

だが、魔王は自らの勝利を疑わず一直線にケイカへ向かう。そこへ隙が生まれた。

「ッ！　そこだっ!!」

ジェシカが目を見開き矢を放った。

その瞬間、発射の衝撃で邪魔な枝葉が折れ、元と同じようにスリムになった矢が魔王へ迫る。

飛翔している最中も木の再生は続き、枝葉が現れ矢の軌道を変化させるが、それすらジェシカの予想の範囲内だとばかりに飛び続けた。

魔王の至近にまで至ると荒れ狂う炎が矢を焼き尽くそうと迫るが、焼ける傍から再生して消えることはない。そして、今まさにケイカへ腕を振り下ろそうとしていた奴の首筋へ突き立つ。

「グガアアアッ！　がぐっ、がぁっ!?」

ちょうど首の真後ろ。

人間でいえば重要な神経が通っている部分をジェシカの矢は射抜いた。

矢尻がなくなってもその貫通力は衰えず、むしろ炎に焼かれ再生する内に鋭くとがっていった先端のおかげで深く魔王の肉体に埋まっている。

「ぎっ、貴様らぁ……おのれ矮小なエルフの小娘がっ！」

それでも頑強な魔王の体にとっては致命傷たりえないようだ。

しかし、その動きは直前とは打って変わって、まるで老人のように鈍っている。

「ケイカ、今の内にこっちへ！」

「うん！」

僕の声掛けにケイカが走ってくる。

そのまま僕の体に突進してきた彼女を受け止めると、即座に回復魔法を使った。

全身を淡い光が包み込み、擦り傷も打ち身も丸ごと治癒していく。

「ふぅ、あったかい……お兄さんありがとう。助かったよ」

「お礼ならジェシカに言ってくれ。僕は矢に回復魔法をかけて手伝っただけだよ」

「うん。ありがとうジェシカ、意外と機転が利くんだね」

ケイカがそう言うと、彼女は腰に手を当て鼻を鳴らす。

「ふん、これくらい当然よ。それに、あたしの矢を無効化するなんて生意気許さないわ！」

彼女は以前人間の盾で攻撃を防がれたときから、旅の間にも様々な状況に対応できる方法を考えていた。

今回の件で、その努力が実った。喜ばしいことだ。

「でも、笑ってばかりもいられないわよ。そろそろあたしの矢が持たないもの」

見れば、魔王の首筋に突き立った矢が徐々に燃え始めている。

僕たちふたりの魔法の効果が切れ始めた上、魔王も体が動かないので身に纏う炎の出力を上げ、焼き尽くそうとしているのだ。

それを見たケイカが僕のほうを向く。

「お兄さん、わたしこれからちょっと無茶して魔王を倒すよ。死ぬつもりはないけど、体は酷いことになっちゃうかも」

彼女は自らの体が傷つくと言いながらも、その声音からは一片の躊躇も感じられなかった。

ならば、僕も覚悟を決めないといけない。

「だから、上手いこと生き残れたらわたしのこと、ちゃんと治してね？」

「分かった。絶対死なせないよ」

拳を握りしめはっきりそう言うと、ケイカは笑みを浮かべた。

「よっし、それなら安心だね。いくよスルード！」

僕たちから距離を取ると、彼女は聖剣に呼びかけながら正面に構える。

「ぐぅぅぅ。よくも、よくも我をコケにしてくれたな！　必ず滅ぼしてくれるぞぉ！」

怒りに打ち震える魔王は、それでも今度は冷静さを失わずこちらを見据える。

首筋に突き刺さっていた矢もほとんどが燃え尽き、驚異的な回復能力で身体機能を取り戻しつつあった。

「完全に回復しきる前に決める！　さあスルード、わたしの魔力を目いっぱいあげるから力を貸して！」

ケイカが意識を集中すると、彼女の体から聖剣へ魔力が流れ込む。

すると、剣の柄から先端までが黄金色の光を纏い始めた。

「ぬぅ、させるものか！」

魔王も変化に気づいたようで、まだ再生途中の体を無理やり動かし迫ってくる。

それを迎え撃つようにケイカも足を踏み出した。

「はあああああっ!!」

「死ねえええええい!!」

ふたりが体ごとぶつかるように相打った。

ケイカの聖剣は魔王の左肩から右の脇腹までも一閃で切り裂く。

だが、同時に魔王の拳も振り抜かれ、ケイカの胴体を強(したた)かに撃ち抜いた。

体を深く切り裂かれ致命傷を負った魔王はその場に跪き、ケイカは衝撃で部屋の隅まで吹き飛ばされ壁にぶち当たる。

僕は咄嗟に彼女の下へ走り出した。

全力で走って壁際まで行くと、床に崩れ落ちた彼女を抱き起す。

「ケイカ！　ケイカ、まだ死ぬんじゃないぞ！」

「がぁ、げふっ……」

意識は混濁していて、見るからに酷い状態だ。

「大丈夫だよ、動かないで！」

胸を魔王の拳に撃ち抜かれ、背面を壁に叩きつけられ前後から酷いダメージを負っている。

その上頭もぶつけたらしく、派手に血を流していた。

この分だと体はもちろん、頭の中も傷ついているに違いない。

「くそっ、絶対助けるからな！　死なせるもんか!!」

僕は今にも消え掛けそうな彼女の命を繋ぐため、全力で回復魔法を行使し始める。

「まずは出血を止めて、内臓を修復だ。それに頭部も……」

折れた骨も傷ついた肌も後でどうにかなる。

普段は全身にくまなくかける回復を、優先順位を決めて集中的に行使することで素早い治療を行った。

そのとき、朦朧とした意識の中で彼女が呟く。

「わたし……やったの？　魔王は……」

「ああ、最後にケイカの攻撃が決まったよ。致命傷を負ってる。倒せたんだ」

いくら魔王が再生能力を持っているといっても、あの傷から自力で回復できるはずがない。

「良かった……お兄さんも、無事で」

「うん、僕も大丈夫だよ。だからもう喋らないでくれ！　助けた後にいくらでも話を聞いてやるから！」

一瞬脳裏に浮かんだ最悪の結末を振り払うように言うと、僕は回復魔法に全魔力を注ぎこむ。

目の前の少女に死んでほしくない。その一心で必死の治療を試みた。

「世界が救われたって、ケイカが救われなきゃ……僕には意味がないんだよ」

そして僕がケイカの治療で必死になっている最中、死に体の魔王にジェシカが向き合っていた。

◆　◆

「……さすがに肉体の核まで断ち切られたら、いくら魔王でも再生できないみたいね」

ケイカは目の前で膝をつく魔王へ、油断なく弓を構えながら言った。

すでに魔王の足元にはおびただしい量の青い血が流れており、致命傷は明らかだ。

何より、悪魔にとって心臓ともいえる肉体の核まで破壊されれば、例え傷が修復されても生きてはいられない。逆に今までの悪魔たちはこの核を持つ本体を魔界に置くことで、地上において肉体を消滅させられても復活を可能にしていた。

「ぐふっ……再び勇者に敗れることになろうとは。無念だ」

最早立ちあがる体力すらない彼は、憎らし気にジェシカを睨むのみ。

だが、その敵意は滅びる寸前となっても欠片も弱まらない。

「我がここで滅びようと、また幾百年の時を経て復活する。そのときこそ、地上を我が手中にしてくれるわ！」

血を吐きながらもそう言う魔王に対し、ジェシカは冷たい目を向けた。

「ふん、何度でもかかってきなさい。今度はあたしひとりでも討ち取ってあげるわよ」

「強がりを……あの聖剣がなくば我が身の核は傷つけられぬ。たわごとだエルフの小娘め」

「なら、聖剣の担い手を育てて共に戦うわ。今回と同じようにね」

「此度の勇者の力は先代ほどではないが、決死の攻撃で我へ食らいついた覚悟はあのヒーラーの男あってこそだろう？　貴様にその代わりができるかな」

「うっさい、いい加減死になさいよ！」

魔王の言葉にイラついたジェシカは、その額へ矢を打ち込む。

「ぐぁっ……」

急所への一撃で残った生命力を奪われた魔王は、地面へ倒れ伏すのだった。

その亡骸を横目に、ジェシカはケイカたちのほうへ視線を向ける。

「何百年も先のことなんて後であたしがゆっくり考えればいいのよ。ケイカたちはあたしの恩人なの。これだけ頑張って働いたんだから、後の人生は気兼ねなく過ごしてもらわないと困るのよ」

普段は何度となく彼女たちと喧嘩になることもあるジェシカだが、このときばかりは真剣な表情になっていた。

いつものプライドから来る発言かもしれないが、千を優に超える寿命を持つエルフ族の彼女の内心を推し量れる者はこの場にはいない。

ジェシカはその後一瞬目を瞑ると、いつものように自信に満ち溢れる表情になっていた。

「さてと、まあ猶予はたっぷりあるんだから今から慌てても仕方ないものね。それより……エミリー、大丈夫？　生きてる!?」

先ほどまでの考え込むような雰囲気は一切察せられない。

彼女は魔王の額から矢を引き抜いて血を拭うと、それを矢筒に収めエミリーの下へ向かうのだった。

◆　◆

あれから、魔王城を脱出した僕たちは、なんとか無事にルン王国の王都まで帰還した。

まともに動けるのが僕とジェシカだけだったので心配だったけど、運が良かったのかな。魔王が滅びたことで悪魔やモンスターたちも混乱しているらしく、警備が手薄だったのが功を奏した。

一先ず魔王城から退避すると、最寄りの山で休める場所を見繕ってふたりを看病する。

ジェシカのおかげでちょうどいい洞窟を見つけられたので、ゆっくり休むことが出来た。

ケイカは治療の甲斐あってなんとか一命をとりとめ、エミリーさんも数日休むと体力が回復してくる。念のためさらに数日休んでから、ようやく人間の町へ移動を始めた。

途中で何度かヒヤヒヤしたこともあったけれど、今はこうして王都までたどり着けている。

この頃にはエミリーさんもすっかり回復して、ケイカも柔らかいベッドでよく休んで具合も良くなっていった。

その間に、勇者が魔王を倒して帰還したという知らせを受けて王都は祝賀ムードに包まれている。

僕たちのいる城からも、町でお祭り騒ぎになっているのが分かるほどだ。

「わぁ、今日も凄いねぇ。もう今日で何日目だっけ？」

「僕たちが帰ってきた翌日から続いてるから、もう三日目だよ」

「凄いね。でも、それだけ多くの人々が魔王の討伐を喜んでるんだから、頑張って良かったよ」

ベッドから体を起こしている彼女と一緒に、僕は窓の外を見ながらくつろいでいた。

僕が魔力を使い切る勢いで使った回復魔法のおかげで、彼女の体の傷は全て塞がっている。

見た目にはもう異常はないけれど、死の淵から戻ってきたケイカは酷く体力を消耗していた。

今は日常生活を送るのに不足はないくらいに回復しているけれど、まだ以前のように戦うことは出来ない。

「早く体力も戻さないとね。各地に悪魔やモンスターの残党がいるみたいだし。王様にも、勇者の仕事が残ってるから協力してほしいって言っちゃったしね」

一応健康に問題がないことを確認した昨日、パーティーは揃ってルン王国の国王と面会した。

正式な謁見室ではなくソファーのある応接室を使ったのは、向こうもケイカの体調のことを気遣ってくれたんだろう。

そのとき、ケイカは国王に元の世界へ戻るかと聞かれて首を横に振った。

以前にも話を聞いたとおり、向こうに戻っても死んでいるかもしれないのだから無理もない。

けれど、それ以上に彼女は勇者の使命を最後までやり遂げることを強く願っていた。

僕やジェシカはもう休んでもいいんじゃないかと言ったけれど、彼女の意思は最後まで変わらない。

結果、完全に体力が戻ったらという条件付きで魔王軍残党の掃討に参加することになった。

恐らく、一ヶ月もすればまた悪魔退治へ向かうことになるだろう。

「僕としては、ケイカにはゆっくり休んでほしいんだけど……」

「いくらお兄さんのお願いでもそれは駄目。ちゃんと自分の役目は最後までキッチリこなさないと。まだまだこの国には助けを求める人がいるんだから」

「はは、やっぱり……」

案の定、僕のお願いは拒否されてしまう。

意外と強情なところがあるなぁ、ケイカは。

そう思っていると、今度はケイカのほうが問いかけてくる。

「言っておくけど、わたしも本当はお兄さんには町で暮らしてほしいの。折角平和になって、お兄さんの力ならどこでも活躍できるのに。でも、お兄さんはわたしがそう言ってもついてくるつもりでしょう？」

「ああ、もちろん。ケイカはもちろん、パーティーのみんなの健康は僕の責任だからね」

「ふふっ、そう言うと思った」

彼女は小さく笑うと、一呼吸おいて少し真剣な顔つきになった。

「ねえお兄さん。お兄さんはわたしのことどう思ってるの？」

唐突な問いに一瞬返答を迷う。

その間に彼女は畳みかけるよう口をひらいた。

「わたしはお兄さんのことが好きだよ。仲間としてもそうだけど、ひとりの男性としても」

「えっ？」

その言葉に思わず目を丸くしていると、ケイカは言葉を続ける。

「魔力を高めるためだからって、好きでもない男の人とずっとエッチし続けると思う？」

「……いや、そうは思わない」

「でしょう？」

僕が答えるとケイカはニコニコしながらそう言い、続けて僕に促す。

「じゃあ改めて聞くけど、お兄さんはわたしのことをどう思ってる？」

「ケイカは僕をあの村から連れ出してくれた恩人だ。君が僕の力を見いだしてくれなければ、未だにあの村で細々と暮らしていたと思う。だから、一生かかっても返せないくらいの恩がある」

「……それだけ？」

「まさか」

そこで一度呼吸を整えると、再び口を開く。

「僕もケイカのことが好きだよ。ひとりの男として君の傍にいて助けになりたいと思ってる」

先ほど彼女の言った言葉は僕にも当てはまっている。

ここ数ヶ月の間で、彼女への好意は着実に高まっていた。

それは表向き救ってもらった恩に報いるという形で表れていたけれど、心の中の奥底ではそれ以上の好意を抱いていたのだ。

今、彼女に問いただされたことでようやくそれをはっきりと表に出すことになった。

「村にいたころの僕じゃ言えなかっただろうけれど、今なら言えるよ。ケイカ、ずっとこの世界で僕の傍にいてほしい」

緊張で顔が赤くなってしまうのを感じながらも、僕は彼女に想いを伝えた。

まだまだ僕と彼女では釣り合わない部分がたくさんあると思う。

でも、今はそういった余計な思考を全て取り去って素直な気持ちを伝える。

すると、ケイカは嬉しそうな笑みを浮かべると僕の手を取った。

「そっか、良かった！　初めて男の人に好きなんて言ったから、フラれちゃったらどうしようかと思ったよ。えへへ」

「ケイカに告白されて断る男なんて、いないと思うけどね」

「えー、そうかな？」

僕の言葉に彼女が首を傾げ、その様子を見た僕が笑う。

いつものやりとりに、直前までの緊張した空気が和んだ。

「むぅ、個人的には一世一代の気分で告白したのに、なんだかいつもの雰囲気になっちゃってる」

「いけないのかい？　僕はあんまり緊張したままだと胃が痛くなりそうなんだけど……」

「気分的な問題だよ。せっかく告白したんだから、もうちょっと良い雰囲気になってもいいんじゃないかなって。あっ、そうだ」

ケイカは何か思いついたように呟くと、椅子に座る僕の腕を引っ張った。

「えっ、ケイカ!?　うわっ！」

油断していた僕はそのままベッドへ引きずり込まれてしまう。

何とか体勢を立て直して起き上がると、そこではケイカが両手を広げて僕を見つめていた。

「……ケイカ、それは？」

「えぇ、分からない？」

「も、申し訳ない……」

「告白し合った男女がすることなんて一つでしょ。正面からハグして、それからキスしてほしいな」

そう言われて、期待するように微笑まれてはやらない訳にはいかなかった。

仮にもお城の中でこんなことをして良いのだろうかと思いつつ、今は目の前のケイカのことが優先だと割り切る。

僕は乱暴にしないよう優しく抱きしめると、目を閉じた彼女の唇へキスを落とす。

「んっ……はぁっ、お兄さんとのキス、幸せな気持ちになっちゃう」

「僕もだよ。ケイカと触れ合ってるだけですごく心臓が高鳴る」

魔王との戦いで一度失われかけた命だからか、以前より自分の抱きしめている体の温かさが尊く、愛おしく感じられる。

「んむ、ちゅっ！　ねえ、もっとして」

求められたとおり何度もキスをすると、彼女の表情が幸せそうに緩む。

僕の背に回された腕にも力が入って、より強く抱きしめられた。

「あむっ、ちゅっ。れろっ、じゅるっ！　えへへ、だんだんエッチになってきちゃったね」

ずっとキスを続けていると、自然と唇だけでなく舌も絡ませるようになってしまう。

旅の間も事ある毎にセックスしていたからか、こんなにエロいキスが癖になってしまっていた。

「はう、はぁはぁ……お兄さん、わたし抱いてほしい」

「でもここじゃ……」

「外でお祭りやってるから、多少騒いだくらいじゃ気付かれないよ。ねぇ、駄目かな？」

頬を赤く染め、上目遣いで求めてきて……こんなの反則だ。

「ケイカはまだ体力が回復しきってないから、苦しくなったらすぐ言ってほしい。約束だよ」

「うん、分かったから早く……あっ！」

背中に回していた手をスカートの中へ入れると、ケイカの体がビクッと震える。

「大丈夫かい？」

「う、うん。久しぶりだからちょっと敏感になっちゃってるのかも」

そう言えば、魔王城を出てから王都にやってくるまで半月ほどかかった。

もちろんその間は、セックスどころかキスさえしていない。

旅をしている途中は、魔力の強化という理由もあって数日に一度の頻度で交わっていた僕たち。

これだけ長い間触れられていなければ、彼女の体が敏感になっているというのも分かる。

「じゃあ、余計慎重にやらないとね……下着脱がすよ」

「うんっ……んっ、ひゃうっ！　アソコがこすれて……ひぃ、ふっ！」

キスだけでだいぶ興奮してしまったようで、今までにない乱れ具合だ。

抜き取った下着も、溢れ出た愛液で既にひどく濡れてしまっていた。

「あう、恥ずかしい……わたしだけじゃ嫌だよ、お兄さんにも触れさせて？」

僕は彼女が求めたとおり下着ごとズボンを脱ぐと、下半身を露出させる。

すると、こちらも硬くなった肉棒がケイカの下腹部に押し当てられた。

「うわっ！　凄い、まだ触れてもいないのにこれだけ大きくなってる。それに、すっごい熱いよ」

「僕も久しぶりだから、恥ずかしながらキスだけでだいぶ期待させられちゃったみたいだ」

「あははっ、じゃあお揃いだね。それなら恥ずかしくないや」

明るい笑みを浮かべた彼女は、そう言うと片手で僕の肉棒を優しく掴む。

「ビクビクッて震えてる……わたしの手、気持ちいい？」

問いかけに僕は頷く。

「うん、気持ちいいよ。もうちょっと強く刺激してほしいくらい」

「ふふっ、じゃあそうするね」

ケイカは僕が望んだとおり、肉棒をしっかり握ると上下にしごき始める。

彼女の手は何度も戦いを経てきたとは思えないほどスベスベしていて柔らかい。

特に最近はさらに肌の張りも良くなっているようで、僕の回復魔法が彼女の体調にも作用してるんじゃないかと思う。

ポーションの場合は傷にしか効果を発揮しないけれど、僕は仲間たちの協力で魔力が豊富になったので、全身へ回復魔法を施すことも容易い。

戦いがない日などは、よく立ち寄った村で無償で治療をしていたけれど、それでも余る魔力は腐らせても悪いと思い、彼女たちの健康管理に使っていた。

そのお陰で、日に日に健康的に美しくなっていく三人に、密かに喜んでしまったのは仕方のないことだろう。

「むっ、わたしとエッチしてる最中に何か考え事してる？」

「い、いや。そんなことは……」

鋭い指摘に狼狽してしまうが、それは自白しているようなものだった。

彼女の目つきは鋭くなり、肉棒を握る手に力が入る。

「ぐっ……!?」

「今のお兄さんはわたしだけ見て、考えていればいいの！」

「は、はい」

こういうとき、文字どおり急所を握られているとガクガクと頷くことしかできない。

僕が頷くのを見て安心したのか、彼女は一息つくと手の力を緩め愛撫を再開する。

「うん？　ふふっ、安心して気が緩んだのか、先っぽからドロドロしたのが溢れてるよ？」

「き、気が緩んで気持ち良さが一気にやってきたから……くっ！」

話している間にもケイカの手が巧みに動き、肉棒を責め立ててくる。

手コキももう何度も経験しているからか、躊躇のない大胆な動きだ。

竿はもちろん先端の割れ目や窪みにも指先が絡みついて、巧みに刺激されてしまう。

「くっ、あうっ……だめだケイカ！」

腰に力を込めてなんとか持ちこたえているけれど、もう持ちそうにない。

このままでは数分と経たずに射精してしまう。

「へえ、もう出ちゃいそうなんだ？　わたしの手でそれだけ気持ち良くなってくれたってことだよね？」

対する彼女はニコニコと笑みを浮かべており、手を休める気はないようだ。

それどころか、溢れ出した先走りを指で絡めとって潤滑剤代わりにし、刺激を強めてくる。

「ケイカッ！　このままじゃ本当に……！」

「うん、手でイっちゃいそう。でも、折角久しぶりの濃い子種なんだから、それはもったいないね」

「ケイカ……？」

怪しく笑う彼女に、若干の不安を抱く。

けれど、僕はもう暴発しそうな興奮を抑えるので手いっぱいだ。

余計なことを考える余裕はなかった。

「お兄さんの子種、手はもちろんシーツにだって一滴もあげたくないもん。そうなれば、どこで受け止めればいいかなんて決まってるよ」

静かにそう言ったケイカは、暴発させないよう肉棒をゆるく刺激しながら腰を浮かせた。

そして、そのまま濡れぼそった秘部へ先端を押しつける。

「くぁっ……」

亀頭が半分中へめりこむと、彼女は僕の背に両手を回して抱きついた。

「お兄さんの精液、全部わたしの中にちょうだい？」

その言葉が耳元で聞こえた直後、肉棒が熱いものに包まれる。

「ぐっ!?」

「あふっ、ひううぅっ！　全部一気に、奥までっ……！」

ケイカが腰を落として膣内に肉棒を咥え込んだんだと分かったのと同時、肉棒の先端が子宮口へ接触した。さらに、そこへトドメを刺すように強烈な締めつけが訪れる。

肉ヒダが竿に絡みついて、手コキでは成しえない全方位からの奉仕で肉棒を刺激した。

その甘美な快感に堪えきれなくなった僕は、とうとう堪えていたものを吐き出してしまう。

「ぐぁっ、出るっ！」

肉棒が電気ショックでも受けたように震え、先端から精液を噴き上げた。

最奥へ密着したまま放たれたそれは、子宮口を押し通ってケイカの一番奥を侵略していく。

「あぁっ、ひゃうっ！　中でお兄さんのが……出てるっ、全部入ってきてるよぉっ！」

彼女は中出しされたことに喜びながら、僕の背に回した手へ力を込めた。

さらに僕の腰を挟んでいる太ももも締めつけて、絶対放さないという意思を伝えてくる。

もちろん膣内もそれと同じように、精液を一滴たりとも零してなるものかと締めつけていた。

「すごい、キツいっ……ケイカの中ビクビク震えて、全部搾り取られるっ！」

「んうっ……出して、お兄さんの精液はケイカ全部わたしの中にっ！」

興奮と絶頂は長く続き、僕の精液はケイカの膣内を満たす。

それでも繋がったところから一滴も漏れないのは、彼女の執念からか。

どれだけ自分が求められているか分かって、それだけで嬉しくなる。

「はぁっ、ふぅ、はぁ……わたしのお腹、お兄さんの精液でいっぱいだよ。破裂しちゃうかと思ったぁ」

そう言いながらも、嬉しそうな笑みを浮かべて見つめてくるケイカ。

膣内では変わらず肉棒が締めつけられて、休む暇もない。

「くっ、今出したばかりなのに……」

「もうずっとしてなかったんだから、抜かずに連発くらい余裕でしょ？」

悪戯っぽい笑みを浮かべ、僕を挑発してきた。

「はは、そんなこと言われたら僕も頑張るしかないなぁ」

ここで無理だなんて言ったら甲斐性がないと笑われてしまう。

以前ならともかく、今の僕にはそれを許さないだけのプライドがあった。

「安易に僕を挑発したこと、後悔させてあげるよケイカ」

「本当？　わたし、楽しみにしちゃうから……んっ」

僕は彼女の腰に両手を回し、逃げられないようにする。

そして、ケイカが不敵に笑ったのを見て犯し始めた。

彼女の腰を上下に揺すり、自分からも積極的に腰を動かす。

「あっ、んんっ……中がかき混ぜられちゃうっ！」

膣内に溜まった精液と愛液が混ざり合い、肉棒の動きをスムーズにして性感を高める。

「はぁはぁっ、あひぅっ！　すごいっ、これ止まらないよっ……あうぅっ！」

蕩けきった膣内もその動きを助けながら、室内にいやらしい水音を響かせている。

「ケイカの中、さっきより気持ち良くなってるよ！」

「お兄さんがドロドロにしちゃったからだよぉっ……ひゃうんっ！」

力強く動く肉棒が、中出しを受けて敏感になった膣を容赦なく責める。

精液を肉ヒダ一枚一枚に擦り込んでいくようないやらしい動きに、彼女の体が震えた。

「ふひゃっ、ううっ。これ凄いエッチだよ、わたしの中をグリグリいじめてるっ」

「ケイカにはさっきやられた分、お返ししないといけないからね」

手コキで限界まで興奮を高めた上、最後の最後に挿入して一ピストンもせずに射精させられてしまった。そこまで中に欲しかったのかと思うと嬉しいけれど、やはり男としては悔しい。

だから、今度はこっちが一方的にイかせてやる。

「下だけじゃないよ。今度はこっちも……」

腰の動きが安定してくると、僕は片手を動かしてケイカの胸を鷲掴みにする。

「んぐっ!? おっぱいまで……お兄さん、欲張りだねっ！」

「ケイカを気持ち良くするためなら、何だって使うよ」

彼女の美巨乳を覆った手はまず、指の感触を慣らすように優しく触れる。

壊れ物を扱うような手つきにケイカがくすぐったそうに身をよじった。

「刺激が弱くてくすぐったいかい？ 大丈夫、すぐ気持ち良くなるよ」

数分そのまま揉んで指の感触に慣れさせると、今度は本格的に愛撫していく。

乳房の形は崩さないようにしつつも、先ほどよりずっと強い力で胸を揉む。

刺激されたことでだんだん敏感になってきたのか、胸への刺激でケイカが悩ましい声を上げ始めた。

「ふぅ、ふぅ、んくっ!? ……うそっ、指だけでこんなに気持ちいいなんてっ！」

快感に背筋を震わせ、予想外の刺激に目を丸くしている。

「いきなりがっつくんじゃなくて、ゆっくり下ごしらえしてから刺激すると、ずっと気持ち良くなるからね」

それは、ついさっき僕がケイカにやられたものと原理的には同じことだった。

手コキで焦らされたのと同じように、優しいフェザータッチで神経を敏感にしてから一気に刺激する。

胸から全身へ電流のように快感が走り、影響を受けた膣もビクビクッと肉棒を締めつける。

「ふぐっ、あうっ！　おっぱいもアソコも気持ちいいのっ、あぁぁっ！」

刺激を与えるごとに、溢れでる嬌声も大きくなっていって、それがまた僕を楽しませる。

自分が上手くできればそれが直に相手の反応に現れるのは、僕にとって好ましい。

実際に繋がっているから、本気で気持ち良くなっているのも分かる。

自分が目の前の少女へ快楽を与えているという事実は自信になって、ますます興奮した。

「ケイカ、もっと声を聴かせてほしい。君が気持ち良くなってるのを実感したいんだ！」

声をかけながら、彼女の腰を動かす。

「やぅっ、あんっ！　そ、そんなに腰動かさないでっ……ひあぁぁぁぁっ‼　だめっ、声出ちゃう、うぁっ！」

ケイカの口から甲高い嬌声が上がった。

前よりも声が大きくなっているあたり、快感を制御できなくなっているのかもしれない。

体のほうも、高まり続ける一方の興奮に熱くなっていた。

「ケイカの体、どんどん熱くなってきてるよ。背中にもじっとり汗かいてるし、抱き合ってるからすぐ近くでいい匂いがする」

「うっ、そんなところまで言わなくていいからっ！」

体臭のことまで言われてさすがに恥ずかしいのか、羞恥で頬を赤くした。

「でも、この体勢でケイカを抱いていると、密着している感じがして凄く好きだよ」

そう言いながら、胸を揉んでいた腕を背中に回す。

そのまま抱き寄せると、豊乳が僕の胸板で潰れて互いの体がさらに触れ合う。

「んっ、お兄さんの体も熱い。興奮してるんだね、確かにこうして抱き合ってると相手のことが好きって気持ちが溢れてきちゃう」

「当たり前だよ。何度抱いたって足りないくらいなんだから」

普通なら少し暑苦しいくらいだろうけど、今の興奮した状態ならそれも気にならない。

むしろ触れ合っている面積が多いから、それだけ気持ちいいくらいだ。

ほっそりした腕が僕の背中に回され、肉付きのよい太ももは腰を挟み、乳房を胸板で潰しながら腰は繋がり合っている。

その上で欲張りにも、更なる一体感が欲しくなった僕は、彼女の唇を奪った。

「んむっ!? はふっ、んんっ!」

噛みつくようなキスに一瞬驚いたケイカだけど、僕の目を見るとすぐ受け入れてくれた。

それに感謝しながら、向こうの口内へ舌を侵入させる。

「キスまでなんて、お兄さんやりすぎ……んぁっ、はむぅ! ちゅむっ、でもすっごい興奮するね!」

「うん、本当にケイカと一つの体になってるみたいだ」

あまりに密着し過ぎて腰も動かせないけれど、この状態なら動く必要もないいんじゃないかとさえ思う。

体の全面で相手の存在を感じられて、豊かな胸の向こうから心臓の鼓動まで伝わってきそうだ。

「こうして抱き合ったまま動かないでいると、私の中でお兄さんがビクビクしてるのがよく分かるね」

間近で見つめ合っている彼女が、そんなことを言う。

「ケイカが動けないほど抱きしめてるのに、僕のアソコだけ元気だなんてお恥ずかしい……」

けれど、これぱっかりはどうしようもない。

ケイカの中は入れているだけで気持ちいいし、少しでも刺激があると反射的に腰へ力が入ってしまう。気を抜くとさっきの二の舞になってしまいそうだからだ。

「別にお兄さんが謝ることとじゃないよ。むしろ気持ち良くなってくれて嬉しいくらい」

「ケイカ……」

その言葉に彼女を愛おしく思う気持ちが再燃する。

ずっと繋がったまま、離れなくていいんじゃないかとさえ考えてしまった。

そのままケイカの体をギュッと抱きしめ堪能していると、彼女が身じろぎする。

「ん、はふっ……さすがにちょっと苦しくなってきたかも」

「……うん、ごめん。ありがとう」

最後にもう一度ケイカを抱きしめると、両腕から力を抜いて彼女を解放する。

「あぁ、本当に体が溶け合っちゃうかと思ったぁ……」

何度か深呼吸すると、えへへ、と照れるように笑ったケイカ。

僕もそれにつられて笑みを浮かべた。

「お兄さん、わたしも動きたくなっちゃった。最後はふたりで気持ち良くなろう？」

「分かった、それじゃあケイカに合わせるよ」

「うん、ちゃんとついてきてね！」

ケイカは糊で張り付いたように密着したままだった腰を浮かせると、僕の肩に手を置いて動き始める。パンパンッと部屋に乾いた音が響いて、肉棒は激しい刺激が与えられた。

「ぐっ……でも、僕だって！」

ケイカのお尻に手を添え、彼女が打ちつけてくるお尻を迎えるように腰を動かす。

「んぁっ、ひゃうううっ！　これっ、ふたりで動くからすごい奥まで入ってくるよぉ！」

互いに相手へ腰を押しつけ合うような動きだからか、少しの動きでより強い刺激が得られる。

「あうっ、ぐっ！　こんなの、すぐイっちゃうっ！　ん、そこだめっ、ひゃわあああぁっ！」

「ケイカの中もさっきより吸いついてきてる……あぐっ」

絶頂が近づいているからか、ケイカの膣内でも不規則な動きが目立ってきた。

ギュッと強く締めつけたかと思えば、次の瞬間には蕩けるような柔らかさで包まれる。

いっそう激しさを増す腰の動きにそういったアクセントが付くと、限界まで一気に近づいてしまう。

「駄目だ、もうっ……!!」

少し前に彼女の中を満たすほどの射精をした肉棒は、再びはち切れんばかりの欲望を溜め込んでいた。

ひあ!?
いっ♥
ぞく♥
ぞく♥
いくっ♥
ギュッ♥
ぬぷっ
ぬぷっ♥
ぬぷっ
ぬぷっ♥

「はぁはぁっ、わたしの中でどんどん熱くなってる……また出すの？　わたしの子宮、いっぱいにしちゃうの？」

「ああ、ケイカの子宮を全部僕の精液で染めてやる！」

「ひうっ！　激しいよっ、お腹の中に入ってる子種、掻き出されちゃうっ！」

「すぐ新しいやつで埋めてやる！」

激しいピストンで前に中出しされた精子が掻き出されるが、気にしていられない。

むしろ、新しく精液を注ぎ込むスペースができるなら好都合とばかりに激しく突き上げた。

「あぐうううっ!?　やぁっ、あぅぅっ！　イクッ、イっちゃうよぉ！」

「僕もっ、もう一度中出しするからっ！」

ずっと抱き合い繋がり続けた身体はいよいよ限界を迎える。

擦れすぎで、もはやジンジンと痺れすら感じる中、僕たちは同時に絶頂した。

「あぁっ、ぐうぅぅぅっ!!　イクイクッ、ひゃぐっ、うあああぁぁぁあぁぁっ!!」

「ぐぅっ、イクッ!!」

最後に再び密着させながら腰を擦り合わせ、互いに体を震わせた。

腰が抜けるような快感の中、ドクドクと肉棒が射精するのを感じる。

ケイカも、二度目の中出しに表情を崩しながら肩を震わせていた。

「あうっ、はぁぁっ……気持ち良くて幸せ、こんなの絶対忘れられないよぉ……」

ビクッ、ビクッ、と震えながら、やがて力尽きたのか僕のほうへ寄りかかってくる。

抜かずの二連発でさすがに僕も疲れており、膣内から肉棒を引き抜くとケイカを抱えて横になった。

「はふぅ、酷い目に遭った」

「前半は主にケイカが責めてたと思うけど」

「二回目はお兄さんが主導権を握ってたでしょ？　それに、続けて中出しされたから私の中は酷い有様だよ。子宮の中に限界まで精液が詰め込まれてるし」

そう言うと、彼女は片手で自分の下腹を撫でる。

その手の奥に自分の子種で満ちた子宮があると思うと、なんだかとても満足した気分になった。

「ふふっ、こんなに出されちゃったら、わたしもいよいよママになっちゃうかもね」

「それはいつもみたいに、エミリーさんに頼めば心配ないと思うけど」

彼女はセックスのテクニックだけでなく、そういったアフターケアの知識や能力も豊富だ。

妊娠して魔王討伐が出来ないなんてことは洒落にならないので、いつも事後には力を貸してもらっていた。

「……お兄さん、分かってて言ってる？」

僕の言葉を聞いた彼女が、試すような視線を向けてくる。

魔王との戦いを制した彼女の瞳は、村にいたころの僕では震えてしまいそうなプレッシャーがあった。今は何とか大丈夫だけれど、それでもふざけた答えは許さないという雰囲気は伝わる。

思わず彼女を真剣にさせてしまったことを反省しつつも、観念して答えた。

「もちろん、正直に言えばケイカには僕の子を産んでほしい」

「ふぅん、お兄さんも大胆なことを言うようになったね。わたしひとりだけじゃなくて、子供の面倒までみる甲斐性ができたんだ」

「ケイカのおかげだよ。今の僕の回復魔法なら、どこへ行ってもそれなりの仕事ができると思うから」

数秒そのまま見つめ合うと、ケイカが口元を緩めた。

「あー、あのお兄さんにこんなこと言われちゃうなんて……でも、すっごく嬉しいよ！　やっぱり、わたしの人を見る目は間違ってなかったね」

「そりゃそうだよ。エミリーさんもジェシカも、ケイカが見つけた仲間なんだし」

「そうだね。……って、あっ、エッチに夢中でふたりのこと忘れてた。お兄さんにはもっと頑張ってもらわないと駄目かも」

「えっ？」

彼女が思い出したようにつぶやき、僕が呆けた声で聴き返す。

その直後、ギィっと音を立てて部屋の扉が開いた。

「あらあら、ふたりともまだ昼間なのにお盛んですね。私も混ぜていただけませんか？」

遠慮なく中へ入ってきたのは、案の定エミリーさんとジェシカだった。

「エ、エミリーさん。その言い方だとまさか……？」

恐る恐る問いかけると、彼女は慈悲なく頷いた。

「ええ、『ケイカは僕をあの村から連れ出してくれた恩人だ』のあたりから聞いていましたよ。二回戦目が始まったころからはジェシカも一緒でした」

「ほぼ最初からじゃないですか！」

思わず頭を抱えたくなった。

「入れたまま二回も中出しされるなんて素敵ですね。それだけケイカさんに夢中な証拠ですよ」

「ふふ、そうね。でも、改めて言われるとちょっと恥ずかしいかも」

深い絶頂を経て冷静になったからか、客観的な意見を聞いて恥ずかしそうに眼を反らしている。

「ええと、それでエミリーさんはどんな御用で？」

「いいえ、私もジェシカさんも、ただケイカさんの体調を伺いに来たのですが……こんな現場を目撃してしまうと、大人しく帰るわけにはいきませんね」

ニコニコと笑みを浮かべる彼女を見て、僕は背筋に汗を浮かべた。

「エミリーさん、まさか……」

「おふたりが恋人同士になるのはお祝いしますが、それがつまり私たちとの関係を切ることにはなりませんよね？　私とジェシカさんは、これからもケイカさんとシルヴィオさんについて行くつもりですから」

「それは、まぁ……」

これからも、魔力強化の手段としてエミリーさんやジェシカとセックスするということだ。

確かに恋人を持つ男が他の女性と性的な関係になるのはマズいと思うけれど、僕たちの場合少々特殊だからね。

ケイカがこれからも勇者として人々を助けるという以上、継続的な能力の上昇は必要だ。

「まぁ、そうなるよね。別にお兄さんがエミリーやジェシカとエッチしても、わたしを嫌いになるわけじゃないし」

「それは当たり前だよ、今までだってそうだったんだから」

「うん、じゃあやっぱり問題ないかな！」

彼女がきっぱりそう言ったことで、問題は見事解決。

エミリーさんは、悠々とベッドに上がってきた。

ただ、ジェシカは扉近くに突っ立ったまま下を向いてモジモジしている。

「ジェシカ、大丈夫？」

「ッ!?　だ、大丈夫よ！」

僕の言葉に反応してビクッと肩を震わせ、真っ赤になった顔を見せる。

「ジェシカさんは、シルヴィオさんとケイカさんのセックスが刺激的すぎて、少し動揺しているだけです」

「だって、他人の行為を盗み聞きするなんて、初めてだったし……」

確かに、いつもは参加する側だから客観的に身内のセックスを見聞きする機会はなかったな。

他人のそれを見聞きするのとでは、ショックの度合いも違うだろうし。

「じゃあ、ジェシカも参加すればいいじゃん。そうでしょう？」

そのとき、ケイカが当然のように彼女を誘った。

「ちょっ……まだする気なのか!?　さすがに体に障るんじゃ……」

僕は驚いて止めようとしたけれど、ケイカに唇へ人差し指を押しつけられ黙らされてしまう。

「でも、あたしはケイカのお見舞いに来ただけで……ひゃあっ!?」

一方ジェシカは躊躇したいたけれど、焦れたケイカとエミリーさんの手によってベッドの上に連れ込まれてしまった。

「な、なにするよのふたりとも！」

「ふふ、リーダー命令だよ。ジェシカもエッチに参加すること！」

「うっ、普段は命令なんてしないくせに……」

にがにがしげに言いながらも、観念したのか、ため息をついて肩から力を抜くジェシカ。

それを見たケイカは満足そうに微笑み、さっそくとばかりに自分の服を脱ぎ始めた。

「ん、しょっ……」

もともと脱ぎ掛けだったとはいえ、やっぱり布があるのと全裸とでは全然違う。

晴れて恋人になった少女の裸体が目の前に現れて、僕がゴクッと生唾を飲み込んだ。

「あははっ、そんなに見つめてどうしたの？　いつも見慣れてるものじゃない」

「いつも見てるからといって、飽きるとは決まってないじゃないか」

僕はそう言ってケイカの腰に手を回し抱き寄せる。

「裸になっただけでそんなに興奮しちゃった？」

「ああ、したよ。すごく興奮してる」

「ふふ、嬉しい。ほら、エミリーもジェシカも早くしないと、またわたしがお兄さんを独り占めしちゃうよ？」

彼女が煽るように言うと、ふたりも服を脱いで近づいてくる。

「それはいけませんね。ただでさえ先ほどの行為を聴かされてムラムラしているんですから、シルヴィオさんはちゃんとシェアしていただかないと」

「そ、そうよ！　ケイカは一度ふたりきりでしてるんだから、あたしたちに遠慮しなさい！」

エミリーさんは遠慮なく言い、ジェシカも羞恥で少し顔を赤くしながら追従した。

僕は今正面からケイカを抱いているので、空いている左右からそれぞれ身を寄せてくる。

「両手と胸に女の子を侍らせて、まるで王様みたいですね」

エミリーさんが茶化すように言って、僕は苦笑する。

「僕には不相応な気がしますけどね」

そう言いながらも、僕はさっそく彼女たちへの愛撫を始めることに。さっきふたりきりで楽しんだケイカには少し待ってもらって、エミリーさんとジェシカの体に手を伸ばす。

「シルヴィオさん、今日は積極的ですね」

エミリーさんには、その目立つ爆乳を鷲掴みにして刺激を加えた。

片手では覆いきれないほど大きな乳房だけれど、鈍感という訳ではなく、触れればしっかり反応してくれる。

指を大きく開いて出来るだけ触れる面積を多くしながら、ゆっくりくすぐるように撫でる。

「んっ、もっと激しくしてくれてもいいんですよ？」

「勘弁してくださいよ。そこまで手が回りませんって」

誘惑するような笑みを浮かべるエミリーさんにそう返すと、反対側のジェシカにはお尻に手を回す。

「あうっ、あたしはお尻なの？」

「ジェシカのお尻は引き締まってて触り心地がバツグンなんだよ」

そう言いながらお尻を撫でるけれど、彼女は少し不満そうだ。

「……やっぱり、エミリーのほうが胸が大きいものね」

「うっ……確かにそういう要素はあるけど、ジェシカが劣ってるって訳じゃないよ」

確かに、エミリーさんの爆乳の迫力の前では、ケイカやジェシカの胸は見劣りしてしまう。

実際胸の美しさや触り心地は決して引けを取らないんだけれど、ジェシカからすればサイズで負けていることが一番大きいらしい。

僕も、無意識にエミリーさんの胸に吸い寄せられるように手をやってしまったので、反論し辛い。

「どうせエミリーのほうが胸だから、あたしはお尻っていう安直な考えでしょ」

グサグサッと僕の心に言葉のナイフが刺さり、思わず両手の動きが止まる。

「ご、ごめんなさい……」

とっさに謝ってしまったが、ジェシカの顔は緩まない。

だけれど、声音は意外にも穏やかになっていた。

「別にいいわよ、なんだかんだ言ってシルヴィオに求められるのは悪い気がしないし」

そう言われてしっかりジェシカと目を合わせると、まんざらでもなさそうな雰囲気が察せられる。

彼女はあまり好意的な言葉が多くないので、こういうところで好意を抱いてもらっていることが分かると嬉しい。

「そっか、じゃあもっとジェシカに夢中だってところを知ってもらわないとね」

頬が緩みそうになるのを抑えながら、僕は彼女へ顔を近づけキスする。

「んんっ!?　ちょっと、いきなり……ふぁうっ、んっ！」

いきなりの口づけに驚き目を丸くするジェシカ。

その様子が面白くて、さらに唇を押しつけ口内に舌を割り込ませる。

「むぐっ、ひゃ……んっ、なにしゅるのよぉ！　じゅるっ、くちゅっ……」

至近距離で僕を睨みながらも、舌を受け入れるように口を開いてくれる。

それに乗じて完全に口内へ侵入すると、舌同士を絡ませた。

始めは戸惑っていたジェシカも時間が経つとだんだん慣れてくる。

数分もすると、完全に僕に合わせて舌を動かすようになっていた。

「はぁ、はふっ……れろ、ちゅるるっ！」

いやらしい水音を立てながらディープキスを続けていると、羞恥ではなく興奮で頬が赤くなっていくのが見えた。

だんだんとジェシカが興奮していく様を見て、喜んでもらっていると実感して嬉しくなる。

「ジェシカとのキスは気持ちいいね。じゅるっ、ごくっ……ほら、もっと舌を絡ませてほしいな」

特に、分かるように喉を鳴らして彼女の唾液を飲み込んであげると、羞恥と興奮で顔が真っ赤になるので楽しい。

「ッ！　こ、このっ、調子に乗って……」

そんなことを言いながらも、彼女の舌は嬉しそうに僕の舌に絡みついてくる。

さらにこの状態でお尻を撫でると、面白いくらいビクビクッと腰を震わせてくれるから最高だ。

「ふぐっ、はぁはぁっ……」

更にそれから数分してようやく口を離すと、彼女の瞳はすっかり情欲に濡れていた。

腰だってもどかしそうにムズムズさせている。

「あらあら、キスとお尻ですっかり気持ち良くされてしまいましたね」

「う、うるさい！　だって、ケイカとエミリーがいるから、こんなにされると思ってなくて……」

「他のふたりがいるからって、ジェシカを後回しにする理由はないよ。それに、あんなこと言われたら僕だって我慢できないし」

そう言うと、彼女はさっきの自分の言葉を思い出したのか、恥ずかしくなったようで視線を逸らす。

「……ありがとう」

「どういたしまして。でも、さすがにこれ以上ジェシカだけ相手していると、ふたりにどやされちゃいそうだな」

視線を正面に戻すと、案の定ケイカとエミリーさんが物欲しそうな視線を向けてきていた。

「よく分かってるね。ジェシカとのキスを見てて、わたしたちもしたくなっちゃった」

「順番にしていただけますよね？」

僕はその問いにもちろん、と答えて彼女たちの唇も奪った。

「んちゅっ、ちゅうっ……はぁっ、キスだけでも気持ち良くなっちゃうよぉ」

「最近はシルヴィオさんもどんどんエッチが上手くなってきていますから、わたしも油断できません。んむっ、じゅるっ、れるるっ！」

ふたりは僕とジェシカのキスを間近で見せつけられていたからか、最初から積極的だった。

舌を出す前に向こうから口の中に舌を押し込んでくる。

僕はそれを歓迎するのに精いっぱいで、完全に受け身に回ってしまう。

彼女たちが満足してようやく解放されたころには、すっかり息が上がってしまっていた。

「シルヴィオ、大丈夫？」

「ああ、うん。なんとかね」

心配するように顔を覗き込んできたジェシカにそう返しつつ、再びケイカたちのほうへ向く。

「やってくれたね……じゃあ、今度はこっちの番だ。三人とも、四つん這いになってこっちにお尻を向けて」

「わぁ、一気に三人犯しちゃうつもり？」

「贅沢ですね。でもドキドキしてしまいます」

「……これ、傍から見たらすっごく恥ずかしいわよね」

三者三様の反応をしながら、僕に言われたとおり四つん這いになる三人。

左からエミリーさん、ケイカ、ジェシカの順番でお尻を向けている。

「すごい、絶景だ」

普段は女体を見ると胸のほうに目が行っていしまう僕だけれど、目の前に三つもお尻が並ぶとさすがに目を丸くしてしまった。

エミリーさんの安産型で肉付きの良いお尻と、ケイカの小ぶりで可愛らしいお尻。

それに、ジェシカの引き締まって上を向いたセクシーなお尻。

どれも魅力的で、視線を釘付けにする。

「ふぅっ……我慢できない、触るよ」

自分でも分かるほど息を荒げながら、僕はまず目の前のケイカのお尻を両手で鷲掴みにした。

「うわっ、柔らかい……揉み応えもあるね」

「んっ、わざわざ言わなくてもいいのに……はうっ！」

胸と違ってちょっとくらい強く握っても痛みを与えないのはお尻の良いところだ。

グニグニと尻肉の感触を楽しんでいると、隣にあるエミリーさんのお尻が誘うように揺れた。

「シルヴィオさん、私も触ってくださいっ」

「やっぱりエミリーさんは変態だなぁ……でも、そういう所が好きですよ」

僕は彼女のお尻を撫でるように触ると、直後に思いっきり鷲掴みにした。

「んぎゅっ!?　あっ、ひがっ……ああっ！」

いきなりの刺激に驚いて彼女のお尻がビクビクッと震える。

「やっぱりエミリーさんのお尻は柔らかくて気持ちいいですね。じゃあ、ジェシカはどうかな？」

片手でエミリーさんのお尻を楽しみながら、もう片手でジェシカのお尻を揉み始める。

「あうっ、ひゃっ！　そんなに揉まれたら赤くなっちゃうわよぉ！」

「大丈夫だよ。それにしてもよい揉み心地だ。さっきも揉んでたから、お尻の肉が柔らかくなってるのかな？」

彼女の引き締まったお尻は度重なる愛撫で、持ち前の弾力と柔らかさを兼ねそろえた、最高の感触になっていた。

そのままひとしきり三人のお尻を堪能すると、僕はいよいよ犯しにかかる。

「じゃあ、順番にやっていくから」

ここまでの前戯で興奮し、十分硬くなった肉棒を取り出す。

自分でも、ケイカに抜かずの二連発をした後とは思えない。

「やっぱり、大変だとは分かっても興奮するな」

男ひとりで女の子三人を犯すハーレムプレイなんて普通は体験できない。

高揚感を覚えつつも、まずはジェシカのお尻に肉棒を押し当てた。

「あうっ、固いのが当たってる……さっきケイカとあんなに激しくしてたのに、なんでこんなに元気なのよ？」

「回復する時間は十分にあったからね」

それに、こんなハーレム空間にいれば性欲なんて無限に湧いてしまう。

発情した猿のようにセックスに夢中になってしまう気さえした。

「そういうジェシカも濡らしてるじゃないか」

「それはっ！　シルヴィオがあんなにエッチな手つきで触るから！」

肉棒をお尻から秘部のほうにずらしていくと、先端に濡れた媚肉の感触があった。

なんだかんだ言いつつ、ジェシカもかなり興奮しているようだ。

「もう準備も要らないね。入れていいかな？」

「……好きにしなさいよ」

「ふふ、ありがとう」

彼女が頷くのを見てから、僕は一気に腰を前に進めた。

グニュッと一瞬だけ押し返されるような感覚があったけれど、それを突破して膣内に侵入していく。

「ひぐっ、あぁぁっ！　熱いっ、中にっ……うぅぅっ!!」

たっぷりの愛液で濡れた膣内は、一度侵入してしまえば最奥まで肉棒を受け入れた。

「凄いな、中が全部ビクビク震えてとんでもなく気持ちいいっ」

たっぷりの前戯で興奮したからか、ジェシカの中はいつになく柔らかくなっていた。

その上で鍛えられた体による締めつけが断続的に起こって、入れてるだけでどんどん気持ち良くなっていく。

「でも、まだまだっ！」

僕は彼女の腰を両手で掴むと、勢いよく腰を動かし始める。

これだけ濡れているなら遠慮なんていらないだろう。

案の定、ジェシカは一突き目から嬌声を上げた。

「いひぃっ!?　やっ、いきなりっ……あうっ、きゃううぅううっ!!」

嬌声を聴きながら、僕は続けて腰を振る。

引き締まったお尻に腰がぶつかって、パンパンと乾いた音を響かせた。

「あひっ、あああぁっ！　だめっ、気持ちいいのが広がるっ！」

ジェシカは声を抑える余裕もなく嬌声を上げ続けていた。

そして、それに影響されたのかエミリーさんが僕に声をかける。

「シルヴィオさん！　お願いします、私にもください。もう我慢できないんですっ！」

彼女は片手で体を支え、もう片手で自分のお尻を掴んでいた。

お尻を掴んだ手に力が入ると、ぐっと谷間が広がって奥にある濡れぼそった秘部が露になる。

「じゃあ、欲しがりなエミリーさんにもプレゼントしますよ」

僕は勢いをつけて、ジェシカの中から肉棒を引き抜く。

その刺激で一際大きな嬌声が上がったが、僕の意識はもうエミリーさんに向いていた。

彼女の後ろに移動すると、断ることなく一気に挿入していく。

「んひいいいいっ!?　あうっ、すごいっ……ガチガチでおっきいのが奥までっ、ひゃんっ！」

エミリーさんは挿入の感触を味わって嬉しそうにしていたけれど、その声もすぐ嬌声に変わる。

「ほら、欲しがってたものを上げるんだから、たっぷり味わってくださいね！」

「ひあっ、そんな獣みたいに……ひゃひっ、あひいいぃぃ！」

スケベなエミリーさんには一切の容赦をしない。

僕の遠慮を必要としないほど、彼女の体は開発されきっていた。

男の肉棒を受け入れる前から何度もダミーの男根で犯され慣れていたそこは、本人が悲鳴を上げる中でも的確に絡みついてくる。

「うぐっ！　はぁ、ふぅっ……ほんとにエミリーさんの体は油断ならないな」

まさに、元聖女恐るべし。気を抜けばすぐ搾り取られてしまいそうだ。

「あふっ、ひゃわっ、ああんっ！　気持ちいいですっ！　シルヴィオさんの腰使い、とっても素敵ですっ、あひぃぃぃんっ!!」

エミリーさんの声は大きくて、立派な造りの扉越しにも漏れ聞こえてしまうだろう。

でも、今さら行為をやめるなんて選択肢はなかった。

「外で誰か聞いてるかもしれませんよ？　もうちょっと声を抑えられませんか？」

「む、無理ですっ！　これ凄く気持ちいいからっ、ひうっ！　声抑えられません！　でも、もっとしてほしいんですっ！」

彼女はそう言いながらギュウギュウ締めつけてくる。

「くぅぅ……どうしようもない変態ですね」

「シルヴィオさん、もっと！　変態な私にもっとお仕置きしてくださいっ！」

完全に蕩けきった表情で、さらなる責めを求めてくるエミリーさん。

僕は彼女のお尻を両手で掴むと大きく腰を打ちつけた。

「ひゃぐっ！　ああっ……激しいのが気持ちいいんですっ、あひぃんっ！」

腰を振る度にたっぷりの愛液でグチュグチュといやらしい水音が鳴るが、それがまた興奮を加速させる。

膣内も肉棒を蕩けさせるように刺激してきて、刺激の和らぐ気配はない。

「くっ、そろそろマズい……」

強い刺激で、奥から熱いものが昇ってきたのを感じた僕は、咄嗟に腰を引く。

ズルッと肉棒が膣内から引き抜かれて、エミリーさんから嬌声が上がった。

「あぐっ！　はひっ、はぁっ……なんで抜いてしまうんですか？」

「ちゃんと最後までしてあげますよ。でも、三人一緒じゃないと」

生憎、今の僕に三連戦する余裕はない。

だったら、一度の行為で全員に満足してもらうしかなかった。

「だからそういう体勢になってもらったんです。一緒に全員を責めやすいですからね」

それに、ケイカは二度のセックスで体がほぐれているけれど、ふたりはそうじゃない。

いままでの行為は彼女たちの体をほぐす前戯の意味もあった。

「三人ともいい具合に感度が高まったみたいだし、ここからが本番だ」

そう言って、僕は真ん中にいるケイカの中へ挿入する。

「あふっ！　お兄さんの、やっときたっ！」

「うわっ、凄い濡れ具合だ……」

彼女の中はふたりに負けず劣らずドロドロになっていた。

「だって、エミリーとジェシカが真横であんなに気持ちよさそうな声を出すから……」

「期待してこんなに濡らしちゃったんだね。なら、ふたりと一緒に気持ち良くしてあげるよ！」

ケイカのことを犯しながら、両手をエミリーさんとジェシカに伸ばす。

肉棒でいい具合にほぐれた秘部は指を二本、容易く中へ飲み込んだ。

「あうっ！　中でシルヴィオさんの指がっ！」

「グイグイって動いてる……あんっ！　やっ、中から引っかかないでぇ！」

膣内を傷つけないように細心の注意をはらいながらも愛撫する。

すると、敏感になった彼女たちの体は見事に反応をしてくれた。

挿入した指を曲げて膣壁を刺激したり、肉ヒダを這うように指で刺激したり。

これまで培ってきた技術を全て披露するように、彼女たちを責めた。

「あふっ、お兄さっ……あぁ！」

途中で僕はケイカから肉棒を引き抜くと、再びジェシカの中へ突き込む。

「あひぅっ！　ああっ、ま、またきたっ！　気持ちいいっ、気持ちいいよぉおっ！　もっと強く抱いてぇぇっ!!」

「ぐぁっ！　中がキツすぎるっ、こんなの……ッ!!」

再度の挿入に、ジェシカの中は強烈な締めつけで歓迎してくれた。

一度肉棒をピストンするたびに、肉棒が削られるんじゃないかと思うほどの刺激が与えられる。

でも、気持ちいいのは僕だけじゃない。

「はひっ、あぅうっ！　はっ、ひゃぁっ！」

喘ぐジェシカの姿を見て、自然と笑みが浮かぶ。

互いに気持ち良くなれているのを確認すると、なんだが安心してしまう。

「よし、こんどはエミリーさんに！」

「んっ、きゃっ！　シルヴィオさん、もっと奥まで……アソコだけじゃなく、おっぱいも可愛がってくださいっ！」

「大変だな……でも、頑張りますよ」

僕は彼女の中に深く挿入し、前かがみになると重力に引かれ重そうに揺れている爆乳をすくい上げるように揉んだ。

「うわ、凄い。僕の指が隠れちゃいそうですよ」

凄まじい重量感がある胸は抱えるだけでも精一杯だ。

さらに、触れている手が蕩けてしまうような柔らかさもある。

相変わらず膣内もギュウギュウ絡みついてくるから、触れ合う全身が気持ちいい。

「はぁはぁ……私の体、全部気持ち良くなってますっ！　ああっ、全身が溶けちゃうぅ！」

快楽に耐えながらグニグニと爆乳を揉み、激しくピストンすると、エミリーさんの全身がビクビクと震える。

今彼女の体に駆け巡っている快感が全て、僕の与えたものだと思うと、征服欲が満たされていくのを感じた。

「くっ、はぁっ……最高だよみんな。よし、これで最後だ！」

ハーレムプレイを楽しんだ僕の興奮は、限界まで高まっていた。

これ以上は我慢できないと悟って、後先考えず残った全力を出し尽くす。

「あっ、ぐぅっ……！　お兄さん激しいっ、ああんっ！　だめっ、待って……ひぃぃ！」

「はひゃうっ！　駄目ですっ、子宮いじめちゃ……あぐぅ、ああっ！　奥の奥まで犯されるっ！」

「そ、そんなに強く腰押しつけないでよ、跡がついちゃうからっ！　やっ、だめえええっ！　ひぐっ！」

彼女たちが何を言おうとも、ラストスパートをかけた僕は止まらない。

代わる代わる三人を犯しながら、その性感を限界まで高めていく。

「イけっ、三人一緒にイかせてあげるよ！」

息が荒くなり、興奮のままに声も荒げながら全力で腰を動かす。

たっぷり開発され蕩けきった膣内は、その乱暴なピストンも受け止めて快楽に変換していく。

「ひぃ、はうっ！　イクッ、わたしイっちゃうっ!!」

最初に限界を訴えたのはケイカだった。

二度の中出しと絶頂を経て、イキやすくなっていたのかもしれない。

「ううっ、私も……シルヴィオさん、どうか私も一緒に！」

「だめだめっ、ひぎぃぃぃっ！　もう無理っ、本気でイっちゃうっ！　我慢できないわよぉ！」

それにつられるようにエミリーとジェシカも声を上げた。

僕も、これまではなんとか気合いで堪えていたけれど限界だ。

マグマのように熱い欲望が今にも噴き上がりそう。

「ぐうっ、ふっ……出すよ、みんな一斉に中出ししてやる！」

三人それぞれに腰を打ち込みながら言うと、彼女たちが振り返って視線が合った。

「はぁはぁ、欲しいよぉ！　お兄さんの子種、全部子宮にちょうだい？　わたしたちで昂った欲望、受け止めさせてっ！」

「私の一番奥にギュッと押しつけて射精してくださいっ、全部搾り取って差し上げます！」

「ひうっ、あぁぁっ！　あたしもイクッ、イクから一緒に……ひゃううううっ!!」

物欲しそうな視線の彼女たちに、興奮を最後まで抑えていた僕の心の枷が外れた。

「イクよ、イクッ……あぁぁっ!!」

最後の瞬間、彼女たちの中へ一滴も漏らさないようにそれぞれ精液を注ぎ込む。

肉棒はドクドクと震えながら、溜め込んだ子種を放出していった。

同時に、勢いよく中出しされた三人も絶頂する。

「ああっ、きたぁ!?　イクッ、ひっ……あっ、くううううぅぅぅっ!!」

ケイカは両手でベッドのシーツを鷲掴みにしながら腰を震わせ、

「くっ、ひゃあああぁぁっ！　赤ちゃんの素、子宮の中に注がれていますっ！　あひっ、イクウウウゥッ!!」

エミリーさんは限界まで背を反らしながら胸元の果実を揺らし、

「ひぃぃっ！　凄いのくるっ、イクッ、イクイクッ、あああぁあぁぁぁぁっ!!」

ジェシカは上半身をベッドへ突っ伏し、お尻を突き上げるようにしながら絶頂した。

全員の絶頂が混ざり合ったような感覚が生まれ、自分の体がドロドロに溶けていくように感じる。

なんとか三人の中へ最後まで精液を注ぎ込んだ僕は、ヘトヘトになってベッドへつっぷした。

ちょうどケイカとジェシカの間だったようで、間近でふたりの荒い息が聞こえる。

「うう……も、もう駄目だ。指一本動かせないや」

ケイカとふたりでのセックスも合わせれば、短時間に三回も射精して、もうクタクタだった。

べったり顔までベッドに埋めると、たっぷり汗を吸ったシーツからケイカたちの匂いがする。

「はぁ、はぁ、ふぅぅ……お疲れ様、お兄さん、凄かったねぇ」

「凄かったってもんじゃないわよ。体がバラバラになっちゃうかと思ったわ！」

ケイカが苦笑すると、ジェシカが冗談じゃないとばかりに言う。

彼女たちも力尽きたらしく、僕に寄り添うように横になっていた。

そんな中、いち早く絶頂から回復したらしいエミリーさんが僕の頭の近くへやってくる。

「もう動けるんですか？」

「ええ、なんとか。それに、お疲れのシルヴィオさんを介抱しないといけませんから」

そう言いながら、彼女は僕の頭を柔らかい肉付きの太ももで膝枕してくれた。

こんなに良くしてもらって、改めて今の自分は幸せだなと感じる。

柔らかく温かい感触に意識が遠のきそうになった。

「あ、眠い？　疲れちゃったから無理もないかな……」

そんな僕を見て、ケイカが心配そうに話しかけてくる。

「大丈夫だよ……」

「無理しなくていいよ、起きるまでずっと一緒にいてあげるからさ」

その言葉に安心し、僕は体から力を抜く。

すると、疲れからか途端に眠気が襲ってきた。

「お休みなさい、お兄さん」

ケイカは最後に僕の頬へキスして、それと同時に意識が途切れるのだった。

エピローグ　勇者の旅は続く

魔王を倒した後、僕たちは王様にお褒めの言葉をいただき多くの名誉と褒賞を得た。

特に褒賞は普通に生きていれば、一生どころか孫の代まで安泰なくらいのお宝だ。

惜しげもなくお宝を振る舞ったことから、どれだけルン王国が魔王に苦しめられていたかが分かる。

市民だけでなく王侯貴族までが、ケイカへ心の底から感謝の気持ちを表していた。

その後は王都への滞在を勧められたものの、十日ほど休暇に当てると僕たちはまた旅に出た。

ケイカが言っていたように、生き残りの魔王軍に苦しめられている人々を救うためだ。

魔王を倒したとはいえ、まだ王国内は荒れている。

軍も騎士団も半壊状態で、とても人口の少ない地域まで手を回す余裕がない。

ケイカは、勇者としてそんな人々を助けたいと思っているようだ。

そんな彼女の気持ちに感動した国王は自ら旅路に使う馬車を用意し、授けてくれた。

魔王軍が跋扈していたころには目立つので使えなかったけれど、これでより多くの村を回れると
ケイカも喜んだ。

そうして王都を出発してから早三か月、僕たちは今日も魔王軍の残党に襲われていた町を一つ救っていた。

「ここはお前たちの居場所じゃないわよモンスターども！」

疾風のようにゴブリンの群れを駆け抜けたケイカが、奥にいた数体のオークを切り裂く。

スルーしたゴブリンが背後から彼女に襲い掛かろうとするが、援護役のジェシカが残らず蜂の巣にしていった。

彼女たちがモンスターと戦っている間、僕とエミリーさんは住人の救助を行っている。

「シルヴィオさん！　新しく怪我人がふたり来ました。ひとりは軽傷ですが、もうひとりが足を折っていて……」

「わかりました、すぐ手当てします」

それから10分もしない内にモンスターを片付けたケイカたちも、救護活動に参加する。

かすり傷から内臓が傷ついたような大けがまで、最終的には百人近い住人の治療をしたけれど、その甲斐あって夜までに町は落ち着きを取り戻していた。

町長に話を聞くと、どうやら兵士が巡回で町にいないときを狙われてしまったようだ。

ただ人間を襲うためだけのモンスターにそこまでの知恵はない。

恐らく、生き残りの悪魔がモンスターを操っていると思われた。

その夜、僕たちは町の厚意で用意された宿に泊まり作戦を練ることに。

「モンスターは北側から襲ってきたよね。この町の北側に何かある？」

「そう言えば、町長さんが魔王軍の侵攻の際に北で開拓村を一つ放棄したと言っていましたね」

「放棄された開拓村……悪魔が拠点にするには充分ね」

といっても僕は完全に蚊帳の外で、女子三人が顔をつき合わせて話している。

基本的に戦闘要員じゃないし、どこに何があって何をどうこうとか、そこらへんはまったく分からない。その代わり、宿の一階へ行き、お茶を入れると彼女たちに提供する。

「ありがとうお兄さん！　もうちょっとで終わりそうだから」

「大事な会議なんだからゆっくりするといいよ。僕は今日の治療の記録を纏めているから」

そう言うと、僕はベッドに上がって資料をまとめ始める。

最初は文字を書くのもおぼつかなかったけれど、最近はエミリーさんに教えてもらってだいぶ上手くなった。

単に怪我を治すだけなら魔法があればいいけれど、パーティーの一員として活動するなら色々知識を身に着けておいて損はないと言われたんだ。

確かに、僕みたいな田舎者のせいでケイカたちに恥をかかせることがあってはいけないと、エミリーさんに文字の読み書きや一般教養を習うことに。

この治療の記録を取るのも、文字を書く練習だ。

そして、どうやら僕が記録書類に制作に夢中になっている間に会議が終わったらしい。

「ふぅ、とりあえずこれで明日の動きは決まりかな」

「お疲れ様ケイカ。どうすることにしたんだい？」

「うん、明日は北側の開拓村へ偵察に行って、モンスターや悪魔の戦力が確認出来たら夜に強襲をかける感じかな」

「なるほど。じゃあ、今日はよく休んでおかないと」

幸い日が暮れるまでにはまだ時間がある。

町へ出てリフレッシュするのもよいかもしれないと考えた。

けれど、そんなことを考えている最中にケイカが僕の肩を掴む。

「……どうしたんだい？」

「ふふ、どうしたもこうしたもないよ。せっかく時間があってベッドもあるんだから、やることなんて一つでしょ？」

そう言う彼女の表情は、まるでおもちゃを見つけた子供のようだった。

これから何をされるか悟った僕は苦笑してしまう。

「あはは……せっかく町にいるのにそれでいいの？」

「もちろん！　むしろ、大きなベッドのあるところでゆっくり出来るときに楽しんでおかなきゃ！

エミリーとジェシカもそうでしょう？」

ケイカが振り返って問いかけると、後ろにいたふたりも頷く。

彼女たちは僕の前に並ぶと、こちらを挑発するように服をはだけ、思い思いに誘惑してきた。

「今日もお兄さんに、お腹の中へたっぷり子種を注いでほしいなぁ」

「私にも……変態元聖女にもどうかシルヴィオさんのご慈悲をくださいませ♪」

「あ、あたしも！　あたしもシルヴィオとセックスしたい。たくさんご奉仕するから、いいわよね？」

どうやら今日は、三人相手に頑張らないといけないらしい。

「お兄さんが大変そうならやめるけど……」

「とんでもない！　皆が僕としたいって言ってくれるのは嬉しいよ」

彼女たちのためならば多少の苦労などどうってことはない。

そう言うと、ケイカは嬉しそうに抱きついてきた。

「ありがとう、お兄さん大好き！」

彼女が僕の頬にキスすると、いつの間にかエミリーさんとジェシカが近くにやってきていた。

彼女たちは僕の服に手をかけ、そのまま脱がし始める。

その間、僕はケイカとキスをしていた。

「んむ、ちゅっ……お兄さんとキスしてると、それだけで体が熱くなっちゃうよ」

「僕もだよ。ケイカと触れ合ってると興奮する」

僕が腕を背中に回すと、彼女の細腕が首にゆるく巻き付いてくる。

昼間にオークを数体まとめてなます斬りにしたとは思えない細腕だ。

「もう、ケイカばかりズルいわよ！　あたしたちにもシルヴィオを貸しなさい！」

そのとき、ジェシカが横から乱入してきた。

彼女は僕の顎を掴んで自分のほうへむけると、そのままキスする。

「あむ、じゅるるるっ！　はふっ、んむぅ！」

遠慮は欠片もなく、初めから自分の舌を口内に割り込ませてくる。

「あらあら、ジェシカさんったら夢中になって……私にもおすそ分けしていただけませんか？」

「ん、ぷはっ……いいわ、三人で一緒に楽しみましょう」

それから、僕は彼女たちに囲まれてその唇と舌で蹂躙されてしまった。

前を向いても左右を向いてもキスが待ちかまえている。

その上、空いている手で僕の胸元や股間を焦らすように撫でてきた。

彼女たちの細い指が肉棒に絡みついて、たまらず勃起してしまう。

「んはっ、はぁっ！　すごい、ちょっと触っただけなのにもうこんなにっ！」

ケイカが視線を下げ、硬くなった肉棒を見下ろしながら嬉しそうに言った。

「そりゃあ、こんな美女に囲まれてキスの洗礼を受ければこうもなるよ」

「ふふっ、じゃあ興奮してくれたお礼にたくさんご奉仕しないとね」

彼女はそう言うと、身をかがめて肉棒を口に含んだ。

「くっ、ケイカ？」

「フェラチオしてあげる。じゅるっ、れろっ！」

止める間もなく、ケイカは肉棒を舐め始めた。

ジュルジュルと音を立てながら、一切の躊躇なくフェラチオしている。

肉棒が唇にしごかれ、肉厚の舌が絡みつく。

さっきの指とは違う快感に腰の奥へ熱いものが溜まり始めた。

「んぶ、じゅれろっ……どう、気持ちいい？」

その問いに僕は頷くことで答える。

相変わらず左右のふたりからキスされて、口が空いていないからだ。

「ケイカさんがいない内に、私たちのキスでメロメロにしてあげます♪」

「くちゅ、じゅるるっ……あたしもキスしているだけで興奮してきちゃった……」

妖艶な笑みを浮かべるエミリーさん。反対に、ジェシカは興奮した様子で息を荒げていた。

その上彼女は自分で自分の胸を弄り始めている。

「んくっ、はぁっ！　はぁ、ふぅ……ねえ、シルヴィオも触って？」

言われるがまま、ジェシカの胸に手を伸ばす。

服の内側に手を滑り込ませ、そのまま生乳を揉んだ。

「あんっ！　はひっ、はふぅっ……いいよ、そのままもっと！」

艶っぽい声を響かせながら、僕に更なる刺激を求めてくる。

「ジェシカも、最近は素直に求めてくれるようになって嬉しいよ」

「だって、今さら恥ずかしがってたら、ケイカとエミリーにシルヴィオを取られちゃうじゃない」

「確かに、ふたりとも遠慮ないからなぁ」

そう言って笑いながらも、僕は続けて胸を好き放題に揉んだ。

張りのよい肌と確かな弾力、その上でしっかり担保されている柔らかさ。

それらすべてを堪能しながら、性感帯である乳首も指先で刺激した。

「あぐっ！　そこ触られたらすぐ気持ち良くなっちゃう！」

「ちょうどいいじゃないか。ほら、エミリーさんも一緒に」

僕は、空いているほうの片手を彼女の下半身の服の隙間に入れる。

そして、そのまま手を進め秘部に触れた。

「んんっ、はひぅ……いきなりそこを触るなんて、本当はいけませんよ？」

「でも、エミリーさんは濡れてるじゃないですか」

僕の指先には、確かに湿ったもので濡れた感触があった。

「エミリーさんは相変わらず変態ですね。キスだけでこんなに濡らしちゃって……」

「そういうふうに指導されていましたから。淫乱な女はお嫌いですか？」

「まさか、僕はエッチなエミリーさんが好きですよ」

彼女は嬉しそうな笑みを浮かべると、再びキスをしてきた。

ただ、今度は舌を絡めるようなものではなく、唇が触れ合うだけ。

そこに感謝の気持ちがこもっている感じがして、頬が緩みそうになる。そして、そんなふうに僕がふたりと話している間も、ケイカは股間に頭を突っ込んでフェラチオを続けていた。

「じゅるっ、じゅるるっ！　ぷはっ、はぁはぁ……もうそろそろいいかな？」

たっぷりケイカの口で愛撫された肉棒は、石のように硬くなっていた。

ケイカの瞳は目の前にあるものに釘付けになっているようだ。

「ううっ、もう我慢できないよ！　お兄さん、初めはわたしにちょうだい！」

「えっ、おい抜け駆けは……くっ！」

彼女はその場で寝転ぶと、大きく足を開いて僕を誘う。

その姿は年齢以上に淫らで色気があり、僕を魅了した。

「分かったよ、入れるからね」

エミリーたちには悪いけれど、もう止められそうにない。

僕は一度腰を浮かせて体勢を整えると、ケイカに挿入する。

「はうっ、ああっ!! すごい、今までで一番おっきいかも……あんっ！」

ぐっと腰を前に進めると、何とか肉棒は膣内に収まる。

けれど、確かに彼女の中がいつもより狭く感じた。

腰を動かすと、いつもより肉ヒダがキツく絡みついてくる感触がある。

「そう言えば、ケイカさんはそろそろ危ない日でしたね」

耳元でエミリーさんにそんなことを言われ、胸がドキッとする。

「体が、男の人から精を搾り取りやすいよう変化しているのかもしれません」

「そんな馬鹿な……くぅっ!?」

「ケイカさんは勇者として身体能力が強化されているんですから、性機能が強化されていてもおかしくはないですもの」

そんなことを言いながら、エミリーさんが首筋にキスを落としてきた。

彼女のほうへ意識を向けていると、今度はケイカから声がかかる。

「お兄さん！ 今はわたしとしてるんだからこっちを見て！」

「あ、あぁ……でも、本当に危ない日なのかい？」

「ふふっ、どうだろうね。でも、わたしはお兄さんの赤ちゃんなら出来てもいいかな」

「ッ!?　そんなに、簡単に言ってくれるなよ」

そう言いつつも、僕の内心は嬉しさに震えていた。

「お兄さん、もっと動いて？　今さら止められないでしょ」

驚きで腰が止まっていた僕に、彼女がそう促した。

「くっ……ここまで来たら、なるようになれだ！」

僕は葛藤を振り切ると、滅茶苦茶に腰を動かし始める。

「あひゃうっ!?　お兄さん、いつもより激しい……ああんっ！」

ビクビクッと腰を震わせながら、気持ちよさそうな声で喘ぐケイカ。

そんな彼女を見て、エミリーさんとジェシカが息をのんだ。

「シルヴィオさん、私たちもこんなふうにしてもらえますか？」

期待の籠ったその言葉に、僕は頷いて答えた。

「じゃあ、ふたりともケイカの隣へ横になって」

そう言うと、ふたりは期待に頬を染めながら仰向けで横になった。

三人とも、さっきまでの前戯やら何やらでところどころ服がはだけていて、それがまたエロい。

エミリーさんなんか大きなおっぱいが丸出しになっているけれど、本人に気にする様子はなかった。

「じゃあ、三人一緒にしてあげるから」

僕は前のめりになり、ケイカを犯しながらふたりの膣内へ指を挿入した。

「あぐっ!? はひっ、指が入ってる……あんっ！」

「一気に二本も……でも気持ちいいよっ！」

興奮で濡れていた膣内には、二本くらいでちょうどよかったらしい。

僕は満足してうなずくと、腰の動きに合わせて両手も動かす。

「はひぃぃっ！ あうっ、はぁはぁ、あうううっ！」

「これ、本当に三人一緒に犯されているみたいで気持ちいいですっ！」

「うぐぅ！ やっ、だめっ、中で別々に指動かさないでっ！」

綺麗に横一列に並びながら、僕の責めで喘ぐ三人。

性格も特技も違う三人だけれど、乱れる姿は姉妹みたいにそっくりだ。

「可愛いよケイカ、エミリーさん、ジェシカ。三人とも僕の手で気持ち良くなってくれて嬉しい！」

彼女たちを全員一緒に犯しているのは僕にとってても刺激が強くて、すぐ興奮が限界まで高まってくる。グツグツと熱い欲望が滾り、今すぐぶちまけたくなる。

「はぁ、ふっ……このまま最後までするからね！」

息を荒げながら、僕は腰と手の動きを激しくする。

パンパンと乾いた音と、グチュグチュといやらしい水音が同時に響いて寝室の中に反響した。

「ひあっ、ああっ！ そこっ、奥いっぱい突くのだめだよぉ！ イクッ、わたしイッちゃう！」

「はぁ、くっ……もうイキそうなのか？」

ケイカが大きく身もだえするのを見て、僕は歯を噛みしめた。

下半身が溶けだしそうな快感だけれど、せめて三人をイかせるまではと踏ん張る。

「僕もそろそろ限界なんだ。一緒にイってくれるよね？」

「はぁはぁ……わたしもお兄さんと一緒にイキたいよ！　だから、最後にいっぱい突いてぇ！」

ケイカがギュッとシーツを握ってこれから来る衝撃に備える。

僕は大きく腰を引き、子宮目がけて強く腰を打ちつけた。

「あっぐううううぅぅ！　ひぎっ、ひゃあぁあっ！」

「ぐぁっ、締めつけがっ！」

強い刺激で膣内がギュウギュウ引き締まり、限界まで一気に近づく。

「駄目だもう……エミリーさんたちも！」

後先考えず連続で腰を打ちつけ、それに合わせて両手も動かす。

「あうっ、きゃひいいいいぃぃぃっ！　お腹の中引っかきまわされちゃいますっ！　駄目っ、滅茶苦茶になっちゃうのぉ！」

「あひっ、あぐぅぅぅ！　シルヴィオ、激しすぎだって……あぁぁぁぁぁあっ!?」

エミリーさんとジェシカの喘ぎ声もさらに響かせるように、限界まで責めた。

膣内から掻き出した愛液がシーツに垂れて、大きな染みを作っている。

腰はひっきりなしにビクビク震えて、時折おおきな震えと一緒に浮き上がってしまうほどだった。

「はぁ、はぁ、ぐぅぅ……!!　イクッ、もう、もうイっちゃうぅぅぅ！」

ケイカがシーツに爪を立てながら、濡れた瞳で僕を見つめてきた。

言葉がなくとも彼女が求めているものは分かる。

僕は最後に思いっきり腰を打ちつけ、肉棒で子宮を突き上げながら射精する。

「ひゃああああぁぁっ!? あっ、ぐぁっ! イクッ、イックウウウゥウゥウゥッ!!」

射精と同時にケイカの足が僕の腰に絡まり、しっかり抱えながら絶頂した。

背を反らしてガクガク震えながらも、絡みついた足は糊でくっついたみたいに離れない。

「ああっ、あああああっ!! 私もイキますっ、イクッ、イック……ああああイクウウウウゥウゥウゥッ!!」

「ひぃっ、だめっ、だめだったら! こんなのおかしくなっちゃうっ……ひゃあぁあああああぁぁっ!!」

数秒後、僅かに遅れてエミリーさんとジェシカも絶頂した。

ふたりとも、興奮で顔を真っ赤にしていて、気持ち良すぎたのか目の焦点も合っていない。

彼女たちの絶頂がまだ続く最中、先に激しい興奮の波が過ぎ去った僕はその場に尻もちをついた。

その拍子に肉棒がケイカの中から引き抜かれ、ぽっかり空いたそこから子宮に入りきらなかった精液が溢れてくる。

いつ見てもエロい光景に釘付けになっていると、ケイカが何とか頭を動かして僕を見た。

「ん……お兄さん、こっちにきて」

言われるがまま、彼女へ覆いかぶさるような形で四つん這いになる。

「お兄さんはもう立派なヒーラーで、女の子だって三人もメロメロにしちゃういい男になったよね」

彼女が左右に視線を向けると、激しい絶頂で疲れ切ったふたりが気を失っていた。

「まだまだケイカたちには不相応な気もするけれど」

「でも、もうお兄さんのことを役立たずなんて言う人はいないよ。それでも、私とずっと一緒にいてくれる？」

「何言ってるんだ、当たり前じゃないか。僕は一生ケイカの傍にいて、助けになりたい」

迷わず言うと、ケイカは目尻に涙を浮かべながら嬉しそうな笑みを見せた。

「うん！　じゃあこれからも、ずっとずっと一緒だね。お兄さん、最後にキスして」

求められるまま、優しいキスをする。

数秒も口づけしていると、気づけばケイカは眠りに落ちていた。

「こちらこそありがとう、おやすみケイカ」

僕はその寝顔をいつまでも見ながら、いつまでも四人一緒の日常が続けばいいなと願うのだった。

あとがき

こんにちは、成田ハーレム王と申します。

今回も、キングノベルス様から書き下ろしで新しく本を出させていただくことになりました。

タイトルは「無能扱いされていたアラサー村人、実は世界最強のヒーラーだった」です。

辺境の村にいた冴えないアラサー男のシルヴィオが、実はすごい魔法の才能を持っていて、偶然やってきたヒロインたちにその才能を見出され、今までの自分を変えていこうとするお話です。

主人公を引っ張っていく女勇者のケイカや、エッチな元聖女のエミリー、自信家なお嬢様エルフのジェシカなど、ヒロインたちにも魅力を感じていただけると嬉しいです！


それでは謝辞に移らせていただきます。

担当の編集様。今回も色々な手助けをしていただいてありがとうございます。

挿絵を担当していただいた成瀬守様。数多くのイラストを用意していただいて、本当にありがとうございます。特にヒロインたちの表情が素敵で、エッチシーンの臨場感が挿絵一枚で何倍にもなっているほど！　また機会があれば、ご一緒できると幸いです。

そして最後に読者の皆様。自分が再び本を出せましたのも、皆様の応援の賜物です。

これからも精進し、より良い作品を出していければと思っております。

それでは最後に改めまして。本書を手に取っていただいてありがとうございました！

二〇一九年五月　成田ハーレム王

キングノベルス

無能扱いされていたアラサー村人、実は世界最強のヒーラーだった

2019年 5月 31日　初版第１刷 発行

■著　　者　成田ハーレム王
■イラスト　成瀬守

発行人：久保田裕
発行元：株式会社パラダイム
〒166-0011
東京都杉並区梅里2-40-19
ワールドビル202
TEL 03-5306-6921

印 刷 所：中央精版印刷株式会社

KN066

KiNG novels
隠居英雄が始める
駆け上がり
最強伝説
〜魔術少女と女騎士との
冒険ハーレム!〜
イラスト もねてぃ
大石ねがい
negai ooishi
可愛い弟子と再挑戦!
ハーレムパーティー
してみます!
異世界へ転生したマルクは、《魔術師》の能力で街を救い英雄となった。今は幼馴染みのユリアナとのんびりイチャラブ生活を送り、半隠居状態だ。しかしそんな彼に弟子入りしたシャルロットを鍛えるうちに、再び冒険への熱意が湧いてきて!?

Sランクが最高の異世界ですべてのステータスがSSSになっちゃった！
村人生活、充実目指し！
仲良く、みんなで！
ヤッてみようか♥
最強能力を隠し、穏やかに暮らすジェイクだったが、ある切っ掛けで美人姉妹を娶ることに。そんな充実生活に女騎士まで愛人志望で加わり、平凡な村人なのにハーレム生活を満喫していたが、ついにSSSな活躍をするべき時が!?
愛内なの
Nano Aiuchi
illust:ひなづか涼
KiNG novels